LE RÔLE DE SA VIE

LUCY PARKER

LE RÔLE DE SA VIE

Traduit de l'anglais (Nouvelle-Zélande)
par Émilie Terrao

J'AI LU

Titre original
ACT LIKE IT

Éditeur original
Carina Press, Harlequin Enterprises Limited, Ontario, Canada

À mes parents et à ma mamie,
pour leur amour et leur soutien indéfectibles

1

London Celebrity @LondonCelebrity. 10 h
L'acteur Richard Troy de West End pète un plomb
– et une assiette – à l'Ivy… goo.gl/Pr2Hax

Presque chaque soir, entre 21 heures et 22 heures, Lainie Graham embrassait passionnément son ex-petit ami. Ensuite, elle subissait une mort terrible, égorgée par une rivale jalouse. Si elle jouait lors des représentations matinales du week-end, cela équivalait au moins à six pénibles baisers par semaine. Plus, si le metteur en scène exigeait une répétition supplémentaire ou quand la doublure de Will était malade. Ou encore si Will faisait l'imbécile en coulisses et qu'elle était trop lente pour l'esquiver.

C'était une situation étrange d'être payée pour galocher en public l'homme qui, dans l'ombre, l'avait larguée comme une vieille chaussette. Après la rupture, cette pièce de théâtre était devenue la source d'une gêne permanente. Un acteur, à la télévision ou au cinéma, peut avoir à jouer une scène d'amour avec quelqu'un qu'il déteste, mais il n'a pas à répéter la même scène pendant huit mois d'affilée.

Depuis sa position en coulisses, Lainie observait Will et Chloe Wayne répéter l'avant-dernière scène. Chloe vibrait pratiquement sous la tension sexuelle, ce qui n'était pas tant dû à son personnage qu'à sa nature. Will respirait aux mauvais moments durant son monologue, ce qui perturbait son débit. Elle attendit et...

— Farmer ! s'écria le metteur en scène depuis son siège au premier rang.

Le crâne chauve d'Alexander Bennett luisait de sueur sous les feux de la rampe. Il était resté avachi sur son fauteuil un moment mais avait désormais renoncé à feindre l'indifférence, penché en avant, un regard noir planté sur les acteurs.

— Tu joues une scène, tu n'es pas en train de nager la foutue brasse coulée ! Arrête d'agiter la tête et respire par le nez, putain !

Une expression boudeuse familière se peignit sur les traits réguliers de Will. Il avait l'air d'un écolier trop gâté béni par la génétique. Il était suffisamment professionnel pour réprimer une grimace instinctive et reprendre son texte, mais avec un ressentiment qui n'améliora pas sa performance. C'était un moment de triomphe pour son personnage et pourtant, en cet instant, le chevalier conquérant semblait plus partant pour une pinte que pour manier l'épée.

Will était distrait depuis la soirée précédente, lorsqu'il avait foiré une réplique pendant la scène d'ouverture. Il était doué. Une ordure infidèle, mais un acteur brillant. Il commettait rarement des erreurs, mais dès le moment où il avait trébuché sur un mot, la répétition supplémentaire avait été inévitable. Bennett recherchait la perfection dans tous les domaines de sa vie, raison pour laquelle il s'était marié cinq fois et avait arraché tous les acteurs principaux à leur lit ce matin alors qu'ils étaient de repos.

Enfin, presque *tous les acteurs principaux,* ajouta Lainie pour elle-même. Leur sombre Byron avait, comme à son habitude, fait comme il lui plaisait. Bennett avait eu une expression furieuse lorsque Richard Troy avait tranquillement débarqué avec vingt minutes de retard. L'explosion restait donc à venir. Si possible, il préférait hurler dans son bureau, où son Tony Award était posé bien en vue. C'était une sorte d'aide visuelle sur le chemin qui menait d'un ego mis à nu à des excuses abjectes.

Cependant, un Richard Troy repentant était une image aussi réaliste qu'un cochon avec des ailes, et il pouvait opposer deux prix de plus au trophée de Bennett.

Sur scène, Chloe s'évanouissait avec grâce, élément déclencheur de la réplique de Richard pour l'acte final. Il écarta le rideau de l'autre côté des coulisses et chassa une poussière invisible de sa chemise immaculée. Puis il marcha sur les planches et vola la lumière à Will et Chloe avec une aisance insultante, prenant le contrôle de la scène en battant à peine des cils.

Après quatre mois de représentation de *L'Hommage du chevalier*, le regarder jouer restait un privilège indéniable.

Malheureusement, le charisme de Richard sur scène était comparable à l'intérieur du bâtiment historique du Metronome Theatre. La nuit, sous le feu des projecteurs, le Metronome était un lieu de pure magie, chargé d'une atmosphère élégante et d'un glamour d'une autre époque. Sous la lueur impitoyable du jour, l'endroit semblait usé et un peu sordide, comme une diva vieillissante surprise sans son maquillage des grands jours et ses paillettes.

Lorsque le rideau tombait et qu'il sortait de la peau de son personnage, Richard Troy était un insupportable connard.

Will en était à la moitié de son plus long monologue. C'était le moment que Lainie appréciait le moins dans cette pièce par ailleurs excellente. Le personnage de Will – le héros, en théorie – devenait momentanément bien moins sympathique que le scélérat incarné par Richard. Elle ne parvenait toujours pas à savoir si cette ambiguïté avait été voulue par le dramaturge – peut-être pour refléter le fait que l'humanité n'est jamais noire ou blanche – ou si elle était simplement due à une écriture médiocre. La critique du *Guardian* considérait que la deuxième option était la bonne.

Richard se moquait de Will à présent, le provoquant par ses paroles et ses regards méprisants, avec l'air d'apprécier un peu trop cette situation. Will approcha, une expression d'intense suffisance sur le visage.

Lainie grimaça. C'était, jusqu'au petit rictus, exactement la même expression qu'il avait au lit.

Elle regretta profondément de le savoir.

— Tu as déjà songé que ça risquait de créer une sorte de déséquilibre cosmique ? demanda une voix derrière elle.

Elle pivota pour sourire à Meghan, son habilleuse.

— Les avoir tous les deux dans le même bâtiment ? Si tu y ajoutes la plupart des responsables, on pourrait bien excéder le quota autorisé de salauds. (Meghan haussa ses sourcils argentés tout en observant le dénouement de la pièce.) Ils ont tous les deux une épée et aucun ne saisit l'occasion de s'en servir. Quel gâchis !

— Je t'en prie ! Deux nonnes aveugles et rongées par l'arthrite s'en sortiraient mieux dans un duel à l'épée. Richard n'a probablement jamais rien utilisé de plus lourd qu'une carte de crédit et Will a la coordination d'un ver de terre.

Lainie devait admettre qu'elle restait un peu amère, bien qu'elle n'ait pas le cœur brisé. Seule une écolière sans cervelle pourrait considérer Will Farmer comme l'amour de sa vie, et cette illusion ne durerait que jusqu'à leur première rencontre. Mais Lainie n'avait pas apprécié de se faire larguer par l'intermédiaire de la rubrique la plus trash de *London Celebrity.* Le tabloïd s'était fait un plaisir de l'informer, ainsi que tous les lecteurs de ce torchon, que Will fréquentait désormais l'épouse esseulée d'un footballeur – qui l'avait trompée avec une ancienne candidate de téléréalité. C'était un cercle sordide et sans fin.

L'article incluait une photo d'elle prise par un paparazzi trois mois plus tôt, sur laquelle elle sortait du théâtre en éternuant. *La partenaire et maîtresse évincée de Farmer, Elaine Graham, fond en larmes à la sortie du Metronome.*

Brillant.

Le journaliste, si on peut l'appeler ainsi, l'avait également félicitée de conserver son appétit devant une telle humiliation – photo d'elle mangeant des chips à Glastonbury à l'appui, agrémentée d'un astucieux système de flèches indiquant un éventuel ventre de début de grossesse.

Son père l'avait aussitôt appelée pour proposer de lui livrer les couilles de Will sur un plateau.

Margaret Ward, l'assistante du régisseur, profita d'une pause pour rejoindre le cercle de critiques non officielles. Elle repoussa sa queue de cheval d'une main couverte de peinture et dévisagea Richard. Sa voix était pure, teintée du snobisme d'Eton et d'Oxford – pas la moindre syllabe écorchée dans son cas. Will semblait acerbe.

Richard tira son épée en faisant un pas en avant pour se tenir sous le faux proscenium. Margaret leva les yeux vers l'arche en bois.

— Tu as déjà prié pour qu'elle tombe accidentellement sur sa tête ?

Oui.

— Il n'a pas encore réussi à déclencher des pulsions de meurtre chez moi.

Lainie se rappela la représentation du mardi soir, lorsqu'elle s'était heurtée à Richard devant la loge de ce dernier. Elle s'était excusée. Il avait émis une remarque misogyne totalement disproportionnée pour un simple coup de coude.

Et dire que les journaux spéculaient constamment sur les raisons pour lesquelles il était toujours célibataire. Ahurissant.

— Pour le moment, ajouta-t-elle sur un ton sombre.

— Au fait, reprit Margaret en reportant son attention sur son porte-bloc et en signalant un changement d'éclairage, Bob veut te voir dans son bureau dans une dizaine de minutes.

Lainie se tourna vers elle, surprise.

— Bob ? Vraiment ? Pourquoi ?

Son esprit se mit aussitôt en mode panique, se repassant les événements de la dernière semaine. Hormis le fait d'avoir touché le bras de Sa Majesté l'espace de deux secondes – et elle estimait Richard capable de s'en être plaint –, elle ne voyait aucune raison d'être convoquée dans le bureau du régisseur. Par principe, Robert Carson considérait ses acteurs comme autant de figurants. Ils étaient utiles pour se faire remarquer aux soirées et pour créer le buzz auprès des médias, mais il ne leur accordait pas le moindre intérêt s'ils ne commettaient pas d'erreur. Bob préférait se concentrer sur le résultat, et le résultat en question se trouvait au bas de son relevé bancaire.

Margaret haussa les épaules.

— Il n'a rien dit. Mais il a été d'une humeur infecte toute la journée, l'avertit-elle.

Lainie souffla.

— Et dire que je pourrais être au lit en ce moment ! observa-t-elle avec mélancolie. Avec un bagel au fromage frais et un bouquin à l'eau de rose. Fais chier, Will !

D'un autre côté, elle aurait aussi pu être au lit *avec* Will, à savourer l'odeur de son haleine du matin et l'un de ses sermons sur ses goûts discutables en matière de littérature. Venant d'un homme qui croyait encore que *Ne tirez pas sur l'oiseau moqueur* était un guide de chasse et pêche...

La vie ne pouvait que s'améliorer.

Sur cette pensée positive, elle quitta le côté de la scène pour s'enfoncer dans le dédale de couloirs menant aux bureaux du personnel. Le parquet et les murs craquèrent sur son passage, comme si le théâtre grondait à voix basse. Malgré les poignées de porte parfois poisseuses et l'odeur d'humidité insidieuse, elle aimait ce bâtiment décrépit. Le Metronome était l'un des plus vieux théâtres du West End. Il n'offrait peut-être pas de sièges décents ni de toilettes chics, mais il était imprégné d'histoire. Des acteurs légendaires étaient passés entre ces murs.

« Edmund Kean devait penser que cet endroit était un véritable dépotoir, lui aussi » avait été l'avis de Meghan sur le sujet.

La vocation originale du Metronome au XVIIe siècle était l'objet de divergences parmi les historiens. Le débat faisait rage dans les manuels scolaires, les uns lui affectant le rôle d'annexe parlementaire, les autres celui d'un bordel haut de gamme. Lainie ne voyait pas en quoi cela importait ; les hommes qui l'avaient fréquenté auraient été les mêmes dans les deux cas.

Personnellement, elle votait pour le bordel. Cela ajoutait un peu de piment aux inévitables rumeurs qui disaient le théâtre hanté. Un fantôme excité qui avait succombé en plein coït était bien plus intéressant qu'un fonctionnaire débordé mort d'ennui au milieu de sa paperasse.

Consciente que « dix minutes » signifiait « immédiatement » dans le langage de Bob, elle se hâta vers son bureau, l'une des rares pièces situées à l'avant du théâtre et qui donnaient sur la rue animée. Dans son esprit, cet endroit était associé au fait de traîner les pieds, de suer et de regretter amèrement de ne pas être au milieu de la foule anonyme d'acheteurs et de touristes qui marchaient en direction d'Oxford Street.

— Entrez, lança une voix lorsqu'elle eut frappé, et elle profita de ces quelques secondes pour lever les yeux au ciel avant d'ouvrir la porte.

Son sourire forcé le plus convaincant était plaqué sur ses lèvres lorsqu'elle entra, mais il vacilla quand elle vit les deux femmes debout près de Bob.

— Ah, Elaine, parfait, dit Bob sèchement.

Il portait son habituelle chemise mal boutonnée. Chaque jour, c'était un bouton différent – même chemise, apparemment, mais bouton différent. Il le faisait forcément exprès.

— Tu te souviens de Lynette Stern et de Patricia Bligh ?

Naturellement, Lainie se souvenait de Lynette et Pat. Elle les voyait chaque semaine, habituellement à distance raisonnable. Une sensation désagréable commençait à l'envahir, faisant courir des frissons de la base de sa nuque à ses reins. Elle salua Pat avec une indifférence feinte et retourna son hochement de tête à Lynette. Elle ne parvenait pas à imaginer la raison de cette rencontre visiblement préméditée, pour laquelle la grande blonde au nez aquilin était ici. Elle l'aurait davantage imaginée droguée dans un asile psychiatrique – ou en train de pleurnicher dans un coin isolé. Lynette Stern était l'agent de Richard Troy et, pour cette raison, elle avait toute la compassion de Lainie. Chaque fois qu'elle la voyait, une nouvelle ride était apparue sur son front.

C'était la présence de Pat Bligh qui la laissait bouche bée. Pat était la responsable des relations publiques du

Metronome. Elle gérait leur image collective d'une main de fer et n'avait que très peu d'humour. Malheur à celui qui faisait le buzz sur Twitter pour les mauvaises raisons.

Qu'avait-elle fait ?

Elle se mordillait l'ongle du pouce, une manie dont elle avait réussi à se débarrasser pendant ses études. Elle se força à arrêter, pressant ses mains l'une contre l'autre. Elle était partie dans la précipitation pour attraper le métro ce matin et maintenant, elle regrettait de ne pas avoir pris le temps de consulter ses alertes Google.

Des photos d'elle nue ? Impossible, à moins que quelqu'un n'ait planqué une caméra dans sa douche. Même enfant, elle avait toujours détesté être nue. Elle battait généralement des records de vitesse pour se changer.

Elle blêmit. *À moins que Will n'ait...*

Si c'était le cas, elle n'hésiterait pas à monter sur scène et à emprunter l'épée de Richard. En moins de temps qu'il n'en faut pour le dire, Will se retrouverait privé de deux de ses accessoires favoris.

— Assieds-toi, Elaine, ordonna Bob avec une expression indéchiffrable.

Avec réticence, elle obéit – Bob n'était pas du genre à tolérer la résistance – et choisit la chaise la moins confortable de la pièce, comme un aveu préventif de culpabilité.

Accroche-toi.

— J'irai droit au but, déclara Bob en prenant appui sur le bord de son large bureau en acajou et en faisant signe aux autres femmes de prendre place d'un mouvement impatient de son index. (Il s'empara de son iPad posé sur son sous-main, l'activa et tapa son mot de passe.) Je présume que tu as vu ça.

Il brandit l'iPad devant le visage de Lainie et elle cligna des yeux, s'efforçant d'ajuster sa vision à la lueur de l'écran. Elle sentait les battements lourds de son cœur, mais redouta de perdre l'esprit lorsqu'elle lut le gros titre. *London Celebrity* avait encore frappé, mais elle n'était pas la dernière offrande lancée dans la fosse aux lions finalement.

Il se trouvait que Richard avait dîné au restaurant la veille. Le fait qu'il se soit engueulé avec un chef reconnu et qu'il ait décidé de se défouler en s'en prenant à la vaisselle lui ressemblait bien. Elle regarda de plus près la photo principale. *Forcément,* le cliché était flatteur. Pas de valises sous les yeux ni de double menton pour Richard Troy. Il n'avait probablement pas de mauvais profil.

Ce qu'il était agaçant !

Elle haussa les épaules et les trois autres plissèrent les lèvres.

— Eh bien, commenta-t-elle en hâte, s'efforçant de reprendre pied, c'est malheureux, mais...

« Mais Richard fait ce genre de conneries en permanence » n'était sûrement pas la réponse qu'ils attendaient.

Qu'est-ce que ça avait à voir avec elle ? Ils ne s'attendaient sûrement pas à ce qu'elle paie la facture de ses frasques. La cuillère avec laquelle bébé Richard Troy était né dans la bouche était en platine incrustée de diamants. Il était l'héritier d'une famille de notables, plusieurs fois millionnaire. Il pouvait largement rembourser un foutu service en porcelaine. S'il avait tendance à piquer des crises en public et à balancer des objets à travers la pièce, son équipe de direction aurait dû le restreindre à manger au McDonald's. Il ne pouvait pas provoquer trop de dégâts avec des serviettes en papier et des fourchettes en plastique.

— C'est plus que *malheureux*, intervint Lynette sur un ton si menaçant que Lainie décida de garder ses opinions pour elle à partir de cet instant.

Finalement, Pat rompit son silence nerveux.

— Il y a eu huit incidents de ce genre ce mois-ci.

Trois mèches de cheveux blonds s'étaient échappées de son chignon savamment noué. Chez la plupart des femmes, ce genre de détail était à peine perceptible. La chevelure de Lainie tendait à s'aplatir avec résignation dès l'instant où elle se détournait du miroir. Pour Pat, ces trois mèches rebelles étaient une preuve choquante de négligence.

— Et nous ne sommes qu'à la mi-octobre.

Lainie songea que même Richard devait avoir peur de cette femme lorsqu'elle adoptait ce ton-là. Elle tressaillit pour lui.

— Toute publicité est bonne à prendre. Ce n'est pas ça, l'idée ?

Elle observa prudemment chacun des visages mutinés qui lui faisaient face. L'expression était identique, répliquée trois fois. Une sorte d'indignation incrédule, comme si toute la classe était punie pour la bêtise d'un seul élève dissipé.

Vraiment brillant, si l'on considérait les personnalités impliquées.

— Jusqu'à une certaine limite, répliqua Bob en gonflant les narines.

Elle ne put s'empêcher de penser qu'un coup de tondeuse ne serait pas du luxe.

— Que Troy a désormais dépassée.

Il lui lança un regard méchant qui suggérait qu'elle était personnellement responsable du comportement de Richard. Que Dieu l'en préserve !

— Les hommes en particulier, poursuivit-il, établissant l'écœurante vérité, jouissent d'une certaine tolérance de la part du public. Une réputation de tombeur, une fâcheuse tendance à se bagarrer dans les bars, à faire les quatre cents coups...

Il marqua une pause pour la dévisager et Lainie espéra que son expression lui indiquait qu'elle écoutait – et non pas qu'elle avait la nausée. Il parlait comme la version années 1950 de l'homme idéal vu par les hommes – qui était d'un sexisme méprisable soixante ans plus tôt et qui ne s'était pas amélioré depuis.

— Cependant, continua Bob, et le mot tomba comme une masse, il existe une ligne à partir de laquelle un *bad boy* sympathique devient un vrai salopard que le public préférerait voir pendu dans la rue plutôt que payer pour le regarder se dandiner sur une scène de théâtre. Et quand quelqu'un commence à malmener ses fans, en se ridiculisant en public et en se mettant à dos ceux qui ont payé sa foutue Ferrari, on peut considérer que cette ligne est *franchie.*

Lainie se demanda si un chœur était vraiment apparu sur le seuil de la pièce pour crier « Alléluia » ou si c'était simplement le son de sa propre jubilation.

Elle ne comprenait toujours pas pourquoi elle était l'auditrice privilégiée de l'assassinat de ce personnage, mais elle appréciait franchement le spectacle. Toutefois, il n'allait quand même pas...

— Vous comptez le *virer* ?

Sa voix monta dans les aigus comme si elle venait de proférer la plus choquante des profanations. Dire à voix haute ce qui ne peut pas l'être. Dans le monde du théâtre, la simple suggestion de renvoyer Richard Troy revenait à crier « Voldemort » dans les couloirs de Poudlard. Celui-dont-on-ne-doit-pas-se-passer.

Et pourtant...

Pourrait-on la taxer de mauvais esprit si elle croisait les doigts ?

Le regard exaspéré de Bob mit fin à ses espoirs.

— Bien sûr que non ! Ça coûterait un fric monstre de rompre son contrat.

— Et je vous conseille de ne pas essayer, trancha Lynette d'une voix de fer.

— Et puis, ajouta Bob avec mauvaise humeur, personne ne nie que c'est un bon acteur, lorsqu'il limite son talent au script.

C'était un « bobisme » typique. Un pur euphémisme. Richard Troy avait fait la couverture du *Time* l'année précédente. Le portrait, sur lequel il était d'une beauté extravagante, était accompagné d'un article encensant son talent qui surpassait, selon le journaliste, celui d'Olivier, et seules deux critiques s'en étaient horrifiées.

— S'il explosait avec un peu plus de discrétion, déclara Bob comme s'il s'agissait d'un problème d'infidélité, nous n'aurions pas cette discussion. L'image déplorable de Troy aux yeux du public commence à avoir un impact sur les ventes. La direction n'apprécie pas.

Lainie ne pouvait pas partager la peur qu'éprouvait Bob devant un tas de portefeuilles ambulants en costumes, mais elle saisissait le sentiment général de consternation. Si les actionnaires étaient furieux, Bob ferait de la vie de tous les autres un cauchemar jusqu'à ce que l'humeur des premiers s'améliore.

— Je ne comprends pas trop ce que tout ça a à voir avec moi, avoua-t-elle avec méfiance.

— Si les ventes baissent, ça devient le problème de tout le monde, s'en mêla Lynette avec un air pompeux, et Pat dévisagea Lainie impatiemment.

— Nous avons besoin d'une bonne publicité pour Richard. (Elle croisa les bras et soumit Lainie à un examen minutieux qui conduisit bientôt à un certain scepticisme.) L'opinion générale est si négative qu'il risque d'être victime d'une campagne de haine dans la presse. Les gens sont prêts à se bousculer pour voir un sujet de scandale, mais ils ne crameront pas un fric durement gagné pour voir un acteur qu'ils méprisent profondément. Pas sur un marché aussi concurrentiel. Du moins pas depuis qu'il est devenu socialement inacceptable de jeter des légumes pourris sur la scène, ajouta-t-elle avec un sourire bref et tendu.

Lainie s'autorisa à fantasmer sur cette image quelques secondes.

— À quel point les ventes ont-elles baissé ? s'enquit-elle en se demandant si elle devait contacter son agent.

Elle avait une troisième audition prévue pour un drame historique dont le tournage devait commencer en début d'année prochaine, mais s'il existait un risque que la pièce s'arrête...

Une production du West End acclamée à l'international réduite à néant sous les pieds du capricieux Richard Troy. Incroyable.

— Elles ont chuté de quatorze pour cent par rapport au mois dernier, indiqua Bob.

Elle se mordilla la lèvre.

— Nous n'allons pas faire faillite, ne t'en fais pas. (Il semblait un peu agacé de devoir nuancer ses griefs.) Il faudrait une bombe et la présence de Richard sur scène pour qu'une telle menace se concrétise. Mais nous avons dû distribuer des places gratuites durant quatre soirs de suite ce mois-ci et nous avons ouvert une liste d'attente pour six semaines de plus. Cette pièce a encore quatre mois devant elle et nous voulons terminer en beauté, et pas sous les insultes des fans et de la critique.

Lainie resta silencieuse un moment. Elle ignorait que les producteurs offraient des billets gratuits pour remplir les sièges vides.

— Je vous prie d'excuser ma bêtise, mais je ne comprends toujours pas ce que vous attendez de moi. Vous voulez que je lui demande gentiment de se comporter comme un bon garçon et de faire un effort ? Je vous laisse deviner sa réaction.

La tension l'envahit de nouveau lorsque Bob et Pat échangèrent un regard.

Pat semblait s'interroger sur l'approche à adopter. Finalement, elle observa, le plus tranquillement possible :

— Les ventes de billets au Palladium ont augmenté de dix pour cent au cours des trois derniers mois.

Lainie ricana.

— Je sais. Depuis que Jack Trenton a perdu le dernier neurone qu'il lui restait après sa cure de désintox et qu'il a commencé à fréquenter Sadie Foster.

Ou plutôt, comme elle était affectueusement surnommée dans le monde des comédies musicales, la Diablesse de Soho. Lainie connaissait Sadie depuis la fin de leur adolescence. Elles avaient fréquenté la même école de théâtre. Lainie avait été présélectionnée aux dépens de Sadie pour un rôle dans une production d'une compagnie théâtrale de 42nd Street, et avait retrouvé des éclats de verre au fond de ses chaussures de claquettes. Heureusement, elle s'en était rendu compte avant de les mettre.

Elle était si absorbée par ce voyage glauque dans le temps qu'elle ne saisit pas l'insinuation.

— Tout à fait, déclara Pat en haussant les sourcils derrière ses lunettes.

Elle était à présent penchée en avant sur le bureau de Bob, ses ongles parfaitement limés et recouverts d'un vernis fuchsia tapotant en rythme sur le bois.

— Et la seule vague d'enthousiasme qu'a provoquée Richard au cours du dernier mois est due aux photos de vous deux vous rendant ensemble à la soirée Bollinger que *London Celebrity* a publiées.

Elle dévisagea de nouveau Lainie, comme si elle essayait d'identifier ce qu'elle avait d'attrayant et n'y parvenait pas.

Lainie eut aussitôt un déclic – comme une enclume qui se serait abattue sur elle dans un vacarme effroyable.

À sa plus grande horreur, Pat confirma ses craintes.

— Tu es le rêve de tout publicitaire. Probablement aussi intéressante qu'un ballon flétri pour le pire des paparazzis, mais le peuple te considère comme une poupée. Quand ils parlent de toi, les blogueurs hésitent entre le fait que tu te diriges droit vers la dépression et une fascination irrésistible. Le salaud préféré du monde du théâtre et l'ange de la scène londonienne. Richard n'a jamais été aussi populaire qu'au cours de ces cinq minutes. Mais rien n'en est ressorti.

Ces derniers mots avaient été prononcés sur un ton accusateur.

Lainie ouvrit la bouche et la referma avant de la rouvrir.

— Rien n'en est ressorti... (Elle parvint à recouvrer sa voix pour rétorquer :) ... parce qu'il ne s'est rien passé. Nous n'avons même pas échangé un mot au cours de cette soirée. Non seulement Richard a prétendu ne pas me voir... (Sa voix montait dans les aigus tandis qu'elle se rappelait son irritation.) ... mais il a feint de ne pas remarquer que son bouton de manchette s'était pris dans ma robe et l'avait déchirée. Ce qui veut dire que je me suis sentie obligée d'*acheter* cette foutue tenue. C'était une Jenny Packham et je ne l'aimais même pas.

C'était une robe magnifique au prix exorbitant qui n'était pas dessinée pour une rousse à forte poitrine. D'innombrables blogueurs avaient été d'accord avec elle sur ce point. C'était à présent l'attrape-poussière le plus cher de sa garde-robe et elle devait se sentir terriblement décalée au milieu de ses autres vêtements achetés en solde.

Pat l'ignora.

— Si Richard et toi étiez vus en public pendant une certaine période, si le public croyait que vous formez un couple...

— Mettons les choses au clair.

Lainie observa chaque visage devant elle. Elle sentait ses joues s'enflammer et ne savait pas si c'était plus dû à sa gêne ou à sa colère. Si les gens croyaient qu'ils pouvaient formuler ce genre de... de... suggestion *grossière,* le monde n'avait pas tellement changé depuis le bon vieux temps où le mot « actrice » était synonyme de « pute ».

— Êtes-vous sérieusement en train de me suggérer de feindre une romance avec Richard Troy aux yeux de la presse people dans l'unique but de pousser quelques pèlerins supplémentaires à acheter des places ?

Passer d'une vraie relation avec Will Farmer à un faux plan cul avec Richard Troy ? C'était une sacrée déviation.

— Étant donné que la plupart des gens qui s'en soucient savent bien que je fréquentais encore Will il y a peu, fit-elle remarquer avec fureur, je ne pense pas que sauter dans le lit d'un autre de mes partenaires de scène contribuera à entretenir mon image « d'ange ». J'imagine déjà les commentaires.

— Ils seront toujours plus flatteurs que ceux qui ont été balancés sur Troy. (Bob grimaça.) Je crois que le mot « Byron » a carrément été remplacé par « crétin » dans les derniers.

Lainie ne put s'empêcher de ricaner de nouveau. Elle avait toujours pensé que la comparaison avec Byron avait été inventée par Richard lui-même. Il avait tendance à exagérer un peu trop le stéréotype.

— Tu as géré la situation avec Will en véritable professionnelle, intervint Pat, l'approbation la rendant plus chaleureuse.

Lainie s'attendait presque à ce qu'elle lui assène une petite tape sur la tête.

— La sympathie du public est entièrement de ton côté. Il y a contribué, bien sûr, en se mettant immédiatement avec cette pouf excentrique.

— Oui, c'était vraiment bien vu de sa part, commenta Lainie sèchement.

— Les gens veulent te voir tourner la page… et monter de gamme.

— Et donc, dans un retournement de situation surprenant, je me retrouve au lit avec l'acteur le plus détesté de Londres ?

— Personne ne te demande de coucher avec lui, précisa Bob, agacé, avant que Pat ait pu répondre.

Il fit un geste impatient.

— Dieu l'en préserve. Cela risquerait de le mettre de bonne humeur pour une fois. Son air sinistre réduit à néant par un sourire comblé, tu imagines ? (Il plaqua un sourire forcé sur ses lèvres – ce qui n'avait rien d'attendrissant.) Ce n'est pas seulement une histoire de ventes ; la réputation de tous peut subir les conséquences d'une erreur mineure. (Il leva les mains, les paumes vers le ciel.) Tout ce que nous te demandons, c'est de jouer le jeu un moment, d'aller à quelques soirées avec lui, de lui parler. Peut-être de pousser un peu le truc en lui tenant la main en public. La rumeur grossit, les ventes augmentent et tout le monde est content.

— Moi, non.

— Non, mais tu es employée par le théâtre et j'imagine que tu ne veux pas que ça change.

— Tu ne peux pas me menacer de rompre mon contrat parce que je refuse de faire la pute pour remonter tes marges. C'est totalement immoral.

Bob se renfrogna.

— Je t'ai déjà dit que l'aspect sexuel n'est pas inclus. Personne ne te demande de faire la pute.

— Non, dit-elle d'une voix mielleuse, mais cela en aura tout l'air quand je confierai l'histoire de mon licenciement à la presse.

Après un moment, Bob ajouta :

— Je me sens presque fier. Notre petite Elaine est devenue une grande fille et cède aux sirènes du chantage réciproque. Tu étais si mignonne et innocente quand tu as auditionné pour nous.

— Et elle l'est toujours aux yeux du public. (Pat posa les yeux sur Lainie.) Tu sais parfaitement qu'il ne faut pas grand-chose pour lancer une rumeur sur une relation. Je pourrais faire la moitié du travail en diffusant un simple tuyau. Tout ce que nous demandons, c'est que tu laisses Richard t'accompagner à des soirées bien précises et participer à quelques-unes de tes œuvres caritatives, pour lesquelles je voulais d'ailleurs te féliciter.

Lainie suspectait que ses félicitations n'étaient pas dictées par son amour pour l'humanitaire. Elle s'étouffa.

— Emmener Richard à une collecte de fonds ? Je vois déjà le tableau. Richard Troy bavardant avec des petites vieilles dans un village, posant devant Sainsbury's avec une boîte de dons, participant à la course du 5K Fun Run pour la bonne cause…

— Il le fera, réagit Lynette, et Lainie secoua la tête, totalement sceptique.

— Vraiment ? répondit-elle avec ironie. Parce que vous n'avez pas évoqué sa coopération dans ce petit plan, et pour moi, il est totalement inconcevable qu'il donne son accord.

— Il le fera, répéta Lynette fermement.

— Eh bien, pas moi. (Lainie lança un regard dur à Bob.) C'était *ton* idée, n'est-ce pas ? Un tas de conneries relevé d'une pointe de lubricité écœurante. On devine ta patte sur le moindre détail.

— C'est un plan solide, rétorqua Bob sans s'offenser. Le public aime les couples mal assortis. Le *bad boy* qui se rachète avec l'ingénue de la troupe.

— Je ne suis pas l'ingénue de la troupe, répliqua-t-elle.

— Désolé, mais le rôle de la femme fatale est déjà pris par Chloe, mon lapin. (Bob prit une expression lubrique.) Et elle le joue à la perfection, je dois dire.

— Pourquoi ne pas l'embaucher pour ton petit plan, dans ce cas ?

— Ne crois pas que je n'y ai pas pensé. Mais on ne peut pas dire que l'image de Chloe est au top en ce moment non plus. Et elle est trop vieille pour lui.

— Elle a trente-neuf ans.

— C'est comme si elle en avait cinquante-neuf dans ce milieu. Nous essayons de laver la réputation de Richard, pas d'ajouter le terme « gigolo » à sa liste de péchés.

— Je ne sais pas comment tu arrives à dormir la nuit.

— Sur une jeune blonde, répondit Bob, mais son ton était plus mélancolique que lascif.

— Essaie de ne pas devenir le parfait stéréotype du régisseur. Je refuse de le faire. J'ai une grande famille et pas mal d'amis, dont la plupart lisent les sites people. Que crois-tu qu'ils penseraient s'ils me voyaient tenir la main de Richard Troy à une soirée de lancement ?

— Si ton talent d'actrice vaut le salaire relativement élevé que nous te payons, ils penseront que tu as une petite aventure avec un bon parti.

— *Un bon parti ?* Mais quelle blague ! Mes frères programmeraient probablement une intervention.

Détournant son attention d'elle comme si elle était une hystérique sans espoir, Bob pivota vers Lynette pour évacuer sa frustration.

— Où diable est Troy ? La répétition doit être terminée depuis au moins cinq minutes.

Le visage maquillé de Lynette feignit une expression désolée qui disait : « Ah ! Les hommes ! » Elle appliquait certainement ce masque hors de prix par simple habitude à présent. Avant qu'elle ait pu trouver une excuse bidon, Richard en personne ouvrit la porte et entra dans le bureau sans frapper.

— Mon Dieu ! murmura Lainie. À point nommé, et il n'est même pas payé pour ça.

Richard lui décocha un regard noir avant de reporter son intérêt sur Bob. L'intensité de ses yeux bleus perçants était entièrement due à la profondeur de leur nuance. Leur expression, elle, était léthargique et lasse. Richard semblait aussi étonné que les autres d'être conscient et fonctionnel.

— Oui ?

— Troy, entre.

Les fines mèches rabattues sur le crâne de Bob vibrèrent pratiquement d'indignation. Lainie n'aurait pas été surprise de les voir se dresser en l'air telle la crête d'un coq enragé.

— Assieds-toi. Fais comme chez toi.

— *Oui ?* répéta Richard, ne se laissant pas impressionner.

Il nota la présence de Lynette et Pat, et une grimace se dessina brièvement sur ses lèvres. Quant à Lainie, il continuait de l'ignorer.

— Assieds-toi, Richard.

Pat avait utilisé un ton que Lainie soupçonnait d'être habituellement réservé à son cocker anglais. Après quelques secondes tendues, Richard remonta son pantalon – qui portait du Tom Ford pour une répétition un dimanche matin ? – et s'assit. Évidemment, sur le siège le plus confortable. Ses gestes étaient fluides et élégants et il ponctua la scène en posant une cheville sur son genou opposé. Elle aurait pu sortir son iPhone et vendre la photo à *Vogue*.

— À vos ordres.

La voix de Richard était sardonique. Le destinataire de ses mots n'était pas clairement identifié, ce qui ne faisait que renforcer l'insulte. Sous la lueur naturelle du jour, ses boucles noires coupées court étaient teintées de nuances bleues. Quelques mèches tombaient de manière étudiée sur son front anguleux. Lainie se demanda s'il suivait les traces de Byron et dormait avec des bigoudis.

— Tu as trente ans de trop pour employer ce ton, lâcha Pat, hors d'elle. Ferme-la.

Lainie dissimula un sourire et s'attira un regard menaçant de la part de Richard.

— Mes excuses, reprit-il. Que me vaut cette convocation en votre éminente présence ?

Il haussa les sourcils à l'attention de Bob, et le régisseur le foudroya du regard, les joues écarlates sous l'effet de la colère. Richard se tourna vers Lainie pour la première fois depuis qu'il avait mis les pieds dans la pièce.

— Et pourquoi, si je puis me permettre, l'amoureuse éconduite est-elle là aussi ?

Il était évident qu'il ne faisait pas référence à son rôle dans la pièce.

Connard.

Lynette les observa tour à tour.

— Je ne suis pas certaine que leur talent d'acteur soit à la hauteur, avoua-t-elle franchement à Pat.

L'autre pinça les lèvres.

— Si tu refuses de te montrer courtois, Richard, tu vas te retrouver à faire des interviews en binôme avec Will chaque semaine au cours des deux prochains mois. Ferme-la cinq minutes et écoute.

La menace devait être effrayante, car Richard obéit sans mot dire.

Pat esquissa leur plan de manière bien plus succincte que Bob ne l'avait fait avec Lainie, mais lorsqu'elle eut terminé, l'expression de Richard se situait entre le mépris et le sarcasme. Il remua sur sa chaise pour dévisager Lainie. Elle lui rendit son regard.

— J'espère que tu ne crois pas que c'est mon idée. Je sais de quoi tu es capable. Je préférerais encore me coller des plumes sur le cul, une cible sur le front et aller me promener à poil dans Londres.

— Et j'espère que tu ne crois pas que j'ai envie d'être associé à une femme qui, vraisemblablement en état de parfaite sobriété, a retiré ses fringues pour Will Farmer.

Lainie serra les poings sur ses genoux.

— Un carton, un succès assuré, souligna Pat à voix basse avant d'ajouter plus haut : Et... fin du round, mesdames et messieurs. On vous a assez entendus, merci, ajouta-t-elle en agitant son index.

Lainie commençait à penser sérieusement qu'elle avait raté sa vocation d'enseignante – ou de gardienne de prison. Le même genre de compétences devait être exigé dans les deux métiers.

— Richard..., commença Lynette.

— Aucune chance que ça arrive, la coupa-t-il froidement.

Pat croisa les bras et prit appui sur le bureau de Bob tout en examinant Richard comme si elle le surveillait.

— J'ai conscience du plaisir pervers que tu sembles prendre à te faire passer pour l'homme le plus odieux sur Terre. (Une lueur passa sur le visage de Richard et Pat poursuivit avec acharnement :) Mais on m'a également laissé comprendre que tu visais la présidence de la SRAS lors des élections partielles de décembre. Et franchement, dit-elle avec l'expression d'un joueur de poker dévoilant un as inattendu, si tu ne fais pas un peu d'efforts pour améliorer ton image, « aucune chance que ça arrive » est un bon pronostic.

Richard garda le silence. Son visage était sombre. Il était le joueur qui, par excès de confiance en lui, s'était reposé sur ses deux paires et découvrait que cela ne suffirait pas à remporter la main.

Lainie l'observa avec une pointe de curiosité. Alors comme ça, Richard avait des vues sur la Société royale des arts de la scène… D'après ce qu'elle savait, la SRAS était l'institution des arts la plus guindée, snob et inefficace du pays. Ses membres passaient le plus clair de leur temps à s'autoféliciter, à refuser les demandes de subventions et à ne pas en branler une.

Plutôt adapté, en fait.

À sa grande horreur, le regard que Richard posait sur elle se fit légèrement – et avec beaucoup de réticence – spéculatif.

— Oubliez ça, déclara-t-elle brusquement. Je soutiens sa première réaction. Aucune chance que ça arrive.

— Un mois, intervint Bob en l'étudiant avec un air calculateur. Entretenez les apparences pendant au moins les quatre prochaines semaines…

— Le mensonge, le corrigea Lainie.

— … et je veillerai à ce que la moitié des bénéfices de deux soirées de représentation de novembre soit versée à ton œuvre de charité pour les enfants cancéreux. Comment ça s'appelle déjà ? Allumer l'étincelle ?

— Les Étincelles UK, le corrigea Lainie automatiquement.

Elle se mordilla la lèvre inférieure.

Merde.

Le prix des billets pour les pièces de théâtre du West End était si élevé que c'en était du vol. Cela représentait des milliers et des milliers de livres.

Dans une dernière tentative courageuse de défi, elle ajouta :

— Tu viens de me dire que les recettes chutaient et que tu étais obligé d'offrir des places.

Bob fit la moue et sembla parvenir à une décision qui lui coûtait physiquement.

— Les recettes des samedis soir, réussit-il à articuler. Accroche-toi à Troy comme une sangsue pour le prochain mois et la moitié des bénéfices des deux premiers samedis de novembre iront aux enfants malades. Je veillerai à ce que cela soit inscrit dans les comptes, ajouta-t-il sur un ton accusateur.

Lainie glissa une main dans sa poche et referma les doigts sur son téléphone. Elle connaissait la photo de son fond d'écran jusqu'à la moindre tache de rousseur sur le nez de sa petite sœur.

Hannah, mon bébé... tu arrives encore à me faire faire les pires folies.

— Tous les bénéfices, opposa-t-elle, et Bob blêmit.

Il y eut un long silence tendu, seulement interrompu par le léger son des ongles de Richard tapotant la semelle de sa botte en cuir.

— Tous les bénéfices, accepta finalement Bob comme s'il s'étouffait.

Il baissa les yeux sur Richard.

— Et vous avez intérêt à être convaincants !

2

London Celebrity @LondonCelebrity. 35 min
Alerte nouveau couple hot !
Les acteurs Richard Troy et Elaine Graham blottis
l'un contre l'autre au gala de charité du Ruban Rose...
goo.gl/Ep2m03

C'était le bruit qui était assourdissant. Bien plus que le crépitement des flashs, qui la laissaient temporairement aveugle et confuse, des cercles de lumière pulsant devant ses yeux. Les murmures tandis que les appareils immortalisaient la scène, cliché après cliché, dans une rafale comparable à des coups de feu. Le phénomène se répandait parmi les paparazzis telle une ola, chaque clic déclenchant le suivant. Et les sollicitations verbales s'ajoutaient à cela : « Richard ! À votre gauche ! Richard ! À votre droite ! Elaine ! Par ici, Elaine ! »

Les commentaires, tantôt aguicheurs, tantôt flatteurs, et parfois même provocants, fusaient autour d'eux : « Vous êtes superbe, Elaine ! Quel créateur a dessiné votre tenue ? Vous sortez ensemble ? Richard, depuis combien de temps êtes-vous ensemble ? Qu'en pense Will Farmer ? Ça a commencé avant votre rupture ? »

Ils s'acharnaient sur eux. Grossiers. Impitoyables.

Habituellement, le barrage était mineur. Les acteurs de théâtre ne suscitaient qu'un intérêt minime chez les paparazzis qui se pressaient à l'extérieur de ce genre d'événements. Ils se situaient quelque part entre les stars de téléréalité et les personnalités de la radio sur l'échelle de valeurs des médias. Ce type de harcèlement était l'une des raisons pour lesquelles elle avait réfléchi à deux fois avant de convoiter un rôle à la télévision.

Grâce à son cavalier de ce soir, elle découvrait pour la première fois ce que faire la une des journaux impliquait – et elle n'appréciait pas l'expérience. Richard n'avait pas l'air d'y prendre davantage de plaisir, devait-elle admettre, à en juger par son visage dur tandis qu'ils tentaient de fendre la foule agglutinée autour de leur voiture. Le voiturier emporta la Ferrari et Richard le suivit des yeux comme s'il le soupçonnait de partir faire une virée avec. Ses doigts formaient un étau sur la main de Lainie ; sa paume était étonnamment rêche et calleuse. Elle n'arrivait pas à l'imaginer en train de faire des travaux manuels – ni même la vaisselle. Il grogna un avertissement rauque lorsqu'un photographe à la carrure impressionnante s'approcha suffisamment prêt pour qu'elle sente son haleine sur son oreille.

Son empathie avait néanmoins ses limites. Elle n'oubliait pas que sans les crises que piquait Richard partout où il allait, les paparazzis ne s'attrouperaient pas autour de lui comme des mouettes affamées.

De sa main libre, Lainie maintint sa jupe contre ses jambes pour éviter que le vent frais ne la soulève. Elle avait lu quelque part que la duchesse de Cambridge cousait des poids dans l'ourlet de ses robes, ce qui lui semblait relever du bon sens en cet instant. La dernière chose dont elle avait besoin était un incident vestimentaire. Elle portait sa culotte porte-bonheur – celle qui avait un trou sur la fesse gauche. La soirée à venir s'annonçait suffisamment pénible sans qu'elle en rajoute avec ses dessous.

— Suis un peu, marmonna Richard dans sa direction, et elle résista à peine à l'envie de lui faire une grimace.

Il y avait quelque chose d'horriblement tentant dans l'idée qu'un simple geste pouvait déclencher une vague de flashs. C'était comme plonger dans une flaque d'eau et provoquer un raz-de-marée. Cela ne faisait qu'intensifier son envie perverse de mal se comporter.

À cet instant, un youtubeur provoqua l'agitation de ses jeunes fans, ce qui eut l'avantage de distraire l'attention des photographes. Lainie laissa échapper un profond soupir et lâcha sa robe pour retenir la lanière de son sac qui menaçait de tomber. Il contenait son téléphone, et sa belle-sœur préférée avait reçu la consigne stricte de l'appeler en prétextant une urgence si elle lui envoyait un SMS. Elle avait promis de faire une *apparition* au gala du Ruban Rose avec Richard ; elle n'avait aucunement l'intention de rester à son côté toute la soirée s'il se comportait comme le goujat insupportable qu'il était.

Au moins, c'est pour la bonne cause, songea-t-elle sombrement tandis que Richard tirait sur son bras avec impatience une nouvelle fois.

— Arrête ! siffla-t-elle avant de sourire au videur en tendant son invitation. Je ne suis pas un sac de golf !

Richard présenta son invitation lui aussi, mais se passa de sourire. Un muscle se contractait au niveau de sa mâchoire, mais il ne dit rien avant d'avoir pénétré dans le hall de l'hôtel.

— Je ne porte pas mon sac de golf, finit-il par commenter. C'est à ça que servent les caddies.

Premiers yeux au ciel de la soirée.

Le brouhaha des conversations à l'intérieur était presque aussi puissant que la horde de paparazzi à l'extérieur, à la différence qu'ici les sollicitations pressantes étaient remplacées par des cris de reconnaissance et des rires mondains. Lainie était une pure citadine, mais l'espace d'une seconde, elle rêva d'un coin isolé à la campagne où le seul bruit serait le chant des oiseaux et le ruissellement d'un cours d'eau.

Auxquels s'ajouteraient le bourdonnement des abeilles, le vrombissement des engins agricoles, le bruit du découpage de la viande et le grondement des camions de bétail, reconnut-elle un moment plus tard avec un petit sourire. Le havre de paix de son imagination ressemblait plus au décor de *De Lark Rise à Candleford* qu'à celui d'une scène du XXIe siècle. Déformation professionnelle : à force de passer trop de temps dans un cadre artificiel, on finissait par perdre le sens des réalités.

Richard lui tendit un verre de cocktail qu'il avait récupéré au passage sur le plateau d'un serveur et réduisit à néant cette politesse en étudiant ses seins, les sourcils froncés, avant de demander :

— C'est ton styliste qui a choisi ça ?

Elle prit une longue gorgée de vodka coupée au jus de fruits.

— Je n'ai pas de styliste, répondit-elle sur un ton sombre en résistant à l'envie de tirer sur sa robe pour l'ajuster.

Sa tenue était très bien. C'était une petite robe noire toute simple dotée d'un décolleté élégant.

Richard but dans son propre verre avec précaution, regardant le liquide comme s'il soupçonnait qu'on y ait mis du cyanure. Il avait dû être très bon dans *Hamlet*, songea-t-elle malgré elle.

— Tu as déjà envisagé d'en embaucher un ? insista-t-il sur un ton qui traduisait un intérêt amical.

Des milliers de livres.

Des milliers de livres pour Les Étincelles.

En pensée, elle écrasa son talon sur son irritation grandissante et l'enterra sous le beau parquet.

Elle s'efforça de ne pas imaginer que le visage de Richard était en dessous lui aussi.

— Mes amours !

Greta French débarqua dans un tourbillon de baisers et de parfum. La matriarche du talk-show était le seul être humain que Lainie connaissait qui appelait les autres « mon amour » sans avoir couché avec eux ou les avoir mis au monde.

Greta leur adressa un large sourire. Son nez affûté devinait qu'il y avait ici matière à alimenter son créneau potins de 14 h 05. Lainie sentit le biceps de Richard se contracter contre son épaule. Elle se dit qu'il s'agissait d'un tic impatient. Il n'allait quand même pas frapper cette femme – aussi tentant soit-il.

— Je n'avais pas le moindre soupçon, poursuivit Greta en les dévisageant tour à tour. Elaine, petite cachottière. Tu n'as rien laissé filtrer quand nous avons eu notre petite discussion au sujet de Will la semaine dernière.

Sa voix était feutrée, son ton confidentiel. Une personne indiscrète – et il y en avait au moins cinq dans son champ de vision – aurait pu penser qu'elle avait l'habitude de téléphoner à tatie Greta en pleurs après chacun de ses déboires amoureux.

La « petite discussion » en question avait consisté pour Greta à la piéger dans le rayon yaourts de Waitrose et à lui lancer des piques ironiques sur la préférence évidente de Will pour le silicone.

Richard sourit à Greta. C'était une réaction artificielle et calculée qui n'avait rien d'authentique. Cela n'en amoindrit pas l'impact. Le bleu de ses yeux se fit plus intense, des fossettes se creusèrent autour de ses lèvres et son visage qui pouvait sembler exagérément sévère au repos devint presque extraordinairement séduisant. Même le cœur de Lainie se mit à battre plus vite devant ce spectacle et pourtant, elle rêvait toujours de lui jeter son cocktail à la tête.

— Pas le moindre soupçon à quel sujet ? demanda-t-il d'un ton curieux.

Il prit une autre gorgée et parvint à contenir sa grimace cette fois-ci. La boisson était ignoble.

Greta parut légèrement déconcertée. Elle battit des cils devant la double menace de son sourire et de son refus de répondre.

— Eh bien..., dit-elle en détournant les yeux de la bouche de Richard avec difficulté.

Son regard continuait à y revenir, comme une mouche incapable de se libérer de la toile visqueuse d'une araignée. Elle prit Lainie à partie.

— Je n'ai pas pu m'empêcher de remarquer que vous étiez entrés *main dans la main*, précisa-t-elle avec un coup de coude révoltant.

Son ton était si lourd de sous-entendus qu'on aurait pu croire que Lainie était entrée dans l'hôtel la main glissée dans le pantalon de Richard.

— Oh, tu me connais, Greta, répondit Richard sans se défaire de son sourire, je suis un gentleman. (Il ignora la toux étouffée de Lainie et lui tapota l'épaule.) Elle titubait un peu. Les vertiges sont courants avec ce type de virus, je crois. Je présume que vous êtes vaccinée ? ajouta-t-il, inquiet. C'est une véritable épidémie au théâtre en ce moment.

Greta essaya un sourire incertain, devinant la plaisanterie, mais devant l'expression sérieuse et insistante de Richard, elle s'agita. Avec un regard méfiant en direction de Lainie, peut-être pour déceler une montée de fièvre ou une éruption de boutons, elle céda à une envie soudaine et pressante de saluer une autre connaissance.

Lainie observa son dos tandis qu'elle s'éloignait.

— Je suis bouche bée, déclara-t-elle. J'en perds mon latin.

— Si je te croyais, je serais beaucoup plus optimiste au sujet de ma soirée, rétorqua Richard en consultant sa montre. Bon sang, on n'est là que depuis cinq minutes. C'est comme si on était bloqués dans le TARDIS[1]. Le temps a perdu toute signification.

Il se détourna pour se débarrasser de son verre, ratant ainsi l'expression estomaquée de Lainie. Une référence à *Doctor Who* venant de la seconde personne qu'elle appréciait le moins au monde ? Un vrai miracle ! Quel alcool avaient-ils mis dans ces cocktails ?

Elle suivit son exemple et abandonna le sien sur une table en observant Richard de côté. Elle avait beau essayer, elle n'arrivait pas à l'imaginer rentrer chez lui après une représentation et s'affaler devant la télé. Elle ne parvenait même pas à l'imaginer exister seul dans une pièce. C'était comme s'il apparaissait en passant les portes du théâtre et disparaissait aussitôt qu'il le quittait – avec quelques irruptions occasionnelles rapportées sur Twitter pour jeter des plats au visage des gens.

— Est-ce simplement ma présence qui te gêne, demanda-t-elle lorsqu'il revint à son côté avec réticence, ou es-tu aussi méprisant avec tout le monde ?

Il sembla sur le point de lui servir un commentaire sarcastique, mais il changea d'avis et réfléchit à sa question. Il fronça les sourcils avec exagération.

---

1. Machine à voyager dans le temps et l'espace dans la série *Doctor Who*. *(N.d.T.)*

— Je trouve que la majorité des personnes manque d'intelligence, admit-il.

Yeux au ciel numéro deux.

— Mais ils sont plus tolérables en groupes isolés. En masse, avec l'alcool, ces événements se transforment en expérience sociale visant à repousser les limites absolues de l'insipidité et de la vanité. (Il observa la pièce qui se remplissait avec dédain.) Les trois quarts de ces gens représentent un gaspillage d'oxygène. Et c'est une évaluation basse.

— Eh bien, c'est bon de voir que le succès ne t'est pas monté à la tête, commenta Lainie en lui décochant un regard exaspéré. Si tu détestes tant les gens et les soirées, pourquoi t'embêter à venir ? Tu pourrais rentrer chez toi et te coucher à une heure raisonnable. Je parie que tu es un insomniaque chronique, dit-elle, songeuse. Cela expliquerait en partie ta mauvaise humeur – et tes cernes.

Il toucha instinctivement la peau sous ses yeux, puis sembla furieux contre lui-même de l'avoir fait. Il lui décocha un regard noir.

— Le succès ne m'est pas monté à la tête. (Il ignora la suite de son insulte pour se concentrer sur sa première observation, qui semblait l'avoir vraiment offensé.) Ma personnalité n'a jamais évolué sous la pression d'une quelconque influence extérieure.

— Dans ce cas, je suis sincèrement atterrée et je plains profondément les nounous qui ont dû te supporter. Tu as du culot de reprocher aux autres leur vanité, tu ne crois pas ? À côté de toi, M. Darcy est un gamin complexé.

— Il y a une différence entre la vanité et le fait d'être lucide sur ses propres capacités et son potentiel.

Elle grimaça et posa les mains sur ses joues.

— Oh, mon Dieu ! Je ne me suis jamais sentie aussi proche d'Elizabeth Bennet[1]. (Elle se tourna vers lui en haussant les sourcils.) Je t'en prie, dis-moi que le *Time* a déformé tes propos lorsque tu as parlé du théâtre comme du seul véritable forum d'expression artistique. Et que tu n'as *pas* qualifié les acteurs télé de marionnettes en manque de célébrité dont les connaissances en art étaient comparables à celles de Kim Kardashian en physique nucléaire.

— Le journaliste a exagéré, comme toujours. Bien que mon opinion sur la différence qui existe entre le théâtre et le cinéma ou la télévision soit connue de tous, je crois, déclara Richard avec raideur.

— Pourtant, tu regardes la télé, apparemment.

Elle se sentait soudain sur la défensive au sujet de ses ambitions télévisuelles et était en colère contre elle-même. Qui se souciait de l'élitisme désuet de Richard Troy ?

— Et je suis franchement impressionnée que tu saches qui est Kim Kardashian.

— Je ne nie pas le caractère divertissant des productions télévisées ni l'importance de leurs documentaires et de leur rôle éducatif. Mais je maintiens que les racines et la véritable expression de l'art dramatique résident dans le théâtre. À quelques rares exceptions, les programmes produits pour la télévision britannique sont médiocres. Et j'ai eu la malchance de partager un plateau avec Kim Kardashian pour une interview. (Après un moment, il ajouta sombrement :) Et ne me lance pas sur la téléréalité.

Elle était plutôt d'accord avec lui sur ce point. Mais quand même…

— Tu seras parfait à la SRAS, observa-t-elle, et ce n'était pas dans l'objectif de lui faire un compliment.

— En effet, approuva-t-il froidement.

---

1. Personnage d'*Orgueil et Préjugés* de Jane Austen. *(N.d.T.)*

Il regarda derrière lui.

— En parlant de ça...

Lainie pivota et découvrit un homme rougeaud d'une soixantaine d'années vêtu d'un costume. Il n'aurait pas pu étaler son statut plus clairement en sortant un billet de dix de son portefeuille et en le leur tendant pour qu'ils fassent un sketch. S'il ne siégeait pas dans l'un de ces comités pompeux – en grande partie pour les avantages fiscaux que cela incluait –, elle était prête à manger son sac à main acheté en soldes.

— Eric Westfield, le vice-président en titre de la SRAS, lui apprit Richard en murmurant à son oreille.

Il posa une main sur son bras et l'écarta doucement de lui.

— Si tu pouvais juste...

— Non, mais je rêve. Tu viens vraiment de me pousser ? Tu sais que je ne suis pas contagieuse ? (Elle désigna un point à l'opposé de la pièce.) Tu veux que je m'en aille et que je t'attende là-bas ? Parce que là, je pense qu'il comprendra quand même que nous sommes ensemble.

— Nous ne sommes pas...

— Pas dans ce sens !

— Richard.

Eric Westfield leur souriait.

Ses joues rebondies lui donnaient un air chaleureux qui n'allait pas avec l'expression blasée de son regard.

Richard se frotta le visage pour chasser son impatience et serra la main de l'homme.

— Eric, je suis ravi de vous voir.

Westfield se tourna vers Lainie.

— Et je crois bien que cette jeune dame appartient au monde du théâtre ?

Il accompagna sa question d'un clin d'œil coquin qui la fit reculer instinctivement.

— Elaine Graham. Je joue actuellement dans *L'Hommage du chevalier* avec Richard. (Elle lui serra la main et ajouta sur un ton mielleux :) Quand je ne propage pas la peste.

— Je vous demande pardon ?

— J'allais vous appeler cette semaine, intervint Richard en hâte en lui lançant un regard d'avertissement.

Décidément, n'importe qui était capable de politesse pour parvenir à ses fins.

— Nous pourrions nous retrouver pour boire un verre un de ces jours. Peut-être mardi soir si vous êtes disponible.

Le mardi était le jour où sa doublure prenait le rôle de Bandero, offrant au reste de la troupe un moment de soulagement.

— Oui, ce serait parfait.

Westfield semblait très content. Il n'était pas si blasé, après tout, s'il continuait à s'enthousiasmer à la perspective de fréquenter une célébrité. À moins que sa joie ne soit liée à la valeur qu'il attachait aux origines aristocrates de Richard. Lainie se souvenait avoir lu qu'il était le 732e prétendant au trône.

Que Dieu les préserve dans l'éventualité d'une épidémie de peste. Si Harley Street[1] succombait et que la famille royale comptait sur l'aide de la NHS[2], ils finiraient probablement par tous tomber comme des mouches. Tandis que Richard arriverait à sortir indemne des cendres d'une catastrophe nucléaire, comme un cafard.

Elle se déconnecta de la conversation qui se poursuivait au-dessus de sa tête. La discussion empestait la fumée de cigare et la flatterie propres aux cercles élitistes. Richard la décevait un peu. Se soumettre aux conventions de l'argent

---

1. Rue appelée « rue des médecins » à Londres. *(N.d.T.)*
2. Sécurité sociale britannique. *(N.d.T.)*

était presque pire que se comporter comme une diva mal élevée et caractérielle. Au moins, cet aspect de sa personnalité semblait authentique. Dans cette industrie, elle pouvait éprouver un certain respect pour une personne qui ne dissimulait pas un livre détestable derrière une jolie couverture – même si dans le cas présent elle aurait aimé pouvoir opter pour un roman plus agréable.

Richard mit finalement un terme à sa séance de lèche et Westfield baisa la main de Lainie avant de disparaître dans la foule. Elle plissa le nez. Elle était certaine d'avoir senti le bout de sa langue sur ses doigts.

— Tu devrais te méfier, remarqua-t-elle. Une bouffée de plus et sa suffisance l'aurait fait exploser. Imagine l'importance de la facture pour toi...

— Ça s'appelle entretenir son réseau. Regrettable, mais nécessaire. (Richard posa un regard désespéré sur sa montre une nouvelle fois.) Je suis sûr que tu es obligée de t'y prêter de temps en temps, toi aussi.

— Non. Je me contente de faire preuve de bonnes manières avec les personnes que je côtoie, peu importe qui elles sont.

— Je ne peux pas dire que je l'aie remarqué.

— Je suis polie, je ne suis pas une sainte.

Lainie retourna son sourire à l'un de ses partenaires de théâtre et agita la main dans sa direction en espérant qu'il ne viendrait pas. Cette mauvaise comédie avait déjà assez duré.

— Tu veux vraiment occuper une fonction bureaucratique ? demanda-t-elle, sincèrement curieuse. Je pensais que tu avais assez à faire comme ça.

— Je n'éprouve pas un désir irrépressible d'assister aux réunions du comité ni de voir mon portrait peint sur le mur du président. Mais j'aimerais instaurer quelques changements dans le financement artistique et la formation, et ceci est le premier pas vers mon objectif.

Oh, Seigneur ! Il finirait ministre de la Culture un jour.

Elle hésita.

— Tu penses vraiment être fait pour la politique ? s'aventura-t-elle en s'efforçant de le dire avec tact.

— Qu'est-ce que ça signifie ?

La question était glaciale.

Qu'il aille se faire voir.

— Ça signifie que tu es aussi diplomate qu'un sachet de thé et que tu as tendance à démarrer au quart de tour à la moindre provocation.

— J'ai conscience de devoir travailler à la maîtrise de mes nerfs, admit-il d'un ton encore plus sec.

— Et ton comportement immature ?

Il semblait sérieusement agacé à présent.

— De quoi tu parles ?

— Je parle de ta tendance à jeter des assiettes en porcelaine hors de prix à la tête des chefs des restaurants où tu manges. Si la nourriture était mauvaise, pourquoi ne pas avoir simplement demandé un autre plat ?

Il émit un son irrité du fond de sa gorge.

— Je suis peut-être impulsif, mais je sais comment me comporter en public. Je n'ai jamais lancé une assiette ou quoi que ce soit d'autre sur quiconque. Le seul incident qui s'en approche est la fois où j'ai plaqué au mur un scénariste terriblement mauvais, et je ne me souviens pas avoir provoqué de dommages cette fois-là non plus. Malheureusement.

— Alors, que s'est-il passé à l'*Ivy* ?

— Randolph Gearing a une dent contre moi depuis que j'ai critiqué son premier restaurant à Primrose Hill. C'était une remarque sans importance que j'ai balancée à la radio. Et puis, il doit apprendre à accepter la critique.

Je n'avais pas non plus choisi de dîner à l'*Ivy* ce soir-là. Mon amie pensait que c'était l'endroit où il fallait être vu, ajouta-t-il avec un léger ricanement. Gearing a piqué une crise et *il* m'a jeté une assiette au visage. Je n'ai fait que répondre. Avec des *mots,* pas avec des actes, violents ou autres.

— Je vois. (Lainie l'étudia.) Je ne préfère pas imaginer le travail de la police si un meilleur viseur finissait par faire mouche. Ta liste d'ennemis doit être longue comme le bras. Tu as déjà essayé de compter jusqu'à dix avant de réagir ?

— Je n'aurais pas à perdre mon sang-froid si les gens étaient moins bêtes.

— Je te suggère de trouver autre chose pour l'ouverture de ton discours de campagne.

Richard jura soudain tout bas et Lainie vit Lynette se frayer un chemin vers eux à travers la foule. Elle portait une petite robe noire elle aussi, mais elle était résolument plus « petite » que celle de Lainie. Et ses chaussures étaient magnifiques. Lainie les étudia avec convoitise. Évidemment, même une commission sur le salaire de Richard était supérieure à son propre cachet.

— Un photographe du *Tatler* est présent.

L'agent les examina des pieds à la tête d'un œil critique, exactement comme l'aurait fait un parent devant ses enfants avant la photo de classe. Elle semblait à deux doigts de lécher son pouce pour aplatir une boucle rebelle de Richard.

— Dans un instant, je veux que tu passes le bras autour de la taille de Lainie, Richard, et que tu lui dises quelque chose à l'oreille. Lainie, tu lèveras les yeux vers lui en riant. Puis tu l'embrasses. Un smack joueur, affectueux.

— On n'est pas dans une série B, trancha Lainie. Je ne vais pas glousser comme une cruche et mettre ma bouche en cul-de-poule juste après. Nous sommes convenus d'assister à des événements ensemble et de nous tenir la main. Le contrat a été respecté.

— Non, reprit Lynette avec une colère à peine contenue.

Richard commençait peut-être à déteindre sur elle.

— Vous êtes convenus d'entretenir une certaine impression. (Elle observa les quelques visages intéressés autour d'eux et baissa la voix :) Et ce n'est pas en restant debout à un mètre l'un de l'autre et en vous regardant de travers que vous y arriverez. Seuls un romantique à toute épreuve et un attardé pourraient y voir de l'amour.

Un flash crépita près d'eux et Lainie repéra le photographe qui se tournait dans leur direction.

Avec un soupir qui la décoiffa presque, Richard glissa un bras autour de sa taille et la pressa contre lui en souriant, faisant réapparaître les fines ridules autour de ses yeux bleus sardoniques. Son souffle chaud caressa son oreille lorsqu'il pencha la tête pour murmurer :

— Je trouve que tu as tendance à surjouer la scène de la mort de ton personnage.

Avec un regard menaçant, elle lui rendit son sourire. Et elle rit, un rire léger et musical, comme une parfaite idiote. Elle sentait son corps se contracter à la perspective de ce qui allait suivre et dut prendre sur elle pour ne pas céder au besoin instinctif de s'écarter de sa bouche.

C'était le baiser le plus asexué et le moins excitant qu'elle avait connu depuis l'école primaire, lorsqu'un garçon de sept ans l'avait embrassée pour un pari avant de partir en courant pour se coller le visage sous la fontaine à eau. Eric Westfield avait mis plus de langue dans son baisemain. Après quelques secondes, il y eut un autre crépitement et Richard éloigna ses lèvres des siennes, l'air tout aussi blasé qu'elle.

— Et voilà, commenta leur mère de substitution fièrement. Ce n'était pas si difficile, si ? (Elle adressa un sourire cajoleur à une Lainie pas le moins du monde impressionnée.) Et tu es superbe. J'adore ta robe.

Ce n'était franchement pas convaincant quand la sienne était clairement plus belle.

— Tu ne la trouves pas jolie, Richard ? l'encouragea Lynette avec la même ténacité qu'une mère.

Richard accorda un bref regard à la robe de Lainie.

— Mmm.

Lynette sembla faire appel à toute la patience dont elle était capable derrière son expression neutre.

— C'est une chance que tu sois si belle, observa-t-elle à l'attention de Lainie, avec un certain soulagement.

Il aurait été trop demander au grand acteur de s'abaisser à embrasser un visage quelconque.

Cette soirée commençait à devenir épuisante.

— Tu ne trouves pas que Lainie est séduisante ? répéta Lynette comme un disque rayé.

Richard avait le regard braqué sur le cou de Lynette et Lainie se demanda s'il évaluait le prix de son collier en diamants ou s'il s'était laissé aller au fantasme de l'étrangler.

— Je n'y ai jamais vraiment pensé, déclara-t-il.

Lainie le foudroya du regard.

Ce n'était pas moins flatteur que l'opinion qu'elle avait de lui, mais *quand même.*

— Tu as déjà parlé à une femme avant ce soir ? Parce qu'avec un tel charme je n'ai pas de mal à comprendre d'où te vient ton nouveau surnom.

Il plissa les lèvres. Apparemment, cette histoire lui restait en travers de la gorge.

— Doucement, les enfants, n'oubliez pas que vous êtes amoureux, les avertit Lynette.

Puis elle eut l'intelligence de s'éloigner avant que l'un d'eux cède à ses pulsions de meurtre.

Un autre flash les éblouit et des groupes se tournèrent dans leur direction en murmurant. Quelques fêtards renoncèrent carrément à la politesse et les montrèrent du doigt sans se cacher. De son point de vue, le sourire affectueux de Richard ressemblait davantage à une grimace.

— Tu peux me prendre la main, dit-il comme s'il était la reine et qu'il lui décernait le titre de chevalier.

Elle ignora son geste.

— Non, merci.

Son sourire se fit encore plus affreux.

— Prends ma main, bon sang. Deux tours de salle, un don à la sortie et on pourra se tirer d'ici.

Ce fut la perspective de rentrer chez elle et de retrouver son lit, sa bouilloire et sa tablette de chocolat qui scella le marché. Contenant un soupir, elle referma les doigts sur le bout de ceux de Richard. Il leva les yeux au ciel et prit sa main dans la sienne, chaude et rêche.

— Eh bien, salut vous deux. C'est super de vous voir ici. Ensemble.

Ils pivotèrent pour saluer les nouveaux arrivants avec le même sourire figé.

« Deux tours de salle », c'était plus vite dit que fait quand ils étaient sans cesse arrêtés par des amis, des collègues et des curieux, mais ils parvinrent finalement à atteindre la sortie où ils écrivirent chacun une promesse de don pour la bonne cause. Lainie fut impressionnée malgré elle par l'importance du don de Richard. Il était beaucoup de choses – et peu de qualificatifs le concernant étaient flatteurs – mais il n'était pas mauvais.

Lorsqu'il s'agissait de ses finances du moins. En ce qui concernait son comportement, la demi-douzaine d'assistants qu'il avait fait fondre en larmes ne seraient pas d'accord avec elle.

Ils sortirent par la porte latérale de l'hôtel, où plusieurs photographes attendaient. Un voiturier ramena la voiture de Richard et reçut un généreux pourboire, mais aucun remerciement. Richard n'accorda même pas un regard au sympathique jeune homme.

Lorsque le voiturier se fut éloigné pour prendre les clés d'un autre invité, elle secoua la tête.

— Tu aurais au moins pu le remercier.

— Qui ça ?

— Le voiturier.

Richard haussa les épaules.

— Je remercie les gens lorsqu'ils me rendent un service. Il est payé pour faire ce travail, et je lui ai donné une compensation supplémentaire.

— Ça te tuerait de simplement dire merci aux gens qui travaillent dur pour te faciliter la vie ?

Sous son regard, les pommettes de Richard prirent une légère teinte rose. Il ne répondit pas, mais lorsque le voiturier repassa devant eux, il agita les clés.

— Merci, lâcha-t-il.

Le gamin cligna des yeux et sourit.

— Pas de souci, monsieur.

Richard se tourna vers elle en haussant les sourcils.

— Satisfaite ?

Elle l'était, étrangement. Pour la première fois – et certainement la dernière –, elle lui adressa un sourire sincère.

C'était aussi la première fois qu'elle le voyait déconcerté. Le regard de Richard se posa sur ses lèvres, puis sur ses yeux, et il hésita avant d'ouvrir la portière pour la laisser monter.

Le trajet jusqu'à son appartement de Bayswater fut silencieux et presque paisible. C'était en total contraste avec les chamailleries incessantes du début de soirée, lorsqu'ils avaient quitté le théâtre. Lainie, qui observait songeusement les lumières et la vie nocturne derrière la vitre, mit ce calme sur le dos de leur fatigue mutuelle. Elle ne parla presque pas si ce n'est pour donner des indications sur l'itinéraire. Richard arrêta la Ferrari devant son immeuble, une vieille maison victorienne, et la raccompagna jusqu'à sa porte avec un bref « bonne nuit ». Elle hocha la tête et l'étudia pensivement depuis le seuil tandis qu'il retournait à sa voiture. Une trentaine de secondes plus tard, il la dévisageait impatiemment à travers la vitre et elle se rendit compte qu'il attendait qu'elle rentre pour partir. Avec espièglerie, elle agita la main chaleureusement et l'air renfrogné de Richard s'assombrit un peu plus. Elle fut tentée de lui envoyer un baiser, pour le simple plaisir de voir sa tête exploser, mais elle avait ses limites.

Le sourire aux lèvres, elle referma la porte derrière elle et monta les marches grinçantes de l'escalier. C'était une maison propre et chaleureuse, mais à sa propre échelle, elle offrait la même décrépitude agréable que le Metronome. La moquette avait vraiment besoin d'être remplacée. Son appartement était situé au dernier étage, ce qui n'était pas pratique lorsqu'elle revenait de faire ses courses, mais avait l'avantage de lui imposer suffisamment d'exercice pour justifier qu'elle se passe d'une adhésion à la salle de sport.

En tout cas, c'était sa version, et elle s'y tenait.

Le gros chat roux de sa propriétaire était endormi devant sa porte et elle s'arrêta pour caresser sa fourrure soyeuse. On l'appelait Richard, lui aussi, ce qui l'avait beaucoup amusée au cours des deux derniers mois, en particulier parce qu'il avait l'un de ces adorables minois écrasés qui lui donnait l'air constamment grincheux. Richard, l'homme, malgré son physique attrayant, était affligé de la même condition. Il avait les traits élastiques d'un acteur né, mais à la fin du spectacle, il reprenait systématiquement son expression boudeuse.

Allumant les lumières et tirant les rideaux sur son passage, elle mit la bouilloire à chauffer dans la cuisine et sortit un sachet de thé Yorkshire. Tandis qu'elle jouait avec sa cuillère, écrasant le sachet contre la tasse dans une tentative d'accélérer l'infusion, elle se demanda ce qui attendait Richard chez lui. Pas une femme et quatre enfants, à moins qu'il ne soit capable de garder un secret plus efficacement que le MI5. Elle trouvait difficile de concevoir qu'une femme puisse vouloir cohabiter avec lui. Il n'y avait pas assez d'argent sur Terre pour justifier d'endurer un tel niveau de stress.

Elle imaginait de beaux lustres et des domestiques. Peut-être même un majordome dans le style de Jeeves[1] qui approuvait dans un murmure les tenues que Richard portait en soirée et l'aidait à enfiler son pyjama pour la nuit, même si elle était prête à parier qu'il dormait nu.

Son esprit s'embruma un instant à cette pensée.

Son sac se mit soudain à vibrer sur la table et elle en sortit son téléphone, emportant avec elle sa tasse pour prendre une gorgée revigorante de thé brûlant. Faisant glisser son pouce sur l'écran, elle lut le SMS de Sarah.

Tu es rentrée ?

Pas d'abréviations avec sa belle-sœur qui enseignait l'anglais dans l'école publique de son quartier et avait des opinions bien tranchées sur la fainéantise orthographique.

Lainie se blottit sur le canapé, calant un coussin dans son dos, et composa le numéro de chez de Sarah et Niall à Camden.

— Tiens, la future Mme Troy !

---

1. Personnage des romans de P.G. Wodehouse. *(N.d.T.)*

Sarah fournit un effort évident pour ne pas rire mais échoua lamentablement.

Lainie soupira.

— Je vois que la presse people n'a pas perdu de temps.

— À qui le dis-tu ! Les photos ont commencé à être publiées il y a environ une heure. *London Celebrity* consacre deux articles successifs à la romance *hot* du moment, l'un d'entre eux vous disant presque fiancés et l'autre décrivant votre histoire comme un flirt de consolation. Sans oublier quelques allusions imagées à Will et à votre rupture. Je me demande s'ils ont été rédigés par la même personne et si leurs équipes prennent la peine de vérifier ce qui s'écrit dans le box d'à côté, ou s'ils s'en fichent carrément.

— Dans le doute, j'opterais pour la dernière hypothèse.

Lainie but une autre gorgée de thé. Son iPad était posé à l'autre bout du canapé et elle le poussa un peu plus loin à l'aide de son gros orteil en un geste symbolique de rejet.

— Ça ne change pas de d'habitude, en fait.

— Je dois quand même te dire que je n'ai pas été transcendée par votre bisou, commenta Sarah sur un ton désapprobateur.

Lainie entendait les clics de sa souris en arrière-plan.

— J'ai vu des étreintes plus torrides pendant la messe. On dirait qu'il fait du bouche-à-bouche à quelqu'un qu'il aurait secrètement préféré laisser s'étouffer au bord de la piscine.

Lainie rit, mais elle n'était pas vraiment amusée – pas du tout, même.

— Pour une fois que *London Celebrity* est fidèle à la réalité !

— L'ambiance en coulisses est toujours aussi glaciale, n'est-ce pas ?

— C'est le pôle Nord. S'il n'y avait pas Chloe, qui arrive même à être sympa avec Richard et qui est totalement imperméable aux rebuffades et à toute tension sous-jacente, je préférerais passer la soirée avec les Borgia plutôt que jouer dans cette pièce.

— Il ne peut pas être pire que le petit Willy, déclara Sarah fermement, et Lainie faillit recracher son thé par le nez.

— Est-ce que je t'ai dit récemment que je vous adore, toi et Niall ? demanda-t-elle tandis qu'elle attrapait un vieux chiffon poussiéreux pour nettoyer les dégâts.

— Oui, et nous t'adorons nous aussi, mais n'esquive pas la question.

— Je n'avais pas compris que c'en était une.

— Elle était induite dans ma déclaration. Je refuse de croire que Troy a autant de problèmes avec sa virilité que ton macho d'ex. Sa mauvaise humeur mise à part, et ayant eu un aperçu de ce dont la presse est capable, je ne suis pas certaine de le blâmer pour...

— Blâme-le. Il y a des gens qui se font bien plus harceler par la presse que Richard et il est à l'origine de la plupart des histoires qui ont fait sa mauvaise réputation. S'il se faisait discret de temps en temps, les journalistes ne s'intéresseraient pas autant à lui. Et il ne s'en prend pas qu'aux photographes mal intentionnés ; il est grossier avec presque tout le monde. Tu n'as qu'à poser la question à son habilleuse. À *mon* habilleuse. Ou encore à la fille qui livre le journal tous les matins.

— Je vois le genre, et je t'accorde que ce type de mec n'est pas facile à supporter. J'ai au moins deux spécimens de cette espèce dans ma classe chaque année et l'idée qu'ils n'évolueront peut-être jamais me déprime.

Sarah cliquait de nouveau sur sa souris et Lainie se demanda quel scoop elle avait débusqué dans le fil d'actualité.

— Mais il a quand même l'air mieux que Will au sens romantique du terme.

— Permets-moi de rire à l'idée que Richard Troy soit romantique.

— Eh bien, je ne trouve aucune rumeur en lien avec sa vie amoureuse. Il n'a jamais été impliqué dans un scandale lié à l'infidélité, si ?

Lainie essaya de se rappeler ce qu'elle connaissait de la vie amoureuse de Richard. Le peu de choses qu'elle savait se limitait au fait qu'il était sorti avec quelques femmes d'affaires et une grande avocate à une époque. Jamais avec une actrice. Leur fausse amourette était probablement difficile à avaler pour lui, pour une multitude de raisons.

— Non, ses relations n'ont jamais semblé durer très longtemps, mais il faut lui accorder qu'elles ne se sont jamais chevauchées. De ce que j'en sais. Et il n'a pas l'air du genre à coucher à droite à gauche.

— Surprenant, quand on y pense.

— Pas vraiment. (Lainie restait vague.) Il faut une sacrée carapace pour le supporter. Ou alors, être dépourvue d'estime de soi et avoir un penchant pour le désespoir.

— Aïe, commenta Sarah, sa voix laissant percer son sourire. Je commence à avoir pitié de lui.

— Seule une personne qui ne l'a jamais rencontré peut dire ça.

— Je me demande ce qu'il vaut au lit, s'aventura Sarah, et Lainie s'étouffa avec son thé pour la deuxième fois.

— Sarah, tu es mariée !

— J'ai juré fidélité, ça ne veut pas dire que je suis morte. Quels que soient ses défauts, tu ne peux pas nier que ton Richard est un sacré beau gosse.

— Ne l'appelle plus jamais « mon » Richard, s'il te plaît.

— Je dois admettre que l'alchimie entre vous ne saute pas aux yeux, confirma Sarah en cliquant encore et encore. Oui. Non. Je ne perçois pas d'électricité sexuelle entre vous. Plutôt un genre de peur de se faire contaminer.

— C'est drôle que tu dises ça, observa Lainie. On peut changer de sujet tant que tu ne m'as pas encore filé une insomnie ?

— À cause d'un désir frustré ? demanda Sarah, intéressée.

— À cause des horreurs que tu racontes. Comment va ma nièce préférée ?

— Laquelle est en tête d'affiche cette semaine ?

— Charlotte. Elle m'a fait un collage Photoshop de Will et du T-Rex de *Jurassic Park*. Je l'ai accroché sur mon frigo.

— Évidemment. Il va falloir qu'Emily muscle son jeu. Charlotte va très bien. C'est juste une...

— Une quoi ?

— Une adolescente de treize ans.

— N'en dis pas plus.

— Mais elle a hâte d'être à la fête de samedi.

— Vraiment ? Je n'aurais jamais cru que c'était son truc, les stands de gâteaux et les courses de sacs.

— Non, son truc, c'est Johnny Blake. Elle est très impressionnée que tu aies réussi à faire venir quelqu'un d'à peu près cool à un événement caritatif à Little Bottomsworth.

— Upper Bidford, la corrigea Lainie en essayant de ne pas se moquer. Et Johnny Blake est un gamin adorable, autant que peuvent l'être ces youtubeurs adolescents en tout cas. Sa mère a survécu à la leucémie, alors il a voulu apporter son soutien à la cause.

— Tu sais que je te soutiens à fond, mais je ne comprends toujours pas pourquoi il faut aller collecter des dons dans un coin aussi paumé que les Cotswolds[1].

— Nous avons plein d'événements prévus à Londres au cours des prochains mois, mais les habitants de Bidford voulaient aider. Ils ont perdu une jeune fille de dix-sept ans atteinte du lymphome non hodgkinien cette année.

— Oh... (Sarah resta silencieuse un moment.) C'est affreux.

— Oui.

— Bon, on sera là et on viendra avec des gâteaux. Je ne peux pas te promettre qu'ils répondront aux standards du Women's Institute[2], mais...

— J'apprécie vraiment, Sarah, merci.

— Toute la famille apprécie ce que tu fais avec Les Étincelles.

Lainie émit un murmure. Son regard se porta inévitablement sur la photo de famille accrochée au-dessus du poêle et se concentra sur un visage en particulier.

Hannah avait hérité ses taches de rousseur et son sourire aux dents écartées de leur père. Lainie et elle étaient aussi les seules à avoir ses cheveux roux foncé. En apparence, leur père avait l'air d'un membre perdu de la famille Weasley. Hannah avait arrêté de parler de refaire sa dentition quand Georgia May Jagger et Anna Paquin avaient rendu les dents du bonheur à la mode, mais elle ne cessait de se plaindre de ses taches de rousseur.

Du moins jusqu'à ce que d'autres problèmes en fassent un souci superficiel.

1. Chaîne de collines dans le sud-ouest de l'Angleterre. *(N.d.T.)*

2. Le British Women's Institute est un organisme communautaire britannique pour les femmes. *(N.d.T.)*

Lainie avait toujours trouvé le visage de sa petite sœur adorable – avec ses taches de rousseur et le reste. Hannah rétorquait qu'il était facile de dire ça quand on ressemblait plus à Jessica Rabbit qu'à Raggedy Ann[1].

Une vague de tristesse la heurta de plein fouet. La voix de sa sœur lui manquait tellement, y compris lorsqu'elle poussait ses cris les plus aigus. Cette sale gosse pourrie gâtée lui manquait tant qu'elle en avait le vertige au moins une fois par jour sous la violence de ce sentiment.

— Elle nous manque à tous, reprit Sarah dans le combiné. Elle serait très fière, tu sais.

— Elle ne l'admettrait pour rien au monde ! (Lainie se mordilla la lèvre inférieure.) Mais oui, tu as raison, je sais qu'elle le serait.

— Et elle se serait bien marrée de ton histoire avec Richard Troy.

— Elle a toujours critiqué mes goûts en matière d'hommes.

— Après le petit Willy et Monsieur Impulsif, tu ne peux que faire mieux.

— L'espoir fait vivre.

Richard perçut des voix lorsqu'il pénétra dans le hall. L'une était féminine, stridente et ponctuée d'un rire qui aurait été d'une valeur inestimable pour signaler une attaque aérienne pendant le blitz. Il suivit l'odeur de lavande du produit d'entretien qui flottait dans l'air jusqu'à la cuisine. Mme Hunt avait laissé la radio allumée pour lui encore une fois. Elle était convaincue que ce son était plus « chaleureux » que celui d'une maison vide quand on rentrait chez soi. Visiblement, sa femme

1. Poupée de chiffon aux cheveux roux inspirée de la série de livres pour enfants écrits par Johnny Gruelle. *(N.d.T.)*

de ménage le prenait pour un chien souffrant de peur de l'abandon. Quelle femme adorable ! Et totalement dénuée de bon sens.

Il coupa l'appareil, étouffant un autre éclat de rire horripilant. Puis il entama le long processus consistant à éteindre presque toutes les lumières du rez-de-chaussée. Mme Hunt pensait aussi qu'il était plus agréable pour lui de retrouver une maison éclairée comme un cabaret.

Ses pensées se firent bien plus charitables lorsqu'il atteignit son bureau et découvrit la carafe à whisky posée sur un plateau et prête à l'emploi. Elle avait également sorti un cigare de la boîte qu'il réservait aux invités, la plupart étant d'anciens collègues de son père qui avaient tendance à s'incruster chez lui. Il ne fumait pas, mais il soupçonnait Mme Hunt de concevoir la vie d'un acteur sur la base des romans victoriens qu'elle lisait.

Il se versa deux doigts de whisky et se laissa tomber dans le fauteuil près de la fenêtre, le regard perdu sur la rue plongée dans la pénombre. Régulièrement, des phares éclairaient la chaussée et les pneus des voitures éclaboussaient le trottoir de gouttes argentées. Il commençait à pleuvoir dru. Il soupira, laissant la tension quitter ses muscles. L'adrénaline de la scène était à peine retombée pendant le gala de charité. Il employait une assistante tout à fait compétente dont le travail consistait à effectuer discrètement des dons à des associations caritatives et autres bonnes œuvres. Il n'avait aucun problème à distribuer son argent. En revanche, il refusait de le faire publiquement, un verre de champagne bon marché à la main, pour le plaisir d'une bande de dégénérés équipés d'appareils photo.

Son iPad émit un son indiquant un nouveau SMS et Richard tourna la tête vers l'appareil. Il consulta la pendule sur le manteau de la cheminée. C'était forcément le message d'une femme. Les hommes avaient l'intelligence de réserver ces heures avancées au sommeil, au sexe ou aux sports américains en direct. Tendant le bras paresseusement, il attrapa la tablette. Il était certain que le SMS ne provenait pas de la femme qu'il avait emmenée à l'*Ivy* l'autre soir. Il s'était rendu compte que c'était une erreur à la seconde où on leur avait servi leurs entrées et qu'elle avait dégainé son téléphone pour prendre une photo des plats. Puis elle avait chargé l'image dans une application de comptage de calories avant de refuser d'avaler la nourriture sur la base d'une analyse arbitraire et presque certainement erronée du système. Il trouvait que la nourriture de Gearing était trop chère et à peine mangeable lui aussi, mais pas parce que l'homme cuisinait au beurre.

Le message venait de Lynette – une Lynette jubilante. Elle avait même inséré un smiley. La dernière fois que son agent lui avait envoyé une émoticône, il sortait d'une interview en direct. Le SMS en question comportait un poing et plusieurs doigts d'honneur, et aurait probablement été censuré dans les écoles.

Elle avait ajouté un lien vers un torchon en ligne qui se faisait passer pour un site d'information. Au mépris de son bon sens, et en partie sous l'influence grandissante du whisky, il ouvrit la page pour tomber sur une image de son propre visage renfrogné. Il grimaça. *Seigneur !* Il ressemblait à sa grand-tante Harriet. C'était un truc dans l'association des sourcils froncés et de la barbe naissante.

Ses yeux se posèrent sur Lainie. Elle se tenait à son côté, les bras croisés sur la poitrine. Il laissa son regard s'attarder sur elle sans scrupules. Il était prêt à parier que cette robe avait été conçue sur un modèle plat comme une planche à repasser. Il avança les lèvres en un sifflement silencieux qui lui aurait sûrement valu une claque s'il avait été en compagnie féminine. L'expression de Lainie, tandis qu'elle fixait l'objectif, était fortement désapprobatrice. Elle avait l'air d'une femme qui serait ravie d'étrangler quelqu'un avec l'anse de son sac à main. Pas difficile de deviner qui. Richard pinça sa bouche involontairement.

Il balaya l'écran pour passer aux photos suivantes et haussa les sourcils. Les clichés mettaient silencieusement en scène l'arrivée de Lynette, Lainie se blottissant avec réticence contre lui, l'enveloppant de son parfum sucré et légèrement vanillé, avant de finir par l'embrasser sur la bouche. Ses lèvres étaient collantes à cause de son gloss et lui avaient laissé un goût de framboise synthétique – comme une pastille pour la gorge. L'ensemble sonnait ridiculement faux. Des acteurs de seconde zone dans un feuilleton médiocre auraient été plus convaincants dans cette démonstration d'affection. La tension était évidente, mais elle était plus coléreuse que sexuelle. La scène était mal jouée et ce constat irritait son ego. La situation en général le répugnait.

Cette pensée le ramena au désir profond qu'il avait d'obtenir une chaire à la SRAS. Il n'était ni sourd ni égocentrique au point d'en devenir inconscient ; il avait entendu les rumeurs. Sa réputation était un boulet qu'il traînait derrière lui. Il n'était pas convaincu, cependant, que sa rédemption soit entre les mains – autrement dit, pour l'opinion publique, entre les cuisses – d'une petite amie séduisante, même si elle avait l'image de Mère Teresa durant son temps libre. Sa fausse relation avec Lainie avait plus de chances de ternir sa réputation à elle que de redorer la sienne.

Étonnamment, cette pensée l'agaça. Ses yeux se posèrent de nouveau sur l'écran de l'iPad. Du bout des doigts, il zooma sur une photo. Son examen des traits de Lainie était moins indifférent qu'il ne l'aurait été à peine quelques heures plus tôt. Il avait évidemment remarqué qu'elle était une jolie femme, mais les traits symétriques, les dents blanches, les cheveux brillants et la poitrine généreuse étaient légion dans ce milieu. Les femmes – et les hommes – avec lesquelles il avait travaillé au cours des quinze dernières années se fondaient toutes dans un idéal hollywoodien universel. Si vous n'aviez rien de plus qu'une génétique bénie des dieux agrémentée de quelques améliorations chirurgicales, si vous étiez dépourvu d'esprit et – pour être honnête – de contacts utiles, votre voix avait peu de chance de s'élever au-dessus de la clameur.

Il avait eu une petite révélation ce soir. En réalité, Jessica Rabbit avait une personnalité – et une langue plutôt acerbe. Elle méritait plus que le rôle de midinette qu'on lui avait donné dans *L'Hommage du chevalier*. Elle aurait probablement été crédible dans celui de Helen. Chloe avait tendance à trop simplifier et à trop sexualiser ce personnage calculateur et sardonique.

D'un autre côté, Chloe n'était pas assez stupide pour coucher avec Will Farmer. Il agita les épaules brusquement, comme pour chasser une sensation inhabituelle d'agitation. Après les bavardages ineptes qui régnaient dans les coulisses du théâtre, sa maison silencieuse lui apparaissait toujours comme un refuge. Ce soir, ses pensées semblaient rebondir contre les murs de la vaste et confortable pièce pour revenir le hanter. L'espace d'un instant, il eut l'envie folle d'aller dans la cuisine pour rallumer la radio.

Il ouvrit son calendrier virtuel et consulta son emploi du temps pour le reste de la semaine. Le créneau du samedi matin était, pour le moment, merveilleusement vide. Il ne parvenait pas à se décider à intégrer le changement de programme. Une fête de village. En octobre. Cela ressemblait à un roman d'Agatha Christie. Il fallait s'attendre à se geler étant donné les prévisions météo.

Il leva le menton et posa les yeux sur le portrait de son père au-dessus de la cheminée. Le vieil homme le dévisageait. Si Richard plissait les yeux, il pouvait presque voir la moustache teinte trembler de rage.

OK, il irait à la fête de village.

Silencieusement, avec ironie, il salua son père en levant son verre de whisky et le vida.

3

London Celebrity @LondonCelebrity. 3 h
Un flirt de consolation ? Les fulminations amères de Will Farmer tandis que Graham et Troy enflamment le Metronome… tinyurl.com/puy26gy

Une personne sympa l'aurait libéré. Aucun sbire de la brigade du Metronome ne traînerait autour d'Upper Bidford pour les obliger à se plier à leur plan. Jamais Lynette Stern n'abandonnerait le monde civilisé pour un village rural sans connexion Wi-Fi, même pas pour répondre aux exigences du métier. Lainie aurait *pu* proposer d'inventer une excuse tandis que Richard serait resté chez lui à faire ce qu'il faisait habituellement le samedi matin. Elle imaginait que cela impliquait un excellent expresso et plusieurs heures à chercher son propre nom sur Google.

Apparemment, elle n'était pas une fille sympa. Parce qu'elle avait rarement apprécié davantage un spectacle que celui de Richard Troy à une fête de village, entouré de deux des plus ferventes partisanes du Women's Institute local. Il avait l'air d'être tombé accidentellement dans un trou noir donnant tout droit sur le troisième cercle de l'enfer.

Une jeune femme à l'instinct maternel douteux abandonna son enfant impuissant dans les bras de Richard, ignorant sa réaction furieuse tandis qu'elle dégainait son téléphone. Pendant qu'elle prenait une série de photos, les évaluant à voix haute pour choisir celle qu'elle mettrait sur Instagram, Lainie approcha pour profiter de la scène de plus près. Elle ne savait pas qui avait l'air le plus en colère, Richard ou le nourrisson agité qu'il tenait à bout de bras comme un ballon de football plein de boue.

— Tu as conscience que c'est un bébé, pas un seau d'eau qui fuit ? demanda-t-elle sur le ton de la conversation.

Il lui décocha un regard furibond.

— Contre ton torse, une main sous ses fesses. Franchement, tu as forcément déjà fait un câlin à quelqu'un.

— Oui, mais les femmes n'apprécient pas que je mette une main sur leurs fesses avant que je les aie au moins invitées à dîner, rétorqua-t-il, et la présidente de l'institut gloussa dans son scone à la confiture.

Lainie sortit son propre portable et prit une photo.

— Je n'allais quand même pas rater cette occasion, déclara-t-elle devant son air revêche. Si ce plan tourne mal, tu pourras toujours vendre cette photo aux tabloïds comme la preuve de l'existence de ton enfant secret.

Elle fit pivoter l'image pour voir le résultat. *Waouh.* Portrait d'un acteur furieux.

La mère rit en récupérant son fils. Le bébé était bien emmitouflé et adorablement dodu dans sa combinaison duveteuse.

— Mon mari le pourchasserait certainement avec une machette. C'est lui, là-bas.

Elle désigna le terrain où un match de rugby était organisé contre le village voisin. Lainie ne savait pas quel joueur était l'époux, mais ils étaient tous bien dotés niveau cuisses.

— Ça fait deux raisons de la garder, conclut-elle en agitant son téléphone sous le nez de Richard, qui la dévisageait avec rage.

— Efface-la.

— Pas question. Je vais peut-être même en faire mon fond d'écran. J'adore la tache de bave sur ton épaule. (Il baissa les yeux sur son manteau et jura en s'essuyant du plat de la main.) Désolée, s'excusa Lainie auprès du groupe de femmes qui se pressait autour d'eux. Nous travaillons sur ses bonnes manières.

Elle attrapa Richard par le bras et l'entraîna plus loin.

— Ce n'est pas un début très prometteur pour ta carrière de fonctionnaire lèche-bottes, tu ne crois pas ? Il me semble que charmer les vieilles dames et câliner les bébés fait partie du job.

— Je fais campagne pour la présidence de la SRAS, pas pour devenir le maire d'une bourgade paumée.

Il enveloppa le décor d'un regard méprisant. La fête avait commencé une heure plus tôt, le ruban ayant été coupé par un Johnny Blake tout intimidé. Loin de sa caméra, il était aussi complexé que n'importe quel adolescent, mais les jeunes filles dans l'assistance avaient paru apprécier le discours qu'il avait bafouillé. Et c'était gentil de sa part de fournir un effort visible en sortant de sa zone de confort.

Contrairement à d'autres hommes qui avaient deux fois son âge.

Richard tapotait une théière ébréchée posée sur la table des objets à vendre.

— C'est de la camelote, commenta-t-il sans même se soucier de baisser la voix.

— C'est une brocante, c'est l'esprit. Et tu es qui, un expert d'*Affaire conclue*[1] ?

Lainie passa rapidement en revue les alentours, gênée. Elle estimait qu'environ quatre-vingt-dix pour cent des gens avaient les yeux posés sur Richard. Il ne fallait pas espérer qu'aucun d'eux n'ait entendu.

— Si tu pouvais mettre un filtre et une sourdine pour les trente prochaines secondes, ça m'aiderait vraiment.

— Combien de temps encore doit-on rester ? demanda Richard en observant, incrédule, un cochon passer devant lui, un ruban bleu autour du cou.

— Jusqu'à ce que la dernière tasse de thé soit vide et qu'on ait aidé à ranger. (Lainie commençait déjà à perdre son sens de l'humour.) Ces personnes offrent charitablement leur temps et leur argent pour soutenir une cause qui m'est très chère. Et pour info, tirer la tronche à une collecte de fonds en faveur des enfants cancéreux, c'est vraiment une attitude de connard.

Encore une fois, Richard rougit légèrement. Une semaine plus tôt, elle ne l'aurait pas cru capable de changer de couleur sans l'aide de produits cosmétiques. Il passa une main dans ses boucles noires et détourna le regard. Avec son air taciturne, sa chemise blanche au col ouvert et dans ce décor bucolique, il ressemblait à un personnage des *Hauts de Hurlevent.* Elle refusait de se laisser adoucir par cette image. Il pouvait être aussi séduisant qu'il le voulait ; cela ne rendait pas son comportement plus attirant.

Et il avait besoin d'un rasoir. La frontière entre la mode et la négligence était fine.

— Bien sûr que je soutiens cette cause, marmonna-t-il avant d'ajouter impatiemment : mais je ne vois pas

---

1. *Antiques Roadshow* dans le texte original. Émission télévisée se rapprochant de l'émission française *Affaire conclue. (N.d.T.)*

pourquoi on ne se contente pas de faire un chèque. (Il reprit son examen sarcastique des festivités.) Si tu arrives à réunir mille balles avec ça, tu auras de la chance.

Lainie ne savait pas trop si « ça » faisait référence aux objets à vendre ou aux villageois eux-mêmes. Quelle que soit la réponse, sa remarque était déplacée.

— Il y a des dizaines de personnes ici qui se soucient assez de cette cause pour vouloir contribuer…

… et une bonne centaine de plus qui est venue dans le seul but de voir ton air acerbe, grâce au téléphone arabe des réseaux sociaux.

— Et ils n'ont pas les moyens de se contenter de faire un chèque. (Elle eut la satisfaction de voir ses joues se teinter davantage.) Tous ces événements font de la pub à l'association. Nous essayons de mettre Les Étincelles en avant, pas le fait que Richard Troy a consenti à ouvrir son gros portefeuille pour quelque chose de plus philanthropique qu'une nouvelle voiture de sport.

Son expression était indéchiffrable.

— Ça va, j'ai compris.

Pas si vite.

— Je te signale que tu te comportes exactement de la même façon que Will.

Même si elle n'aurait jamais réussi à convaincre Will de venir jusqu'ici, coup de pub ou pas.

Un tic nerveux agita son sourcil droit.

— Cette insulte flagrante est-elle censée me pousser à réévaluer mes choix de vie ?

Elle haussa les épaules.

— À ta place, j'y réfléchirais.

Il ne répondit pas, mais réprima un rictus lorsqu'ils allèrent saluer les femmes qui tenaient le stand de gâteaux. Il acheta même un sac de biscuits aux pépites de chocolat. Il les offrit presque aussitôt à une dame d'âge mûr ravie suivie d'une jeune adolescente, mais c'était le geste qui comptait.

— J'imagine, grommela Lainie en choisissant une assiette de petits sandwichs pour elle au stand de préparations salées, que ce serait trop te demander de participer au jury des confitures et chutneys.

— Tu imagines bien. (Richard la prit par le coude et l'écarta de la foule.) Ne pousse pas trop.

Sa voix était étonnamment douce.

Il accepta même de poser pour plus de vingt photos avec des fans avant que l'impatience commence à altérer son sourire et son humeur. Percevant les signes d'une crise imminente, Lainie les excusa dans un murmure poli. Ils achetèrent tous deux une tasse de cidre chaud – qui était très bon – et marchèrent lentement vers un chapiteau qui promettait d'abriter des légumes gigantesques.

— C'est une plaisanterie ?

Richard lisait un panneau qui annonçait : *Compétition de la plus grosse citrouille. Ne soyez pas con-combre, rejoignez-nous.*

Lainie grimaça.

— C'est une tentative, on va dire.

— Je ne parlais pas du terrible jeu de mots, mais de la compétition. Il y a vraiment un concours de la plus grosse citrouille ?

— Oh, oui. La taille des légumes fait l'objet d'une féroce compétition d'après ce que j'ai compris. Tu connais les hommes. Toujours à se mesurer la courgette.

Il l'ignora puis lui prit le bras alors qu'elle s'apprêtait à prendre un sandwich dans son assiette. Comme indiqué par Pat, il était passé la chercher devant chez elle à l'aube pour échapper aux bouchons matinaux de Londres et elle n'avait pas eu le temps de prendre son petit déjeuner. Elle était affamée.

— Viens, dit-il en la tirant vers l'entrée du chapiteau.

Encore une fois, elle avait l'impression d'être remorquée par le *S.S. Troy.*

— Mon bras, se plaignit-elle en lorgnant sur ses sandwichs. J'aimerais qu'il reste attaché à mon épaule. Et puis, j'essaie de manger, là.

— C'est vraiment nul de se plaindre à une collecte de fonds pour les cancéreux, répliqua-t-il sans même tourner la tête. Je dis ça en passant.

Touché.

— Bon sang ! s'exclama-t-il une fois sous la tente. Regarde la taille de ce truc !

Lainie découvrit une citrouille effectivement gigantesque et un éclat de fascination réticente dans les yeux bleus de Richard.

L'accompagner lors d'une soirée : aucun intérêt. L'une de ses robes les plus coûteuses : absolument aucun effet. Jouer avec elle dans une pièce : totalement décevant.

Et là, il était soufflé par un légume géant.

Elle préféra s'en amuser.

— Tu crois qu'ils utilisent un fertilisant spécial ?

Richard s'accroupit pour mieux observer le derrière bulbeux de la citrouille.

Lainie stabilisa son assiette et piocha dans son contenu.

— Je pense qu'ils utilisent des hormones, comme pour les poulets, mentit-elle en portant un triangle de pain coupé très fin à sa bouche en espérant qu'il contenait du fromage.

Concombre. Déception.

— Vraiment ?

Elle leva les yeux au ciel.

— Je n'en ai aucune idée. Pourquoi ne poses-tu pas la question ? Tu aimes le concombre ?

— Quoi ? (Il la dévisagea, distrait.) Ah, oui. Je crois.

Elle lui tendit le sandwich et reprit sa quête de fromage. Elle devrait se satisfaire de jambon et de chutney ; quelqu'un s'était emballé sur la charcuterie.

Richard avala le minuscule sandwich en une bouchée avant de coincer l'un des agriculteurs, vraisemblablement pour lui demander comment il avait réussi à faire pousser une courge aussi grosse. Le vieil homme semblait aussi déconcerté qu'elle.

L'une des organisatrices de la fête passa la tête dans la tente et son air renfrogné disparut lorsqu'elle les vit. Elle s'approcha de Lainie pour lui faire un état des lieux de la collecte. Son nom était Mary et c'était une femme adorable. Elles correspondaient par e-mail depuis plusieurs semaines. C'était sa nièce, une jeune fille du coin prénommée Lexie, qui était décédée récemment. Lainie observa la photo de l'adolescente joyeuse aux jolis cheveux bruns et présenta ses sincères condoléances à Mary. Une boule s'était formée dans sa gorge. Lexie n'avait que deux ans de plus que Hannah. Il y avait tant d'enfants touchés, tant de potentiel volé...

Après le départ de Mary, Lainie garda la tête baissée un long moment. Elle se concentrait sur ses exercices de respiration, qui s'étaient révélés un outil précieux plus d'une fois lorsqu'elle devait prononcer un monologue. Elle avait recouvré son sang-froid lorsque quelqu'un lui mit un coup de coude, la faisant sursauter.

— Tout va bien ?

La question de Richard était abrupte. Lorsqu'elle leva les yeux, il fronçait légèrement les sourcils et une pointe d'inquiétude perçait dans son regard. Ses yeux s'étaient assombris pour devenir presque indigo.

Il dégageait aussi une certaine lassitude et une impatience, et elle perçut son agitation lorsqu'il passa subtilement d'un pied à l'autre. Son langage corporel criait la réticence et la gêne toute masculine. Il la soupçonnait d'être sur le point de fondre en larmes et semblait prêt à se réfugier au sommet de la plus proche colline dès que cela arriverait – ou simplement à lui ordonner, sur son ton le plus glacial, d'arrêter de se comporter comme un stéréotype.

Il lui dirait probablement qu'elle avait tendance à surjouer la scène des larmes. Elle rit presque avant de se demander si elle n'était pas en train de devenir hystérique.

C'était forcément lié à l'étrangeté de la situation. Être dans une tente au beau milieu des Cotswolds avec une assiette de mini-sandwichs, entourée de citrouilles qui feraient honte à celle de Cendrillon, en compagnie de Richard Troy qui tenait une plante en pot dans chaque main.

C'était digne du surréalisme des peintures de Max Ernst.

— Tout va bien. (Dans sa confusion, elle avait répondu sèchement, et il se raidit devant cette apparente rebuffade.) Merci, ajouta-t-elle, ce qui sembla ne faire qu'empirer les choses.

Dans une tentative désespérée de changer de sujet, elle désigna les plantes du menton.

— C'est quoi, ça ?

Il contemplait son butin avec la fierté et la satisfaction d'un petit garçon qui aurait gagné une boîte de chocolats à la tombola.

C'étaient des semis d'herbes qu'il avait achetés pour ses jardinières.

Des herbes. Pour ses jardinières.

Le générique de *La Quatrième Dimension* se mit à jouer dans l'esprit de Lainie.

Un frisson sur sa nuque la poussa à tourner la tête et elle repéra une silhouette familière qui les observait depuis l'entrée de la tente.

— Un photographe, dit-elle tout bas, et ses lèvres effleurèrent accidentellement le lobe de Richard.

Elle frémit involontairement au contact de sa peau douce et il eut un étrange sursaut. Il haussa les sourcils comme pour chasser cette sensation.

Il regarda par-dessus son épaule en direction du voyeur. Puis il passa un bras autour de sa taille et elle pressa automatiquement sa joue contre son torse. Cette étreinte semblait plus naturelle que le baiser maladroit qu'ils avaient échangé au gala de charité. Lainie fut surprise de constater que ce n'était pas si forcé aujourd'hui. Ce n'était qu'un rôle de plus, après tout. Si elle était capable de simuler un amour passionné pour Will devant une salle de théâtre bondée, elle pouvait faire ça. Richard enfouit le nez dans ses cheveux, comme s'il l'embrassait, et ils entendirent le déclic de l'appareil photo. Il ne l'embrassait pas, mais elle le soupçonnait de renifler, ce qui la rendit parano au sujet de l'odeur de son shampoing et de la dernière fois qu'elle s'était lavé les cheveux.

Ce moment, blotti contre Richard, était étonnamment relaxant. Elle aimait son parfum, et la laine de son manteau était délicieusement douce contre son visage. Elle avait été si débordée ces derniers temps, emportée dans un carrousel interminable de représentations, de veillées, d'interviews et de soirées, qu'elle n'avait pas pris le temps de faire une pause et de respirer. Une étreinte calculée avec Richard lui apparaissait comme la meilleure alternative à une journée au spa, avec le son des battements de son cœur pour remplacer le bruit apaisant de l'océan qui jouait en boucle dans son salon de relaxation préféré. Il tenait ses pots d'une main et l'autre formait de petits cercles dans son dos.

Ils prirent conscience au même moment que le photographe avait disparu et qu'ils étaient toujours dans la même position, s'agrippant l'un à l'autre pensivement.

Le mouvement de recul de Richard fut inutile. Déjà, elle s'écartait brusquement quand une voix familière l'interpella :

— Lainie ?

Sarah se tenait à l'entrée de la tente et les observait avec un intérêt non dissimulé. Lainie grogna intérieurement devant la spéculation jubilante de sa belle-sœur.

Les rejoignant devant l'exposition de citrouilles, Sarah tendit la main à Richard.

— Bonjour. (Elle le dévisageait franchement et ne cherchait même pas à s'en cacher.) Je suis Sarah Graham, la belle-sœur la plus sympa de Lainie.

Richard semblait toujours un peu perplexe et confus, comme un chat étonné. Lainie ne l'avait jamais vu mettre autant de temps à se reprendre. Il serra la main de Sarah avec une réponse cordiale. C'était presque trop expansif venant de lui. Elle fut tentée de poser la main sur son front pour vérifier qu'il n'avait pas de fièvre, mais elle avait l'impression qu'il détalerait sans hésiter si elle le touchait de nouveau.

Elle ne prenait pas trop de risques en supposant qu'il n'était pas, par principe, un homme démonstratif. Il n'avait jamais eu à jouer beaucoup de scènes d'amour au théâtre. Si l'on parcourait son CV, on voyait qu'il avait souvent eu le rôle du méchant ces dernières années.

Ce serait minable et mesquin de faire un commentaire à ce sujet.

— Où est Emily ? demanda Lainie, mettant un terme à l'inspection que Sarah faisait des pots de Richard. Nous a-t-elle abandonnés pour une virée shopping ?

— Non, elle est au stand de thé, à glousser avec sa meilleure copine en faisant semblant de ne pas espionner Johnny Blake. Qui, comme je n'ai pas pu m'empêcher de le remarquer, est une grande perche maigrichonne qui aurait sérieusement besoin d'une douche, d'un peigne et d'une ceinture pour tenir son pantalon. Je désespère devant les effets des hormones chez les adolescents.

— Pour être juste, déclara Lainie, je crois que tu avais le béguin pour George Michael à l'école. Et il n'était pas exactement un *bodybuilder* bien coiffé, si ?

— Il était adorable. (Sarah plissa le nez.) Vous, les bébés des années 1980, vous n'aviez aucun sens du style.

Niall était le deuxième grand frère de Lainie et Sarah avait dix ans de plus qu'elle, mais la différence d'âge n'avait jamais affecté leur amitié. Elles avaient accroché dès la première fois que Niall lui avait présenté sa famille alors qu'il n'était encore qu'un étudiant.

— Dit la femme qui a passé son bac avec une veste à épaulettes et une banane.

Richard commençait à s'agiter. Ces bavardages futiles lui avaient offert une couverture suffisante pour retrouver son armure habituelle.

— Qui est Johnny Blake ? demanda-t-il brusquement, et Lainie fronça les sourcils.

— Je te l'ai présenté quand nous sommes arrivés. C'est lui qui a inauguré la fête.

— Je suis peut-être un bébé des années 1980, dit-il avec ironie, mais je ne suis pas encore atteint de sénilité. Je me souviens de lui. J'attends toujours des explications sur son statut d'idole des adolescents.

— Il tient un vlog, précisa Sarah. Il publie des vidéos sur YouTube.

— Oh... YouTube.

Henri VIII aurait probablement employé le même ton pour parler d'une visite des bas quartiers de Londres : « Oh... la populace. »

Certes, si son expérience de YouTube se limitait aux vidéos de ses déboires en public prises par des badauds avec leur iPhone, il était en droit d'être blasé. Il faudrait qu'elle lui fasse découvrir la joie immense des vidéos de bêtisiers sur les chats.

Ils ressortirent, et Lainie frissonna. Le ciel était d'un gris sombre à présent et il était étonnant que la pluie ne soit pas encore tombée. Si les fêtes de village avaient généralement lieu en été, il y avait une bonne raison. On pouvait au moins espérer un rayon de soleil à cette époque.

Soudain, elle fut enveloppée par la chaleur et l'odeur masculine d'une veste en laine. Elle écarquilla les yeux malgré le vent et croisa le regard tout aussi étonné de Sarah. Richard, désormais dépourvu de son manteau à mille livres et probablement congelé avec sa seule chemise, ne fit pas attention à elles.

Trop stupéfaite pour parler, Lainie posa une main sur le cachemire épais et soyeux. Les joues de Richard rougissaient un peu sous l'air glacé.

Ou était-il embarrassé ? Il eut en tout cas l'air soulagé lorsqu'un inconnu approcha et s'excusa de les interrompre.

Son expression reconnaissante s'assombrit rapidement lorsque l'homme demanda, avec appréhension, si Richard était le propriétaire de la Ferrari garée près de l'église. La dernière fois qu'elle l'avait vu se déplacer aussi vite, c'était lors de leur première répétition en costumes, lorsque Will avait été laissé sans supervision avec son épée et avait découvert qu'elle était plus difficile à manier que prévu.

Elle le suivit à un rythme moins athlétique, grimaçant déjà. Elle espérait qu'il n'avait pas pris d'amende. Le trajet risquait d'être amusant si c'était le cas. Ce matin déjà, les deux heures de route lui avaient semblé interminables. Bob avait organisé un cocktail imprévu avec des invités VIP après la représentation de la veille et aucun acteur n'avait pu rentrer avant 2 heures du matin. Ni elle ni Richard ne fonctionnaient correctement avec seulement trois heures de sommeil et sans café.

— Eh bien, eh bien..., commenta Sarah sur un ton provocateur. C'était quoi ça ? Est-ce que je me trompe ? Est-il possible qu'il y ait une petite alchimie entre vous ?

Lainie la foudroya du regard.

— Il y avait un photographe devant la tente.

Elle perçut la menace voilée derrière ses mots, mais Sarah n'eut pas l'air impressionnée.

— Pas quand je suis arrivée. Il n'y avait personne à part deux amoureux en train de s'emballer au milieu d'une mer de citrouilles.

— On ne s'emballait pas, et je ne suis pas amoureuse.

Elle posa de nouveau les doigts sur le manteau de Richard. Troublée, oui. Amoureuse, non.

— On fait notre job, c'est tout.

— Si tu le dis. (Sarah écarta une mèche de cheveux blonds de son visage et lui lança un regard en coin avant d'ajouter avec malice :) Mais je continue à penser qu'il est très sexy.

— Je t'en prie, fais-toi plaisir. Je ne dirai pas à Niall que sa femme est une garce éhontée qui souffre de démence.

— Oh, mon Dieu. (Sarah se figea et écarquilla ses yeux bruns.) J'imagine que Richard n'a pas rayé sa propre portière pour le style.

— Quoi ? demanda Lainie, perdue.

Elle suivit le regard de Sarah et son cœur se serra. Richard et son malheureux messager se tenaient au milieu des murmures des badauds réunis autour de la Ferrari comme s'il s'agissait d'une scène de crime. La victime malchanceuse était la portière côté conducteur sur laquelle, de manière plutôt explicite, quelqu'un avait gravé un mot à l'aide d'une clé.

— J'imagine aussi que « Connard » n'est pas un surnom affectueux.

— Pas lorsqu'il est gravé sur ta portière par un inconnu, non.

Lainie regretta plus que jamais d'avoir quitté son lit chaud et son pyjama le matin. Elle ne voulait pas vraiment regarder Richard, mais elle se força à le faire. Il pressait ses lèvres l'une contre l'autre si fermement que sa bouche avait presque disparu. Sa mâchoire était contractée et un tic nerveux agitait sa joue comme le minuteur d'une bombe. Elle était surprise qu'il n'ait pas encore explosé. Il fournissait un effort considérable pour se contenir, mais elle doutait que cela dure.

Repérant le photographe dans la foule, qui s'en donnait à cœur joie et programmait probablement déjà le week-end à Biarritz qu'il s'offrirait avec les bénéfices de sa vente, elle s'arracha à cette inertie horrifiée et rejoignit Richard.

De près, les dommages sur la voiture luxueuse étaient encore plus impressionnants – et le message était insultant au plus haut point. Lainie grimaça. Elle avait peut-être attribué au moins l'un de ces qualificatifs à Richard dans son esprit – et éventuellement au téléphone avec un proche compatissant – mais ça, c'était tout simplement... infect. Les insultes, le vandalisme. Si l'on tenait compte de l'endroit où ils étaient et de la raison pour laquelle ils étaient là, c'était écœurant.

Mary du Women's Institute partageait visiblement son avis. Elle semblait consternée tandis qu'elle bafouillait des excuses à l'intention de Richard, faisant des allusions hésitantes à la délinquance locale.

— Il y a un centre pour jeunes à Brickford...

Une proposition de remboursement pour les dommages causés fut formulée avec une crainte évidente, partagée par Lainie. Sa conscience la torturait. Ce n'était peut-être pas elle qui avait eu l'idée de faire venir Richard, mais c'était quand même à cause d'elle qu'il était là.

Dieu seul savait combien la réparation d'une portière de Ferrari pouvait coûter – certainement bien plus qu'elle ne pouvait se permettre si elle voulait continuer à s'alimenter et à s'habiller.

Elle entendit un gloussement étouffé, rapidement réduit au silence. Plus d'une personne, en fait, semblait trouver l'incident amusant.

La preuve en images de la mauvaise réputation de Richard.

Pour une femme qui avait habituellement envie d'embrocher Richard, elle était étrangement agacée par l'ambiance qui régnait autour d'elle. Ils avaient l'air de penser qu'il le méritait. Lorsqu'elle le regarda, seul, le visage crispé, elle éprouva presque le besoin de... le protéger. Il repousserait sèchement toute démonstration de compassion, alors elle se tut et décida de se contenter d'une main hésitante posée sur son coude. Même avec un geste aussi simple, elle s'attendait à se faire rabrouer sans ménagement.

Il sembla à peine le remarquer, cependant. Toute son attention était absorbée par sa pauvre voiture blessée. Elle entendait son souffle rauque et haché et sentait ses muscles se contracter sous sa main. Il avait l'air d'un taureau sur le point de charger, si bien qu'elle sentit son cœur battre plus vite lorsque le vent agita sa queue de cheval rousse devant le visage de Richard, comme une cape. En hâte, elle glissa ses cheveux dans le col de son manteau. *Du manteau de Richard.* Elle se sentait encore plus coupable de le porter à présent. Il lui aurait probablement été plus facile d'affronter cet affront s'il avait eu chaud.

— Je suppose que personne n'a vu qui a fait ça, déclara Richard finalement, en articulant clairement.

Personne n'avait rien vu – ou, si c'était le cas, personne n'était prêt à l'admettre.

— Vous devriez porter plainte, conseilla Sarah, incarnant la voix de la raison, et Mary offrit immédiatement d'appeler un agent de police.

Lainie, gardant un œil méfiant sur le paparazzi avide, déclara :

— Je doute que la police puisse faire quoi que ce soit sans témoins... à moins que vous n'ayez des caméras de vidéosurveillance ?

Ils en avaient, mais la caméra était placée devant l'église et ne filmait pas l'arrière du bâtiment, où Richard était garé.

— Il faut quand même déposer plainte pour votre assurance.

Sarah agita le menton en direction d'une Mary anxieuse qui partit immédiatement en quête de l'agent Porter, vu pour la dernière fois devant le stand de livres.

Une assurance ! Bien sûr, il avait une assurance. Le stress avait un effet étrange sur son cerveau. Lainie aurait pu s'évanouir de soulagement. Elle ne se réjouissait pas à la perspective de manger des haricots et du pain de mie pendant les six prochains mois.

Richard renifla et posa les yeux sur le photographe. Ce dernier avait l'air un peu chagriné de voir un tel sang-froid chez un homme connu pour péter les plombs à la moindre contrariété.

— Tu as une assurance, n'est-ce pas ? insista-t-elle aussitôt pour le distraire tout en serrant les doigts sur son bras pour attirer son attention.

Il sembla prendre conscience de sa présence pour la première fois et il fronça les sourcils.

— Bien sûr que j'ai une assurance, rétorqua-t-il en repoussant sa main. Ce n'est pas vraiment le problème, si ?

Pour son portefeuille, c'était exactement le problème, mais elle appréciait de constater que sa fierté était plus touchée que ses finances. En fait, le fait qu'il ait recouvré son humeur grincheuse et qu'il la foudroie du regard était un soulagement. Dans ces conditions, il était beaucoup plus difficile d'éprouver de la compassion, de la sympathie ou tout autre sentiment dangereux à son égard. Richard était beaucoup moins troublant lorsqu'il restait dans la case « insupportable ». L'en sortir ne pourrait que conduire à de grands malheurs.

Mary revint avec l'agent de police et Richard continua à décevoir la plupart des badauds en n'élevant pas le ton et en ne tapant pas du pied – de manière figurée ou concrète. Il marmonna bien une injure à l'intention de celui qui avait fait ça, mais pas assez fort pour que l'agent Porter l'entende, et Lainie prit cela comme une victoire pour les relations publiques. Elle passa le doigt sur la carrosserie pour évaluer la profondeur des rayures et il réagit comme une poule furieuse qui ne voudrait pas qu'on touche à ses œufs.

À un moment de cette histoire, les yeux de Lainie finiraient par sortir de leurs orbites pour rebondir sur le sol comme dans un cartoon.

Heureusement pour lui – parce qu'elle n'aurait pas hésité à se servir de la citrouille ayant remporté le concours s'il s'était montré grossier –, il était poli et aimable avec sa nièce Emily, bien que visiblement mal à l'aise en présence de... d'êtres humains, tout simplement. Sa réserve avec les étrangers ne se limitait pas aux jeunes. Ses efforts semblaient laisser Emily indifférente, mais en même temps, Richard avait plus de trente ans. Il se lavait régulièrement et ses pantalons couvraient l'intégralité de ses fesses, alors il n'avait aucune chance devant une ado de treize ans.

Pendant que Richard déposait plainte et qu'Emily se remettait à reluquer Johnny à distance raisonnable, Lainie et Sarah aidèrent à remballer le stand de thé et celui des pâtisseries. Seuls quelques plats ne s'étaient pas vendus. Sans surprise, les bâtons de céleri avaient été moins populaires que les brownies au chocolat et les pommes d'amour. Il y avait un temps et un lieu pour manger ses cinq fruits et légumes par jour, et une fête de village n'en faisait pas partie.

Sarah se tortillait presque sous l'envie de faire un autre commentaire sur la situation entre Richard et Lainie, mais se retenait en présence de la présidente de l'institut. Lainie décida de filtrer ses appels pour les deux ou trois prochains jours.

Lorsque Johnny fut parti prendre son train pour Londres, Emily se fit impatiente de retourner à son habitat naturel. Elle tirait la manche de sa mère d'une main et envoyait des SMS de l'autre tout en râlant – le côté multitâche des adolescents dans toute sa splendeur.

Sarah se laissa entraîner en continuant à lancer des regards malicieux à Lainie avant de désigner Richard, qui dégageait une colère noire et mettait l'agent Porter visiblement mal à l'aise. Lainie agita la main à l'intention de ses proches, puis se dirigea vers Mary et les autres femmes pour les remercier de leur travail. Elles promirent de faire un virement aux Étincelles dès que les comptes seraient finalisés.

Ils partirent juste après 13 heures, assez tôt pour arriver au théâtre à 16 heures, à condition de ne pas crever en route et de ne pas tomber sur un bouchon. L'air sombre, Richard fulminait derrière le volant, activant le clignotant impatiemment lorsqu'ils étaient bloqués par le trafic encombré. Lainie aurait voulu conduire. Elle aurait allumé la radio pour rompre le silence. C'était toujours impoli de le faire dans la voiture de quelqu'un d'autre, comme si l'on reconnaissait tacitement que l'on s'ennuyait ou que l'on préférait ne pas parler.

Ce qui était vrai dans le cas présent. Elle s'ennuyait et elle n'avait aucune envie de se disputer de nouveau avec lui. Ils semblaient incapables d'avoir une conversation sans qu'elle finisse en prise de bec. Leurs personnalités faisaient des étincelles lorsqu'elles se frottaient l'une à l'autre.

Il valait peut-être mieux éviter d'employer le verbe « frotter ». Il éveillait certaines images dans son esprit.

Elle se concentra sur le tic nerveux qui agitait la paupière gauche de Richard. Le fait qu'elle ne puisse pas lire dans ses pensées était probablement une bénédiction. Son ego fragile n'aurait certainement pas supporté l'épreuve.

— Je suis désolée pour ta voiture, s'aventura-t-elle finalement.

Parce qu'elle était *vraiment* désolée. Et qu'elle était bien éduquée.

Il serra les doigts autour du volant.

— Ce n'est rien, dit-il comme si le simple fait d'ouvrir la mâchoire le faisait souffrir.

— Non, c'est horrible.

— J'ai dit que ce n'était rien.

Message reçu. Le ton était clair.

Avec un son qui se voulait être un soupir silencieux mais qui sortit comme un souffle d'exaspération, Lainie étira les jambes et agita les chevilles. Elle continuait à trouver obscène que sa voiture vaille plus que le crédit immobilier de la plupart des gens, mais elle ne pouvait pas nier qu'elle était spacieuse. Et le siège était confortable. Elle agita les fesses, appréciant l'aspect molletonné du cuir. Un petit bond ou deux pour tester la suspension. Pas mal.

Le silence se fit soudain plus pesant et elle releva les yeux pour découvrir le regard agacé et éprouvé de Richard.

— Je comprends mieux pourquoi on ne peut pas transporter un enfant sans un siège auto, commenta-t-il, irrité, avant de poser une main sur son genou lorsqu'elle se remit à bondir. Tu ne veux pas rester tranquillement assise comme une personne normale ? J'ai l'impression d'être enfermé dans une cage minuscule avec Tigrou.

— En parlant de se comporter comme une personne sensée, rétorqua Lainie en fixant la main de Richard, félicitations pour ne pas avoir pété les plombs à la fête. Pourquoi tant de courtoisie, mon cher ? Mes petites cellules grises veulent savoir.

La peau de son genou était brûlante sous sa main. Elle souleva ses doigts un à un et ne put s'empêcher d'admirer ses ongles. Les siens étaient toujours mous et ternes – trop de vernis. La peau de son visage était plus belle que la sienne également, ce qui était déprimant quand on savait qu'il était couvert de maquillage aussi souvent qu'elle et qu'il faisait ce métier depuis au moins six ans de plus.

— Je ne sais pas, Tigrou. (Il reposa la main sur le volant et son regard au-delà du pare-brise.) Ça doit être ta présence qui m'apaise.

Elle ne prit pas la peine de répondre.

Ils arrivèrent au travail à 16 heures et déjà, plusieurs personnes attendaient devant les portes latérales du théâtre. Lainie s'arrêta pour prendre la pose et dédicacer quelques places. Elle trouvait toujours surréaliste qu'on puisse l'arrêter dans la rue pour une signature et elle doutait d'être un jour blasée par les compliments. Richard, à l'inverse, fendit le groupe plein d'espoir d'un pas rapide sans accorder un regard à quiconque et rentra directement. Apparemment, les limites de sa courtoisie avaient été atteintes. Un enfant se mit à pleurer lorsque la porte se referma derrière lui, plus probablement effrayé par le bruit, mais il sembla souligner la gêne de Lainie. Elle se sentit obligée de rester cinq minutes de plus en guise de piètre compensation.

— Personnellement, lança une vieille dame, je pense que vous pouvez faire mieux que ces deux-là, ma chérie.

Elle entra dans le théâtre, ravie de ce commentaire.

Les membres du personnel et les acteurs avaient envahi les coulisses. Les bruits de pas et les voix résonnaient depuis la passerelle au-dessus de la scène, tandis qu'on procédait aux ajustements d'éclairage au milieu de désaccords virulents. L'acoustique du Metronome était de si bonne qualité que les jurons proférés devaient parvenir clairs comme le cristal jusqu'aux sièges les moins chers.

Un machiniste passa devant elle, chargé de tout son équipement, juste au moment où Chloe décidait de faire reprendre son costume en dehors de sa loge. L'attention de l'homme fut naturellement distraite et ses yeux sortirent presque de leurs orbites, si bien que Lainie dut plonger sur le côté pour éviter de se prendre la perche en pleine tête.

Ignorant le chaos qu'elle avait provoqué avec son corset, Chloe leva les yeux et fit un signe à Lainie.

— Salut ! lança-t-elle, la bouche pleine de sandwich. Il paraît que tu as passé la matinée dans les Cotswolds avec Richard. Ça a dû être marrant.

Venant d'une autre personne, ce commentaire aurait sans aucun doute été sarcastique.

— C'est une façon de voir les choses.

Lainie approcha et tint un morceau de soie qui pendait pour l'habilleuse de Chloe, Theresa, qui avait l'air d'avoir besoin de trois mains supplémentaires. Les femmes s'emmaillotaient dans une tonne de tissu dans l'ancien temps. Lainie appréciait les joies de se promener en costume d'époque. Pendant la semaine d'ouverture, elle avait coincé sa tournure dans la porte de sa loge et Will avait dû peser de tout son poids sur elle pour la libérer comme un bouchon de liège. En revanche, ils auraient pu se passer des corsets. Personne n'avait besoin d'une taille de guêpe.

Theresa marmonna un « merci », la bouche pleine d'aiguilles, et Chloe posa les mains sur ses hanches en agitant sa robe de droite à gauche. Ce n'était pas le comportement le plus utile lorsqu'on essayait de reprendre un vêtement sans transformer celle qui le portait en poupée vaudoue.

Je devrais emmener Benji passer une journée à la campagne, songea Chloe. *L'air pur nous ferait du bien à tous les deux.*

Lainie ne savait pas si elle parlait de son fils adolescent ou de son teckel miniature, les deux ayant été baptisés du nom du grand-père de Chloe. Il n'existait aucune façon polie de poser la question, alors elle se contenta d'un vague « mmm » affirmatif.

— Et c'est super pour toi et Richard, ajouta Chloe, interrompant son dandinement pour sourire à Lainie. Je ne vous ai jamais imaginés ensemble, mais on dirait que ça colle, je me trompe ?

Se trompait-elle ?

Theresa émit un autre son à travers ses aiguilles, visiblement d'accord avec Chloe, et Lainie s'efforça d'avoir l'air moins consternée qu'elle ne l'était. Les gens trouvaient-ils vraiment que leurs caractères étaient compatibles ?

Peut-être avaient-ils tous deux besoin de revoir leurs choix de vie.

Elle abandonna Chloe à ses rotations rêveuses et coupa à travers l'aile du théâtre, faisant de son mieux pour ignorer les bruits de la répétition des doublures qui avait lieu sur la scène. Entendre quelqu'un d'autre jouer son rôle la mettait mal à l'aise. Elle se mettait aussitôt à analyser sa propre prestation, ce qui était une mauvaise idée à quelques heures du lever de rideau.

Dans l'escalier qui menait aux loges principales, elle heurta pratiquement Will, qui remontait les marches sans regarder, le regard absorbé par son téléphone. *Probablement occupé à envoyer des sextos à son admiratrice*, songea-t-elle en étudiant ce qu'elle ressentait à ce sujet. Elle fut soulagée de découvrir qu'elle n'était même pas vaguement jalouse. Elle n'était même plus en colère. Elle éprouvait simplement du soulagement à l'idée d'avoir évité le pire et une honte sous-jacente de s'être lancée dans une relation aussi superficielle à l'origine.

— Oups, dit-elle en marchant sur son pied. Désolée, Will. Excuse-moi.

Elle s'apprêtait à passer quand il leva un regard acéré sur elle. Sa grande main se referma sur son bras, la forçant à s'arrêter si brusquement qu'elle manqua une marche. Elle se balançait dans son étreinte comme une aiguille dans une pendule et émit un son qui s'approchait de « iiiik ».

Will rangea son téléphone dans sa poche et la redressa. Elle l'aurait remercié s'il n'avait pas laissé ses mains sur sa taille et s'il ne l'avait pas regardée comme si elle venait tout juste d'émerger d'un bac à compost.

— À quoi tu joues ?

Elle cligna des yeux.

— J'ai dit que j'étais désolée. (Elle fouilla son esprit et trouva la pique qu'elle cherchait avant d'ajouter :) Ce n'est pas moi qui suis trop absorbée par mes messages crados pour me concentrer sur ce que je fais.

Ses joues s'enflammèrent légèrement. *Bingo.*

— C'est ça le problème, n'est-ce pas ? La façon dont ça s'est terminé entre nous ?

— Techniquement, les choses ne se sont pas terminées entre nous – pas au sens traditionnel du terme, en tout cas. Quand ton petit ami décide de mettre un terme à votre relation, il est censé trouver sa paire de couilles et se comporter comme un homme. Mais ce n'est qu'un détail mineur. (Elle haussa les sourcils et se demanda si ses narines s'écartaient toujours aussi agressivement quand il parlait.) Et à quel problème faisais-tu référence, exactement ? ajouta-t-elle.

— Arrête les conneries, Lainie. Tu sais très bien de quoi je parle. Tu étais dégoûtée au sujet de Crystalle et… quoi ? Tu as décidé de te taper Troy pour te venger ?

— Son vrai nom ne peut pas être Crystalle. Tu as vu son permis de conduire ? Je te parie cinq dollars que c'est un truc comme Joan.

— Ce putain de Richard Troy !

— Ou Mabel.

— Tu veux bien la fermer à propos de Crystalle ? explosa Will en passant une main nerveuse dans ses cheveux bruns.

C'était drôle, vraiment. Sur le papier, Will et Richard étaient presque interchangeables. Cheveux noirs, yeux bleus, carrure… distrayante. Étonnamment athlétiques tous les deux, pour des hommes qui préféreraient mourir plutôt que suer en public. En chair et en os, cependant, ils n'avaient absolument rien en commun. Les cheveux de Richard étaient bouclés et son visage bien plus ciselé, comme un masque sculpté qu'elle avait vu au British Museum. Will était canon à la façon des modèles de Calvin Klein. Esthétiquement, il était le plus beau, mais Richard était plus sexy. Toutes les femmes voudraient probablement accrocher une photo en 2D du visage de Will au mur de leur bureau, mais elles préféreraient un Richard en 3D, ébouriffé et ensommeillé, sur leur oreiller.

Venait-elle d'admettre qu'elle trouvait Richard sexy ?

Les prochains signes de l'apocalypse ne tarderaient probablement plus à apparaître.

Son esprit fit rapidement marche arrière. En comparaison, toutefois, si l'alternative était le petit Willy et sa porte de chambre pivotante, Richard n'était pas... dénué de charme.

Elle devait partir. Elle avait clairement besoin d'une bonne sieste et d'un café bien noir avant la représentation de ce soir.

— Nous ne sommes plus ensemble, Will, déclara-t-elle, sa langue manquant de peu de fourcher et de l'appeler Willy.

Elle contourna son bras.

— Ma vie privée ne te regarde pas.

— Oh, vraiment ? rétorqua-t-il en la suivant jusqu'au pied de l'escalier.

Ils se dévisagèrent dans la pénombre du couloir. Une porte s'ouvrit et se referma quelque part. Le souffle de Will était précipité et court, un son rauque dans le silence qui régnait.

Au bout d'un moment, la tension de ses épaules se dissipa avec un effort visible.

— Désolé. (Il était raide, comme si on lui avait arraché ces excuses.) Tu as raison. Tu fais ce que tu veux.

— Merci, répondit-elle sèchement. Maintenant, si tu permets...

— Je crois quand même que tu mérites mieux. (La bouche de Will forma une grimace et elle dut faire un effort pour se rappeler pourquoi elle l'avait aimé.) Mieux que nous deux, je suppose.

— Will...

— Je veux dire... Lainie, c'est *Troy.* La ville est pleine de mecs célibataires et toi, tu choisis le plus gros connard du West End.

— C'est un titre très convoité. Et on vient de se mettre d'accord sur le fait que ça ne te regardait pas. Maintenant, bouge, s'il te plaît. J'ai besoin de me recharger en caféine et je crois que tu as encore des petits messages pervers à murmurer à l'oreille de Mabel.

Will leva les mains pour se rendre et s'écarta de son chemin. Elle le contourna tout en plongeant une main dans sa poche pour sortir les clés de sa loge.

Il commença à remonter l'escalier et marqua une pause en haut pour lancer :

— C'est Ethel. J'ai vu son passeport quand nous sommes allés à Paris pour la journée.

Ethel ? La femme trophée abandonnée et le mannequin glamour en devenir, Ethel.

Quelle horreur !

Pat était pratiquement sortie lorsqu'elle s'arrêta soudainement et revint dans la loge.

Richard leva les yeux du scénario qu'il était en train de lire avant son interruption inopportune. Il ne prit pas la peine de marquer la page cette fois. D'un premier acte prometteur, la pièce avait sombré dans un mélodrame médiocre bourré d'incohérences historiques.

Il étouffa un bâillement. Il était épuisé. Il avait dormi à peine trois heures la nuit précédente. La double dose de café dans son expresso de l'après-midi avait été inefficace. Il consulta sa montre. Si Pat avait la gentillesse de se casser, il lui resterait trente minutes pour faire une sieste. Après sa dernière trouvaille, elle pouvait se faire petite. Il se demanda si Lainie avait reçu la nouvelle.

— Il y a autre chose ?

La question était plus acerbe que polie.

Pat souriait toute seule. D'un doigt manucuré, elle fixa une mèche blonde au-dessus de sa tempe.

— Cela revient peut-être à faire entrer le loup dans la bergerie.

L'expression était à la fois clichée et obscure. Lorsqu'il cligna à peine des yeux, indifférent, elle ajouta, en désignant la porte du menton :

— Lainie et Will. Un petit tête-à-tête très intense dans le couloir. (Elle prit un air songeur.) Il serait peut-être temps de faire une déclaration officielle. Je pourrais murmurer quelques mots dans les bonnes oreilles.

Richard avait arrêté de l'écouter. Il était déjà debout. Il ne poursuivrait pas cette farce plus longtemps et laisserait Lainie faire demi-tour pour retourner se jeter dans le lit de Farmer. Alors que Pat l'observait avec un grand intérêt, il ouvrit la porte et sortit dans le couloir. Il arriva juste à temps pour voir les pieds de Farmer grimper les dernières marches, probablement en direction du foyer pour harceler les assistantes. Il était inutile de le pousser pour ce genre de choses.

Cette journée avait été particulièrement éprouvante.

Lainie marchait dans sa direction, se dirigeant certainement vers sa loge, qui se trouvait un peu plus haut dans le couloir. Elle semblait satisfaite d'elle-même. Un petit sourire était accroché à ses lèvres. Son rouge à lèvres était presque exactement de la même couleur que ses cheveux. Elle leva la tête et faiblit en découvrant son regard noir.

Richard chercha ses mots avant de simplement la soulever par les coudes pour la transporter jusqu'à sa loge. Elle ne se laissa pas faire en silence.

Les protestations s'arrêtèrent lorsqu'elle vit Pat. Le rouge monta de son cou vers son visage. C'était une vraie rousse – totalement incapable de séparer ses émotions de son teint. Étant donné leur métier, elle devait être reconnaissante du camouflage que lui offrait le maquillage.

— Salut, Pat, dit-elle d'un ton sec avant de lancer un regard furieux à Richard, comme s'il était responsable de la présence de l'autre.

— Lainie. (Pat lui sourit.) J'ai entendu dire que les choses s'étaient bien passées ce matin.

— Oh... (Lainie lui assena un autre regard.) Vraiment ?

Son ton était sceptique.

— Le *Digital Mail* a lancé un concours de légendes pour la photographie de Richard qui caresse des racines de légumes. La dernière fois que j'ai regardé, ils avaient déjà trois cents propositions. Quatre-vingt-dix-neuf pour cent d'entre elles comportant une allusion sexuelle, bien sûr.

Richard leva les yeux au ciel, mais ne put contenir un léger sourire devant l'amusement de Lainie.

— Il faudra que je pense à en écrire une ce soir. (Elle haussa ses sourcils délicats à l'intention de Richard.) Il y avait une raison à cette convocation courtoise dans ton repaire, au fait ? Ou était-ce simplement pour me montrer tes biceps ?

— J'ai pensé que tu avais peut-être des questions au sujet de lundi, déclara-t-il sur un ton neutre.

L'expression de Lainie se métamorphosa.

— Lundi ? s'enquit-elle, suspicieuse.

Elle regarda Pat, puis Richard.

— Oh, Seigneur ! Quoi encore ?

— Je note ton enthousiasme, commenta Pat, n'y allant pas de main morte avec l'ironie. Je vous ai programmé une apparition à *Wake Me Up London* lundi matin. Vous serez en direct à 7 h 30, il faudra donc être sur place à 6 heures. Couche-toi tôt demain. L'efficacité de l'anticerne a ses limites. Nous voudrions éviter de donner l'impression que nous faisons travailler nos acteurs jusqu'à les transformer en zombies.

Lainie était visiblement horrifiée, ce qui améliora perversement l'humeur de Richard.

Sa colère teintait ses pommettes de rose et la poussait à plisser son petit nez fin. Tout cela était inefficace : elle n'avait pas le visage pour intimider qui que ce soit. Ses traits étaient désespérément doux. Ses parents souriaient probablement avec tolérance avant de lui caresser la joue quand elle faisait des caprices, enfant.

— Tu veux qu'on donne une interview à la télé ? À propos de... *ça* ? demanda Lainie, consternée.

— Tu peux éviter de me montrer du doigt quand tu dis *ça* ? demanda Richard.

Il prit appui contre le mur et croisa les jambes.

— Ce n'est pas bon pour mon estime personnelle.

Elle l'ignora et continua à s'adresser à Pat.

— Je ne pense vraiment pas que ce soit une bonne idée. Aucun de nous deux n'est doué pour les interviews télévisées, et si nous sommes supposés aborder notre... relation...

Elle parvint à prononcer le mot, mais il lui laissait un goût amer sur la langue. Elle avait l'air de venir de prendre une gorgée de lait et de se rendre compte qu'il était périmé depuis six semaines.

— Parle pour toi, Tigrou, dit-il, et les yeux verts de Lainie devinrent presque bleus sous l'effet de la colère.

De son côté, il commençait à se détendre. Il y avait quelque chose d'apaisant dans le fait de laisser Lainie mener leurs batailles. Elle était si adorablement... inflammable.

— J'ai toujours su garder mon sang-froid pendant les interviews.

— C'est pour cette raison que tu as presque poussé Lynette Stern à la dépression nerveuse, c'est ça ? Rappelle-moi de t'envoyer une vidéo YouTube. C'est un montage de trois minutes de tes réponses aux questions des journalistes. La bande-son de la version censurée est un bip interminable.

Le sourire de Richard s'élargit.

— Tu as fait des recherches sur moi sur le Web ?

On entendit clairement ses dents s'entrechoquer quand elle ferma la bouche. Elle saurait probablement faire un usage judicieux des émoticônes injurieuses de Lynette.

— L'interview est censée être liée à la promotion de *L'Hommage du chevalier* et donner un aperçu de ce que signifie être un jeune... (Pat les observa.) ... un acteur plutôt jeune dans le West End moderne.

Lainie eut l'air encore plus agacée.

— Eh bien, je suis plus jeune que Richard.

— Tu m'es toujours apparue comme quelqu'un d'infantile, observa Richard tranquillement.

Les doigts de Lainie se refermèrent sur le stylo qu'il avait laissé sur son bureau. Il la suspectait de n'être qu'à deux doigts de le lui enfoncer dans la jugulaire.

— Évidemment, Tara Whitlow abordera le sujet de votre relation. Je crois qu'il vaut mieux jouer la discrétion. Moins vous en direz, plus le public fera de spéculations. Sadie Foster a tendance à être volubile sur sa liaison avec Jack Trenton, je préfère que vous soyez en contraste. Vous avez tous deux reçu la formation médias. Je suis sûre que vous saurez comment vous comporter.

C'était admirable, le niveau de menace que Pat était capable d'insuffler sans altérer le ton de sa voix ou l'intensité de son expression.

— Sadie ?

Lainie arracha la veste de Richard accrochée à un tabouret et il observa son cuir à cinq cents livres voler vers un coin de la pièce. Elle s'assit et dévisagea Pat, furieuse.

— Est-ce que Sadie Foster donnera son interview en même temps que nous ?

— Avec Jack. (Pat chassa une poussière de ses genoux.) C'était leur interview à l'origine, pour promouvoir *Les Mis.* Mais le groupe programmé à 8 heures a dû annuler pour maladie – autrement dit, l'un des membres a été envoyé en désintox. Alors, la production a allongé le créneau de Jack et Sadie et a décidé de vous inclure, Richard et toi. Le Palladium a eu assez de publicité gratuite ces derniers temps. Nous devons respecter notre engagement.

La réponse de Lainie fut brève, explicite et salée.

Elle commençait vraiment à lui plaire.

4

London Celebrity @LondonCelebrity. 48 min
Gênant.
Tara Whitlow essaie d'interviewer des stars du West End.
Vous avez raté le direct ?
Regardez le replay ici… ow.ly/QT4Jp

Il y avait quelque chose de sadique dans le fait d'installer un éclairage fluorescent sur le plateau d'une émission diffusée à l'heure du petit déjeuner. Lainie lança un regard horrifié à son reflet et se laissa tomber dans le siège pour se faire maquiller. Elle ne se considérait pas comme quelqu'un de *très* vaniteux, mais la mode au naturel ne fonctionnait pas pour elle à 6 h 10. Habituellement, à cette heure-là, elle était en train de baver sur son oreiller au beau milieu d'un rêve sexy et récurrent avec James Bond – le corps de Daniel Craig avec la voix de Sean Connery.

Une jeune femme souriante apparut dans le miroir derrière elle, une tasse de café dans une main et un flacon de fond de teint dans l'autre, et Lainie s'efforça de ne pas fondre en larmes à ses pieds.

— Salut, je suis Sharon, dit la déesse en lui tendant le café. Du lait et deux sucres, c'est bien ça ?

— C'est parfait. Merci.

Lainie but la moitié de son café d'un trait tout en essayant de ne pas affronter la dure réalité dans le miroir. Dans sa tête, sa peau n'était pas blafarde au point d'avoir pris une teinte verdâtre, elle n'avait pas d'imposants cercles noirs sous les yeux, et elle n'avait certainement pas deux énormes boutons sur le front.

De l'autre côté de la porte ouverte, elle entendit des talons qui approchaient.

Et au loin, dans le fin fond de son esprit, le générique de *La Méchante Sorcière de l'Ouest* se mit à jouer.

Sadie Foster apparut sur le seuil et prit la pose, une main sur une hanche tandis qu'elle examinait la pièce. Son regard acéré s'attarda sur Lainie, qui dut contenir le réflexe de porter la main à son front pour cacher ses boutons.

— Oh, c'est vrai, déclara Sadie en la regardant de haut. Le Metronome. (Elle fronça les sourcils.) Nous nous sommes déjà rencontrées, n'est-ce pas ?

Dit la femme qui avait copié les réponses de Lainie en cours pendant un an avant d'essayer de la mutiler. Il fallait croire que, dans le monde de Sadie, les autres personnes se confondaient en une masse négligeable.

— Quelques fois, oui.

Lainie avala le reste de sa boisson en une gorgée en imaginant que c'était un shot de tequila.

Sadie jeta son sac sur une table toute proche où un stagiaire essayait de disposer une sélection d'accessoires et... se laissa couler sur le siège près de Lainie. Elle avait la même capacité que Richard à se déplacer avec grâce et élégance sans fournir le moindre effort. Elle possédait également le même nez aristocratique et aquilin. La fée de la beauté avait été terriblement généreuse avec ces deux-là – et avait visiblement écarté la fée des bonnes manières sur son chemin.

— Je veux un truc comme ça. (Sadie tendit une page de magazine arrachée à sa propre styliste, interrompant la femme au beau milieu de ses salutations, puis elle désigna la tasse vide de Lainie.) Et un café noir, sans sucre.

Lainie, les yeux braqués sur le miroir, vit les deux stylistes échanger un regard au-dessus de sa tête.

Sadie, indifférente à ce qui l'entourait – et au fait qu'elle serait probablement au centre d'un coup de gueule sur Facebook plus tard dans la matinée –, croisa les jambes et bâilla.

— Bon sang, dit-elle en agitant sa montre-bracelet en or. Sérieusement, qui regarde la télé à cette heure-ci ?

— Le studio enregistre ses plus fortes audiences entre 7 et 8 heures du matin, l'informa Sharon en commençant à appliquer une première couche de maquillage sur les pommettes de Lainie. Beaucoup de gens regardent l'émission pendant qu'ils se préparent pour aller au travail, qu'ils sortent les enfants du lit.

Sadie tressaillit. Lainie ne savait pas trop si elle était bouleversée par la perspective de cette vie routinière, par l'idée de cette progéniture dépendante, ou par les deux.

Les yeux marron se posèrent de nouveau sur elle.

— Alors, commença Sadie, tu as quelque chose de prévu après la pièce ? La rumeur dit qu'elle pourrait se terminer plus tôt que prévu.

Lainie se concentra sur les mouvements apaisants des mains de Sharon. La crème qu'elle utilisait sentait la noix de coco. Si elle fermait les yeux, elle pouvait imaginer qu'elle était en train de s'offrir un soin du visage sur une île déserte, loin, très loin de la blonde abrasive à côté d'elle.

— Comme tu le dis, répondit-elle calmement, ce n'est qu'une rumeur infondée.

— Ce n'est pas ce que j'ai entendu. (Le ton de Sadie était léger et malicieux.) À ta place, j'aurais réfléchi à deux fois avant de coucher avec Richard Troy. (Lainie ouvrit les yeux et croisa ceux de Sadie dans le miroir.) D'un point de vue professionnel, ajouta cette dernière.

Elle sourit.

— Évidemment.

Sharon et sa collègue se regardèrent de nouveau et Lainie grimaça. Les petites scènes déplacées de ce genre n'amélioraient la réputation de personne.

— Tu pourrais essayer le producteur de *Cuir et Dentelle,* suggéra Sadie avec obligeance. J'ai entendu dire qu'il recherchait des danseuses en permanence. (Elle porta le regard sur le front de Lainie.) Ou tourner un spot pour un produit contre l'acné, ajouta-t-elle plus fort.

D'un côté, cela ferait probablement de la pub au studio si l'un de leurs invités s'étouffait mystérieusement avec un tube de rouge à lèvres.

Sharon toussa.

— Tara est très excitée, indiqua-t-elle avec tact.

Elle prit une éponge humide pour unifier le teint de Lainie.

— M. Troy ne donne pas beaucoup d'interviews sur les chaînes grand public. (Polie, elle n'ajouta pas « pour de bonnes raisons ».) Et elle rêve d'avoir Will Farmer sur son canapé depuis des mois. Façon de parler.

Elle sourit en haussant les sourcils d'un air suggestif. Se rendant aussitôt compte de son impair, elle prit une expression mortifiée.

Lainie était trop occupée par son arrêt cardiaque imminent pour se soucier de ne pas relever sa gaffe.

— Je vous demande pardon ? (Elle posa les mains sur les accoudoirs, se levant à moitié pour se retourner et regarder la styliste écarlate en face.) Quoi ?

Son vocabulaire s'était fait la malle, tout comme son optimisme au sujet de cette matinée.

— Eh bien, voilà qui est embarrassant... (Sharon mordilla un long ongle violet.) Je suis désolée.

— Will est ici ? Maintenant ?

C'était un cauchemar.

Sharon semblait déconcertée. Sadie bondissait presque de joie en tapant des mains.

— Euh... oui, je crois. (La styliste voulait à tout prix se faire pardonner.) Je ne suis pas sûre qu'il soit arrivé, mais tout le monde était convié à la même heure, j'imagine donc qu'il est dans le couloir avec Casey. Vous voulez que je vérifie ?

— *Non.* Non, merci. Ça ira.

Lainie souffla. Elle ignora Sadie, dont les petites oreilles pointues s'étaient dressées comme celles d'un fox-terrier.

Pat.

Ce n'était pas gardienne de prison qu'elle aurait dû être, mais directrice de campagne présidentielle.

Ça faisait deux victimes d'étouffement accidentel par rouge à lèvres. Lainie se réservait le droit d'ajuster ce nombre en fonction du déroulement des deux prochaines heures.

— Tu savais que l'interview allait se faire avec Richard et Will, non ?

Sadie feignait l'innocence.

— Oh, bon sang... (Un rire se mêla à ses mots.) C'est gênant.

Lainie était totalement d'accord avec elle.

Heureusement, la styliste de Sadie la réduisit au silence avec du café et le dernier numéro de *Vogue,* et Lainie laissa une Sharon honteuse se remettre au travail. Elle ne pouvait s'empêcher de remuer les jambes tandis que la femme terminait son maquillage et s'attaquait à ses cheveux.

En direct à la télé. Will et Richard sur le même canapé. Sadie qui compliquait les choses. Jack qui n'était pas l'homme le plus brillant au meilleur de sa forme, et qui avait probablement la gueule de bois à cette heure matinale. Elle n'identifiait aucune aide possible de ce côté.

C'était plutôt le combo parfait pour un désastre digne d'anéantir une carrière.

Sharon avait opté pour un maquillage naturel et des ondulations souples pour ses cheveux, à l'opposé du glamour digne d'un tapis rouge de Sadie. Il avait fallu un paquet de produits et un temps désespérément long pour créer l'illusion qu'elle s'était levée comme ça, séduisante.

Sadie avait terminé la première et était accroché au cou d'un Jack à peine conscient lorsque Lainie pénétra dans le foyer des artistes. Il était affalé sur un canapé, la tête en arrière, les yeux mi-clos, en apparence indifférent aux bras tentaculaires qui enveloppaient ses épaules. Will et Richard étaient assis chacun à l'extrémité d'un canapé, prétendant que l'autre n'existait pas. Will jouait sur son téléphone. Elle pouvait entendre la petite musique agaçante de son application. Il leva la tête lorsqu'elle arriva, prit un air renfrogné et se laissa de nouveau absorber par son smartphone. Richard lisait le journal. Il ne prit même pas la peine d'en détourner les yeux.

Et dire que ces deux spécimens de l'espèce masculine incarnaient sa vie sexuelle passée et sa vie sexuelle imaginaire actuelle !

Bon sang, elle espérait qu'il y avait des pâtisseries au buffet.

C'était le cas. La matinée n'était donc pas complètement perdue. Elle prit la première gourmandise qui s'offrit à sa main pour être polie. Le fait qu'elle déborde de confiture et de crème n'était qu'un simple bonus. Elle n'avait aucun scrupule à étouffer ses sentiments avec la nourriture. Elle prit une bouchée, plaçant une main sous son menton pour ne pas gaspiller la crème, et dit bonjour à Jack. Il arracha son lobe d'oreille aux dents de Sadie et pivota vers elle.

— Oh, salut ! dit-il en souriant et en lui faisant un clin d'œil. Comment tu vas ?

— Très bien, merci.

Non. Aucune idée de qui elle était.

Les deux seules places encore disponibles étaient entre Richard et Will. Avec un soupir, et optant pour le moindre mal, elle s'installa près de Richard. Elle préférait l'indifférence à un silence boudeur. Elle préférait aussi l'odeur de son après-rasage – même si le terme était inapproprié étant donné qu'il n'avait clairement pas utilisé de rasoir cette semaine. Tout en mâchant un morceau de pâtisserie, elle le dévisagea, l'œil critique. Ils n'avaient même pas eu à le maquiller beaucoup. Et il était bien, séduisant même. *Salaud.*

— J'ai quelque chose sur le visage ? demanda-t-il sans lui accorder un grand intérêt.

Le papier émit un bruissement quand il tourna la page.

— Une barbe d'une dizaine de jours je dirais. (Lainie termina son petit déjeuner et lécha une goutte de confiture à l'abricot sur son pouce.) Je marine dans une demi-bouteille de laque. Tu aurais au moins pu faire l'effort de te raser.

Richard tourna les yeux dans sa direction et lança un bref regard à Will.

— Comme le Backstreet Boy là-bas ? Je passe mon tour.

Elle refusait de sourire.

— La bourse ne m'intéresse pas. L'agriculture non plus. (Elle se pencha en avant pour regarder par-dessus son bras levé.) Les pages internationales, s'il te plaît.

— Il y a une pile de magazines là-bas. (Richard tourna la page, interrompant son examen des petites annonces.) Et personne ne les lit.

— Oui, mais il faudrait que je me lève.

— Super, tu peux m'apporter une tasse de café en même temps ?

Lainie appuya un coude sur le dossier du canapé et l'étudia songeusement.

— Tu crois vraiment que c'est une bonne idée ?

Il marqua une pause, les doigts crispés sur le journal.

— De quoi est-ce que tu parles ?

— Le café. Tu as tendance à être grincheux. C'est peut-être une réaction à la caféine. Tu devrais sans doute te contenter d'une tasse. Je veux dire, c'est du direct. Ils ne sont probablement pas aussi réactifs avec le bipeur à cette heure matinale.

Un muscle se contracta sur sa joue.

— Je n'ai pas encore bu de café.

Elle le contempla avec compassion en se demandant si une tape sur le bras serait aller trop loin. Elle s'y risqua néanmoins.

— Mauvaise nuit ?

— Non.

— Hum... (Remontant ses jambes sur le canapé, elle posa son menton sur son bras et fronça les sourcils.) Alors... c'est juste toi. (Elle se tut, compta jusqu'à trois dans sa tête puis demanda avec obligeance :) Tu veux qu'on en parle ?

— Prends ce foutu journal.

— Merci.

Quelques minutes plus tard, une assistante de production passa la tête par la porte.

— À l'antenne dans quinze minutes, lança-t-elle, l'air un peu stressée. Quelqu'un vous accompagnera au plateau dans dix minutes.

Lainie finit de parcourir l'actualité internationale et passa à la rubrique art. Il y avait une nouvelle critique de

L'Hommage du chevalier dans les colonnes théâtre. Elle n'était pas mentionnée, mais...

— Tu trouves que le thème de *L'Hommage du chevalier* est comparable à celui de *Chicago* ? demanda-t-elle à Richard, qui était assis, une cheville posée sur son genou opposé, à fulminer dans le vent.

— Je pense que Tom Reynolds devrait se limiter aux critiques de son niveau intellectuel, répondit-il, en colère. C'est-à-dire les soirées karaoké et les spectacles de Noël.

Lainie haussa les sourcils devant son ton acerbe.

— Allez, arrête ! Il t'a qualifié de bourru et d'ouvertement viril. Ça pourrait être des compliments. Et les choses auraient pu être bien pires. Je pourrais te sucer l'oreille en public, par exemple.

Ils observèrent Sadie passer la langue sur la fossette au menton de Jack et grimacèrent simultanément.

— Au fait, tu étais au courant ? demanda soudain Lainie.

Elle baissa la voix, même si elle doutait que Will puisse l'entendre avec le son de son jeu.

— Tu savais que Will serait là aussi ?

L'expression de Richard était difficile à interpréter. Ses yeux passèrent de la tête baissée de Will à ses pouces qui s'agitaient sur l'écran, puis à Lainie. Il eut un petit rictus sardonique qui la fit s'attendre à une réponse mordante.

— Non, dit-il après un moment. Je t'aurais prévenue si je l'avais su. (Hum, de la sensibilité. C'était nouveau.) Mais ça jouera probablement en notre faveur. Quand Farmer ouvre la bouche sans avoir un script dans la main, tous ceux qui l'entourent ont l'air intelligents en comparaison.

Et ils retournèrent à leur attente.

Lorsqu'une autre assistante arriva, un bloc-notes dans une main, Sadie finit par retirer sa langue du visage de Jack et Will éteignit son jeu avec réticence, tandis que Richard posait la main dans le dos de Lainie pour la guider vers le couloir. Elle frissonna et pressa le pas.

Le studio de *Wake Me Up London* était décoré dans des tons jaunes et orangés pour le côté guilleret et rafraîchissant. Les lumières étaient intensément éblouissantes, probablement pour recréer l'effet du soleil en dépit du ciel gris à l'extérieur. C'était plutôt comme se retrouver dans une cabine UV.

Tara Whitlow, ancienne présentatrice phare de la BBC, souriait aux caméras tandis qu'elle bouclait un sujet sur les étudiants en mode. Elle fit passer ses boucles derrière ses épaules et sourit encore pour annoncer l'interview qui suivrait. Le directeur coupa l'antenne pour une pause publicitaire et son sourire s'évanouit. Elle roula les épaules, étira son cou et se leva pour venir les saluer pendant qu'on les pressait sur le plateau. Elle afficha un sourire de façade en leur serrant la main, et Lainie ne rata pas le regard malicieux qui accompagna sa propre présentation. Cela n'augurait rien de bon.

— Fantastique, dit Tara. Si on pouvait installer Will, Lainie et Richard ici, et Sadie et Jack sur le canapé d'en face, s'il vous plaît.

Lainie lança un regard à Richard tandis qu'ils suivaient les directives avec réticence. Au moment où ses fesses touchèrent le canapé et où elle aperçut la petite lumière rouge clignotante d'une caméra, la panique s'empara d'elle. Elle n'aimait vraiment, vraiment pas les interviews. Et elle se sentait un peu trop concernée par le commentaire sarcastique de Richard sur l'incapacité de Will à communiquer sans scénario.

Richard lui rendit son regard en coin, avant de l'observer de nouveau, les yeux plissés.

Elle tremblait, vibrante de tension. Cela n'était jamais arrivé sur scène.

La surprise qu'elle avait éprouvée devant sa remarque presque amicale n'était rien en comparaison de la stupéfaction qu'elle ressentit lorsqu'il prit sa main dans la sienne de façon tout à fait naturelle. Ses doigts étaient puissants et rêches tandis qu'il les mêlait aux siens et ramenait sa main sur sa cuisse.

Elle laissa échapper un petit soupir.

— Tout va bien ? demanda-t-il calmement, et elle acquiesça.

Elle replia le pouce sur celui de Richard. Se redressant, elle ignora le regard malveillant de Will. Sa nervosité était passée de l'ébullition à une cuisson à feu doux. Malgré les multiples défauts de Richard, il y avait quelque chose de rassurant dans le fait de l'avoir à son côté, lorsqu'il était de *son* côté. Il était imperturbable dans ce genre de situation.

Surtout parce qu'il n'en avait rien à faire, mais quand même.

Le producteur leur fit signe, les caméras se mirent en position et Sadie se métamorphosa sous leurs yeux en diva aux grands yeux et aux fossettes innocentes.

— Je suis ravie d'avoir avec moi ce matin cinq des stars les plus brillantes de l'univers du West End, déclara Tara. Du Metronome, nous accueillons Richard Troy, Elaine Graham et Will Farmer, et du Palladium, Sadie Foster et Jack Trenton. Bienvenue à tous ! Merci d'être présents.

— Merci de nous avoir invités, répondit Sadie comme il se devait.

— Je vous suis d'autant plus reconnaissante que vous avez très peu de temps pour vous lorsque vous êtes en période de représentation. Lorsque nous avons annoncé que vous passeriez par nos studios ce matin, nos téléspectateurs ont montré un fort intérêt sur Twitter pour le quotidien des acteurs du West End. Pouvez-vous nous en dire un peu plus sur ce qui se passe en coulisses ? À quoi ressemble la journée type d'un acteur ?

Sadie et Will répondirent à la question à coups de langue de bois et de mensonges si utopiques qu'ils faisaient apparaître le monde du théâtre comme tout droit sorti d'un livre de Oui-Oui. Tout y passa, des fêtes bon enfant à la solidarité de la troupe ; rien à voir avec le milieu professionnel et l'ambiance que connaissait Lainie et qui s'apparentaient à un nid de serpents. Si l'un d'entre eux osait un obséquieux « il n'y a pas de "je" dans l'équipe », elle prendrait Richard par la main et quitterait le plateau.

Les questions se poursuivirent, les marionnettes des relations publiques continuant à apporter la plupart des réponses. Sadie avait tendance à faire des remarques, même lorsque Tara s'adressait directement à quelqu'un d'autre, de façon à rester dans le champ de la caméra. Lainie accrocha un sourire à ses lèvres et regretta de ne pas être au travail – dans la version réelle du Metronome, pas la version Petit Poney avec le soleil et les arcs-en-ciel que Will était en train de décrire.

Pendant les cinq premières minutes, Tara orienta l'interview sur le théâtre. C'était une façon polie d'ouvrir la séquence, puisque quiconque était intéressé par l'intrigue des pièces pouvait les trouver en cinq secondes sur Wikipédia. Lainie attendit, cynique et nerveuse, que l'inévitable se produise.

Il y eut une autre pause publicitaire et le sourire de Tara se fit mielleux.

C'est parti.

— J'imagine que les relations peuvent devenir assez intimes, avança Tara, son regard passant d'un canapé à l'autre avec éloquence, lorsqu'on travaille dans une telle promiscuité. Et plusieurs tweets indiquent que des histoires d'amour seraient nées derrière les rideaux, pour parler ainsi.

— Vraiment ?

Sadie n'aurait pas eu l'air plus effarouchée si elle avait fait la moue en posant son index sur sa bouche, le regard perdu dans le vide. Elle tendit le bras et pressa le genou de Jack.

— J'essaie de ne pas trop regarder les réseaux sociaux.

Richard leva les yeux au ciel et Lainie se mordit la lèvre pour ne pas sourire. Le stress formait une boule dans sa gorge et elle se retenait pour ne pas l'évacuer en pouffant.

— Vous ne trouvez pas problématique d'avoir une relation sur ce qui est, après tout, votre lieu de travail ?

Le ton de Tara était un peu plus tranchant derrière les intonations doucereuses. Lainie aurait été intéressée de savoir quel genre de personnage elle était dans l'intimité ou avec les stagiaires du studio.

— Comme vous l'avez dit, c'est un lieu de travail. Nous sommes des professionnels et nous laissons donc notre vie privée au vestiaire.

Sadie croisa ses longues jambes et s'appuya contre le dossier du canapé en souriant à Jack. Il semblait mal à l'aise. Peut-être ne savait-il pas comment se comporter sans Sadie collée à son visage.

— Je crois qu'il est assez naturel que les acteurs tombent amoureux. On passe de nombreuses heures ensemble et on a un truc fondamental en commun, ce qui est toujours un bon début pour une histoire.

Elle haussa les épaules. Lainie allait devoir revoir son opinion sur le talent d'actrice de Sadie, parce qu'elle était presque sympathique dans ce personnage.

— Ajoutez à cela une bonne dose d'alchimie et...

— Et je suppose que le fait de jouer des scènes d'amour chaque soir est un argument de plus, ajouta Tara avec un rictus lourd de sous-entendus.

Sadie rit.

— Ce n'est que du théâtre, bien sûr, mais... eh bien, disons simplement que c'est plus agréable avec certaines personnes.

— Mais potentiellement risqué, je dirais, si votre couple subit des déboires en dehors de la scène et que vous devez maintenir une certaine performance.

Tara se tourna franchement vers Lainie et Will, mais encore une fois, ce fut Sadie qui prit la parole :

— J'imagine que cela doit être un défi, mais je pense qu'un acteur qui se respecte fera toujours passer son travail en priorité. Je ne l'ai jamais vécu, cependant. (Elle dessina un cercle sur la jambe de Jack du bout de ses doigts.) C'est une nouvelle aventure pour moi. Rencontrer Jack a été... une expérience extraordinaire. Je n'ai jamais fréquenté un partenaire de scène avant cela. Je n'imagine pas en faire une habitude.

Elle leva les yeux avec innocence en agitant ses longs cils et posa le regard sur Lainie.

En plein dans le mille.

Lainie pouvait presque entendre le son des tweets sur *#WMULondon* qui s'accéléraient devant ce pic de tension.

Le sourire de Tara était plus sincère à présent. Elle devait imaginer les taux d'audience monter en flèche dans son esprit. Elle écarta ses cheveux et pivota en direction du canapé du Metronome.

— Au risque de paraître indélicate, dit-elle avec espoir, j'ai cru comprendre que la situation avait pu relever du défi au Metronome ces derniers temps, d'un point de vue personnel.

— Dans quel sens ? demanda Richard poliment.

Le silence de Tara ne dura qu'une fraction de seconde, mais elle hésita bel et bien. Carrant les épaules, elle sourit de nouveau.

— Votre récente rupture, Elaine et Will, a été assez médiatisée. Vous avez clairement réussi à maintenir la performance, mais cela n'a pas dû être facile. En particulier quand la situation a pris une tournure... inattendue, dirons-nous. (Son regard se posa sur les mains jointes de Lainie et Richard avant de revenir au visage de Lainie.) Votre nouvelle relation a fait couler beaucoup d'encre, Elaine, en particulier parce que vous avez... pêché dans le même étang, pour parler crûment. Comment gérez-vous cela ? Et vous, Will ? Cela doit être difficile pour vous.

Même si l'incroyable Ethel et sa culotte invisible devaient aider à amortir le coup.

L'expression stupide de Will était censée refléter sa sensibilité et sa souffrance. C'était celle de ses innombrables tentatives de chantage affectif lorsque les choses ne se passaient pas à sa façon.

— Une rupture, ce n'est jamais simple, commenta-t-il en haussant les épaules, mais Lainie et moi sommes restés bons amis.

Un cliché banal pour masquer toutes sortes de sentiments et de pulsions meurtrières.

— Les rumeurs selon lesquelles il y aurait des frictions entre vous et Richard sont fausses, alors ? insista Tara.

Richard changea tranquillement de position à côté de Lainie et Will rougit.

— Comme l'a dit Sadie, répliqua-t-il après un moment, nous sommes des professionnels.

Tara fit une petite grimace de compassion à la caméra qui équivalait à insérer le sous-titre « Poufiasse sans cœur » sous le gros plan de Lainie.

— Ça a été plutôt... rapide, cependant, ajouta-t-elle à l'intention de Lainie, enfonçant le couteau dans la plaie. Quand avez-vous pris conscience que vos sentiments pour Richard allaient au-delà d'une simple relation entre collègues ?

A) Quand nous nous sommes parlé pour la première fois et que je l'ai presque poignardé ou B) Occupe-toi de ton cul.

Lainie sentait ses joues s'enflammer. Elle refusait de passer pour l'infidèle dans cette histoire. Elle s'apprêtait à donner une réponse crue et bien sentie, qui n'aurait certainement pas obtenu l'aval de Pat, quand la voix rauque de Richard prit le relais :

— La dernière fois que j'ai vérifié, déclara-t-il en gardant un ton léger, Lainie était une adulte capable de prendre ses propres décisions.

Son regard glacial était fixé sur la blonde insipide. Il suspectait une carrière contrariée. Elle avait les lettres Hollywood gravées sur les pupilles et rongeait probablement son frein dans ce studio de seconde zone. Si elle avait un tant soit peu de jugeote, elle comprendrait que cette tentative de salir la réputation d'une autre femme en direct à la télévision ne ferait pas monter sa cote de popularité. Il écarta la colère peu familière qui l'envahit à cette pensée. S'il se sentait... protecteur envers Lainie, c'était uniquement parce que cela faisait partie de la comédie qu'ils devaient jouer.

— Je ne crois pas qu'elle doive s'excuser de cette relation qui concerne deux adultes célibataires et consentants, vous n'êtes pas d'accord ?

La présentatrice, dont il avait oublié le nom, fut prise par surprise. Elle n'était peut-être pas habituée à se faire interroger pendant une interview, ses invités se faisant généralement un plaisir de répondre à ses pitoyables questions avec encore plus d'hypocrisie que Will Farmer, le roi des lèche-cul.

— Êtes-vous en couple ? s'enquit-il sur le ton de la conversation.

Elle cilla.

— Eh bien... oui, répondit-elle, encore plus ébahie et incapable de reprendre le dessus.

— Naturellement, c'est votre seule et unique histoire. Vous n'avez jamais fréquenté personne avant lui. Personne. (Il maintint le contact visuel.) Je vous accorde le bénéfice du doute. Je ne voudrais pas me montrer irresponsable et vous accuser d'hypocrisie sans fondement, ajouta-t-il.

La peau suspicieusement lisse autour des yeux de la blonde s'agita et tenta de se plisser. Les doigts chauds de Lainie s'agitèrent dans la main de Richard.

Après une longue pause, durant laquelle il perçut un gloussement étouffé d'un membre de l'équipe, la présentatrice pinça les lèvres et changea de ligne d'attaque. Il aurait presque pu entendre le grincement du bois tandis que la catapulte s'orientait dans sa direction.

— C'est ce que vous faites avant de jeter la vaisselle à la tête des autres ? demanda-t-elle en feignant la douceur.

Elle luttait pour reprendre le contrôle.

— Ou avant de perdre votre sang-froid en public ? Le Metronome a souvent fait la une ces derniers temps, et les rumeurs parlent de conflits internes et du comportement de diva de l'un des acteurs. Voulez-vous en parler ?

Il haussa les sourcils.

— Quel aspect en particulier ? Vous préférez que je commence par l'assiette que j'ai lancée et que je continue à partir de là ?

La blonde ouvrit la bouche, mais Lainie intervint :

— Malheureusement, commença-t-elle, tout est vrai. (Elle pivota dans sa direction et il vit l'étincelle malicieuse dans ses yeux. Son regard se posa brièvement sur sa bouche, sur laquelle se dessinait un sourire effronté.) Je suis une diva. Si je rate une scène ou oublie mon texte, je m'en prends au décor. Je me mets à balancer des assiettes à travers la scène, des vases, des verres... Quand je suis vraiment frustrée, j'envoie l'argenterie valser jusque dans l'orchestre. (Elle fit un clin d'œil à la présentatrice visiblement hostile.) C'est un bonus de dix points si vous mettez la cuillère en argent dans la loge royale.

Trenton explosa de rire et Sadie lui décocha un regard malveillant.

La présentatrice prit une profonde inspiration et, avec un sourire pincé, essaya de nouveau.

— Vous vous êtes fait une sacrée réputation ces derniers temps, Richard. On dit qu'il est impossible de travailler avec vous. La presse a même parlé de rupture de contrat, et des extraits d'un échange d'e-mails houleux entre vous et le ministère de la Culture ont été publiés.

— Ce qui est une preuve choquante de la piètre éthique des journalistes dans cette ville. Pirater les boîtes e-mail du gouvernement, sérieusement... (Lainie secoua la tête avec désarroi. Lâchant la main de Richard, elle croisa les jambes et se pencha en avant, refermant ses doigts sur son genou.) Qu'en pensez-vous ? demanda-t-elle avec de grands yeux avides.

Après sa nervosité initiale, elle semblait complètement à l'aise à présent et prête à en découdre.

Même Farmer commençait à s'amuser.

La blonde oppressée, elle, semblait avoir besoin d'un grand verre de vin.

Richard se pencha en arrière et laissa Lainie s'en occuper. Il l'avait vraiment sous-estimée.

L'interview se termina avec une rapidité qui ne surprit personne. Alors qu'on les pressait vers les coulisses, l'animatrice dont le nom lui échappait observa Lainie dans son dos – évaluant probablement les conséquences sur sa carrière si elle cédait à la satisfaction de lui botter les fesses. Toujours souriant, Richard passa tranquillement entre les deux femmes, juste au cas où la pulsion l'emporterait sur la raison.

Une stagiaire les ramena dans le foyer des artistes, où ils avaient laissé leurs affaires.

— Eh bien… merci, dit l'adolescente en mordant sa lèvre percée. C'était… génial.

— Tu crois que par « génial », elle voulait dire « un putain de désastre » ? demanda Trenton songeusement.

Il sourit et récupéra le manteau de laine de Lainie pour l'aider à l'enfiler. Ce geste chevaleresque qui ne lui ressemblait pas agaça tout le monde dans la pièce, sauf les principaux concernés. Richard réprima un commentaire sarcastique en voyant les expressions furieuses de Farmer et Sadie. Il n'avait aucune envie de partager ne serait-ce qu'un sentiment éphémère avec ce genre de personnes.

— Pour l'ego de Tara Whitlow, je veux dire, continua Trenton, complètement indifférent à la colère de sa petite amie. Personnellement, j'ai adoré.

— Eh bien, pas moi, intervint Sadie en attrapant Lainie par le bras. Si tu ne sais pas te comporter en public, dit la femme qui lui avait provoqué une nausée en léchant le tympan de Trenton, ton équipe de direction ne devrait pas te laisser en liberté. C'est nos réputations à tous qui subiront les conséquences de ton manque de sang-froid.

À la déception probable des trois hommes, Lainie ne tint pas la promesse de sa crinière rousse et se contenta de lever les yeux au ciel.

— Elle a sans doute raison, admit-elle auprès de Richard alors qu'ils se dirigeaient vers le hall d'entrée, loin des oreilles des trois autres. Ce n'est probablement pas ce que Pat avait en tête lorsqu'elle a suggéré que nous contrastions avec Jack et Sadie. Je ne veux pas avoir l'air paranoïaque mais, par moments, j'ai eu l'impression que Mme Whitlow ne nous aimait pas beaucoup.

À cet instant, son téléphone sonna et elle fouilla dans son sac.

— Dix livres que c'est Pat.

— Je ne parie jamais. (Il lui ouvrit la porte qui donnait sur la rue.) Attention à la marche, Tigrou.

Ce surnom lui avait de nouveau échappé. Il adorait le regard grincheux qu'il ne manquait pas de lui attirer. Il n'avait donné de surnom ridicule à personne depuis la fin de ses études, époque à laquelle il partageait une chambre avec Murphy Cannette et Philps la Souris. Le surnom dont on l'avait affublé à Eton avait été soigneusement consigné dans les archives, pour ne plus jamais être utilisé. Disons simplement qu'il avait payé cher sa folie de garder ses balles de tennis dans les poches de son pantalon trop moulant pendant un tournoi de sport. Toute l'école avait pensé qu'il était un peu trop excité à l'idée de gagner la coupe. La récente trouvaille d'un abruti sur Facebook, qui l'avait surnommé Byron, aurait pu l'affecter, mais ce n'était rien en comparaison.

Il pleuvait à nouveau, alors ils restèrent sous l'auvent pendant qu'elle ouvrait le SMS. Sans un mot, elle le lui montra.

Pat : Pour dissiper toute confusion sur la question, le but de cette alliance impie était de redorer la réputation de Richard, pas de faire de vous deux des parias.

Un autre bip. Il pouvait sentir son souffle chaud contre son oreille alors qu'ils lisaient le SMS ensemble.

Heureusement, Tara Whitlow est une imbécile notoire. Comporte-toi comme ça aux Theatre Awards et tu es virée. Idem pour Troy.

— Elle doit être de bonne humeur, déclara Lainie malgré son air inquiet.

Elle était la bienveillance incarnée. Quand le buzz retomberait, elle se repasserait l'entrevue en boucle en se demandant à quoi diable elle pensait.

Richard était lui-même curieux sur ce point. Il y avait longtemps qu'on n'avait pas pris sa défense en public, et personne ne l'avait jamais fait avec autant de fougue.

L'air absent, il frotta la paume de sa main contre son torse. Le regard troublé de Lainie le préoccupait.

— Regarde-moi ce traitement de faveur, dit-il avec une légèreté qui ne reflétait pas son humeur. La dernière fois que j'ai donné une interview, Pat m'a envoyé un lien vers un site sur les tortures médiévales. Je devrais en parler au délégué syndical.

Il la regarda. L'air était chargé d'électricité, comme s'il était connecté à ses pensées et à ses réactions.

N'importe quoi ! Il devait être plus fatigué qu'il ne le pensait.

Lainie sourit soudain et son cœur se mit à battre à tout rompre. Il serra les dents et un muscle tressauta sur sa joue. Il avait envie de tourner les talons et de fuir, comme un putain de lâche, et cette pulsion blessa méchamment son orgueil.

— Vu que tu as traité le président du syndicat de connard incompétent lors de ta dernière interview, ce serait sans doute contre-productif.

Quelques années plus tôt, il avait participé à un court-métrage en noir et blanc pour la Royal Shakespeare Company. Il devait transposer la chute de Lear dans la folie uniquement par son expression faciale. Cela lui avait semblé moins difficile que de rester neutre en cet instant.

— Le président actuel a un cerveau, déclara-t-il sèchement.

Ne se laissant pas intimider par son ton cinglant, Lainie lui adressa un sourire distrait et commença à rédiger une réponse à Pat. Cette réaction blasée le perturbait encore plus.

Il consulta sa montre. Ils devaient être au théâtre à midi pour une répétition. Il était encore trop tôt. Il s'en moquait.

— Je vais t'emmener au théâtre, dit-il brusquement.

Lainie vérifia l'heure sur son téléphone. Elle lui lança un regard intrigué, hésita, puis haussa les épaules.

— D'accord. Je dois parler à Olivia de mon deuxième changement de costume.

Elle le suivit jusqu'à l'endroit où il avait garé sa voiture et elle venait d'attacher sa ceinture quand elle jura à mi-voix. Ses dents s'enfoncèrent dans la pulpe de sa lèvre inférieure.

— J'allais oublier. Je dois d'abord repasser chez moi pour donner à manger à Richard le chat. Tu n'as qu'à me déposer à la station de métro. J'ai largement le temps.

Il commençait à croire qu'il était au beau milieu d'une improvisation surréaliste.

Il alluma le moteur et s'inséra dans le flux de véhicules. À la première intersection, il tourna en direction de Bayswater.

— Richard le chat ? demanda-t-il quand ils s'arrêtèrent derrière un bus à impériale.

— Le matou roux de ma propriétaire.

Lainie semblait trop calme. Il la regarda. Oui, ses yeux étaient rieurs.

— Il s'appelle Richard. Elle s'est absentée quelques jours, alors je le nourris. Il doit manger deux fois par jour. Il a des problèmes d'intestins.

Il n'arrivait pas à croire que sa vie ait dérapé ainsi.

Il pleuvait davantage quand ils s'arrêtèrent devant la maison victorienne où elle habitait. La rue était sombre et sinistre sous le ciel gris. Il n'était pas prudent qu'elle rentre à pied depuis le métro en pleine nuit.

— Il t'arrive de conduire ? s'enquit-il alors qu'ils couraient jusqu'à la porte d'entrée.

Elle enfonça la clé dans la serrure et lui lança un coup d'œil. Une goutte de pluie était accrochée au bout de ses cils, qui étaient épais et courbés avec le mascara.

— Non, je n'ai même pas le permis. Je n'ai jamais vécu à plus de cinq minutes à pied d'une station de métro. Merci de m'avoir ramenée.

Elle avait prononcé ces derniers mots un peu plus fort et il répondit avec impatience :

— Ce n'était pas une pique. Comment rentres-tu du théâtre le soir ?

— Je me téléporte dans mon salon comme Spock. À ton avis ? Je prends le métro.

— Et tu fais le chemin à pied jusque chez toi ?

Lainie, visiblement indifférente à la pluie qui coulait dans son dos, pivota vers lui pour lui faire face. Elle prit une expression que l'on réservait généralement aux jeunes enfants peu perspicaces. Elle posa une main sur la joue de Richard et, si elle le sentit se raidir, elle l'ignora.

— Nous sommes à Bayswater, Votre Seigneurie, pas dans le quartier rouge de Bangkok. Détends-toi. Ta voiture pourrait même être encore là quand nous redescendrons.

Une expression triste se peignit sur son visage. Il la soupçonnait de se rappeler ce qui était arrivé à sa Ferrari au beau milieu d'un village pittoresque. Elle eut toutefois le tact de ne pas aborder le sujet.

Elle poussa la porte sur un couloir grinçant qui menait à un salon typique de vieille dame. Un éternuement un peu violent aurait pu renverser les vieux meubles et au moins deux douzaines de bibelots en céramique. Lainie disparut dans la cuisine. Il se plaça sur le pas de la porte et l'observa sortir une boîte de conserve pour chat du réfrigérateur.

À l'aide d'une cuillère, elle versa la boue gélatineuse dans un bol en métal posé au sol et se mit à appeler le chat.

— Richard ! Le petit déjeuner est prêt ! Richard ! Ici, minou, minou, minou ! (Sa voix s'était faite flatteuse. Elle était rauque, persuasive, et teintée d'une légère pointe d'autorité.) Richard ? Viens ici, mon chat !

Seigneur !

Le chat, qui était énorme et n'avait clairement pas besoin de deux repas par jour, apparut alors d'un pas nonchalant. Il renifla le bol avec dédain, puis s'assit pour se lécher la patte. Richard pensa qu'ils pouvaient maintenant partir et le laisser manger en toute intimité. Il n'avait pas besoin d'une illustration de ce qu'impliquaient des problèmes d'intestins chez un félin.

Lainie prit l'animal dans ses bras pour lui faire un câlin, calant sa tête sous son menton, et il put l'étudier correctement pour la première fois.

— Qu'est-ce qui ne va pas avec sa tête ?

Elle sembla offensée pour le chat, mais il n'en démordit pas. On aurait dit un croisement entre Walter Matthau et une tomate séchée.

Lainie souleva le chat pour le tenir à distance et compara sa tête renfrognée à celle de Richard. Elle recommença son examen plusieurs fois. Puis elle fit un pas vers lui et maintint l'animal à hauteur de son visage.

— Hum...

— Tais-toi.

— Hashtag jumeaux.

Son rire sembla s'enrouler autour de lui.

Elle se pencha pour poser le chat, le poussant vers sa gamelle, et se redressa face à lui. Ils étaient si proches qu'il pouvait compter les petites taches de rousseur sur l'arête de son nez. Son sourire s'évanouit. Ses yeux, magnifiquement et intensément verts, se posèrent sur sa bouche et il serra les poings.

— Richard.

Son nom de nouveau, mais cette fois pour lui.

Il ferma les yeux pendant un moment puis, sans bouger un muscle, il mit délibérément de la distance entre eux.

— Nous avons assez perdu de temps. On y va ?

Il percevait le ton glacial de sa voix. Elle détourna le regard.

— Oui, tu as raison. (Une teinte rose s'attardait sur ses pommettes saillantes.) Allons-y.

Quand ils émergèrent sous la pluie, Richard constata avec fureur que ses foutues mains tremblaient.

5

London Celebrity @LondonCelebrity. maintenant
L'amour est dans la course : un Richard Troy accro
se donne à fond pour soutenir sa nouvelle chérie
pendant la course de 5 kilomètres...
goo.gl/Ny5hFm

Elle n'aurait pas été dans cet état si elle avait dépassé l'étape canapé de la méthode d'entraînement « Du canapé à une course de 5 kilomètres » qu'elle avait dénichée sur Internet. Lainie franchit la ligne d'arrivée et se plia aussitôt en deux, les mains appuyées sur les cuisses, luttant férocement contre une puissante envie de vomir. Elle était en si mauvaise condition physique qu'elle en avait honte, mais si l'acteur grande gueule qui fumait comme un pompier devant elle pouvait terminer cette course avec un sourire aux lèvres et aucun signe de malaise, elle en était capable aussi. Elle se redressa avec un effort, grimaça en entendant son dos craquer. Jouer dans une pièce de théâtre était un travail physique, pour l'amour de Dieu ! Cela exigeait de l'endurance. Elle n'avait même pas l'excuse d'être assise derrière un ordinateur toute la journée.

Les flashs des appareils photo crépitèrent tandis que d'autres participants franchissaient la ligne. Parmi eux figuraient plusieurs acteurs de séries B, un commentateur politique controversé, un peintre abstrait populaire et un DJ de Radio 1. Le comité de la collecte de fonds avait réussi à réunir une liste respectable de grands noms pour le marathon des Étincelles, sachant que ce genre de course figurait parmi les événements caritatifs qui remportaient le moins de succès. Elle-même n'était pas fan de ce type d'épreuve. Il fallait être maso pour s'enthousiasmer à l'idée d'aller courir dans Londres sous la pluie un matin d'octobre. Et un jour de semaine, pour couronner le tout, quand une foule de personnes munies d'ordinateurs portables et de tasses de café pouvait observer la scène avec perplexité.

Lainie avait essayé de suggérer une alternative – un concours de cuisine, un concert de rock – mais le directeur de la fondation était un passionné de jogging qui refusait de croire que d'autres personnes pouvaient ne pas partager son amour pour l'élasthanne. Elle le voyait à présent, près de la table des rafraîchissements, en train de faire des mouvements de yoga pour s'étirer, l'air calme et imperturbable. Il n'avait même pas d'auréoles sous les bras. Surnaturel.

— Bravo ! lança-t-il à son intention. Alors, comment ça s'est passé ?

Trente-cinq minutes de pur enfer, merci de poser la question.

— C'était génial, mentit-elle en inspirant désespérément pour oxygéner ses poumons maltraités. Excellente façon de commencer la journée.

À condition d'apprécier la torture.

— J'ai même battu mon record personnel !

Ce qui était vrai car elle n'avait jamais couru cinq kilomètres auparavant, et elle espérait ne plus jamais avoir à le faire.

Mais c'était pour la bonne cause !

— Je suis tout à fait d'accord avec vous, s'enthousiasma-t-il. Rien de plus vivifiant qu'une course matinale.

De toute évidence, le pauvre homme n'avait jamais eu de relations sexuelles au réveil – ou dégusté un café au lait au caramel. Il hocha la tête en direction de la foule de spectateurs qui frissonnaient sous leurs bannières d'encouragement.

— C'est bien de voir que les CS sont venus en force.

— Les CS ? demanda-t-elle en essayant de suivre son regard.

Avait-elle oublié de réviser son jargon sportif également ? Les chefs de la sécurité ? Les coureurs spécialisés ? Les crevettes sautées ? Elle n'avait aucune idée de quoi il parlait.

— Les conjoints solidaires. C'est toujours agréable d'avoir une pom-pom girl sur la touche, n'est-ce pas ? La vôtre a l'air un peu fatiguée. Vous l'avez sortie du lit à l'aube, je me trompe ?

Complètement perdue, Lainie ne répondit pas. Soudain, elle comprit ce qu'il regardait. Richard était à côté d'une œuvre artistique éphémère. L'ours polaire arborait le même air renfrogné et la même quantité de poils sur le visage que lui. De toute évidence, l'animal était préoccupé par le réchauffement climatique, tandis que Richard, bougon, les joues mangées par une barbe hirsute, semblait plus inquiété par le froid. Les mains dans les poches, il sautillait d'un pied sur l'autre pour lutter contre le vent glacé.

S'excusant distraitement auprès de son interlocuteur souriant, Lainie s'empressa de le rejoindre en soufflant sur ses mains nues. Maintenant qu'elle avait arrêté de courir, elle commençait à se refroidir.

— Qu'est-ce que tu fais là ? demanda-t-elle, stupéfaite et agacée.

À sa connaissance, cela ne figurait pas sur la liste de leurs activités communes et elle ne pouvait pas imaginer qu'il recherchait sa compagnie. Elle était furieuse, à juste titre, qu'il débarque dans un moment où elle avait le visage écarlate et la goutte au nez. En même temps, elle ne lui faisait pas beaucoup plus d'effet lorsqu'elle était maquillée et coiffée par une professionnelle.

Même si elle n'avait pas semblé le rebuter lors de ce moment sous la pluie, plus tôt dans la semaine. Une scène à laquelle elle ne penserait plus jamais. Comme elle se l'était répété chaque jour.

Il n'avait pas voulu l'embrasser.

N'est-ce pas ?

Richard sortit une main de sa poche et leva son téléphone.

— J'ai reçu des instructions. (Il était difficile d'être aussi tranchant alors qu'on claquait des dents, mais il y parvint.) Un message de Pat. Une vengeance pour lundi. Soit je venais à Hyde Park pour encourager tes exploits sportifs, soit je devais retrouver Will à la BBC pour un débat sur l'impact des réseaux sociaux sur le théâtre. Je te résume le truc : n'est-il pas enrageant qu'un acteur reçoive un SMS ou un tweet pendant une performance ? Venir ici m'a semblé le moindre mal. Bien sûr, c'était avant que je découvre qu'il faisait sept degrés dehors et qu'il te faudrait trente-cinq ans pour terminer le circuit.

— Trente-cinq *minutes*, merci, et je me situe exactement dans la moyenne. Des tas de gens n'ont même pas encore passé la ligne d'arrivée. (Elle le fusilla du regard et quelqu'un prit une photo.) Oh, pour l'amour de... (Elle soupira profondément et dit à contrecœur :) Je suppose que tu ferais mieux de me prendre dans tes bras. Donnons-leur ce qu'ils veulent et partons d'ici.

Richard la contempla avec dégoût.

— Tu es couverte de sueur.

Donnez-moi la force.

Ou un accessoire contondant.

Lorsqu'ils étaient repartis de chez elle lundi matin, elle s'était sentie mortifiée dans la voiture. Si elle était honnête, elle devait admettre qu'elle s'était penchée vers lui. Dans une cuisine qui sentait la nourriture pour chat. Elle craignait que cela ne fasse qu'aggraver la gêne entre eux, mais heureusement, il était redevenu le connard qu'il était et il avait été facile d'éliminer ces sentiments troublants.

— C'est bon pour la peau, rétorqua-t-elle.

— Mais probablement désastreux pour le cachemire.

Avant qu'elle s'emporte vraiment, Richard se pencha et la prit dans ses bras. Aux yeux de leur public, l'étreinte devait paraître affectueuse et réconfortante. Il ajouta même un petit pincement de fesses, qui lui valut la même chose sur le téton.

— Hé ! s'écria-t-il en sursautant.

Il poursuivit en parlant dans ses cheveux, les mains toujours posées sur sa taille.

— Je ne fais que suivre les ordres. Contre mon torse, une main sous les fesses, c'est toi qui l'as dit. (Il anticipa son réflexe et esquiva son coup de pied.) Je ne sais pas comment Pat a pu penser que tu aurais une influence apaisante sur moi. J'ai clairement sous-estimé ton talent d'actrice.

Lainie prit conscience qu'elle le voyait sourire sincèrement pour la première fois. En dépit du fait qu'il était d'un naturel grincheux, il était toujours difficile de dire si un acteur éprouvait réellement une émotion ou s'il jouait un rôle. Parfois, ils n'arrivaient pas à faire la différence eux-mêmes. Elle savait par expérience que le fait de passer des heures dans la peau de quelqu'un d'autre chaque jour pouvait devenir une habitude difficile à briser. Il lui arrivait parfois de quitter son boulot et de se retrouver à jouer le rôle de Lainie Graham, qui pouvait être aussi superficielle que n'importe quel autre personnage imaginaire.

Y compris dans sa relation avec Will, il y avait eu une part de comédie, comme si elle observait leurs scènes d'amour de loin et les jugeait d'un œil critique. Cette étreinte semblait forcée. Ce commentaire était déplacé. Cela manquait d'alchimie. Qu'est-ce qui motivait tel acte ? Il n'était pas étonnant que de nombreux mariages échouent dans ce milieu. La moitié du temps, il s'agissait inconsciemment de pièces de théâtre dans lesquelles les acteurs finissaient par en avoir assez de jouer le même rôle.

Et il n'était pas plus surprenant que tant d'acteurs suivent une thérapie. C'était de l'or pour les psys.

Elle s'arracha à ses idées noires. Il y avait un point positif au plaisir douteux qu'elle éprouvait à être en compagnie de Richard. C'était ironique, quand on savait que leur relation n'était qu'un canular, mais elle avait toujours considéré qu'il n'y avait pas de faux-semblants entre eux. Certes, ils avaient monté toute cette histoire pour les caméras, mais Richard n'avait jamais tenté de dissimuler ses sentiments pour elle, et elle n'avait aucun doute sur ce qu'elle éprouvait à son égard.

Du moins, c'était le cas jusqu'à ce que les choses deviennent un peu... confuses. Elle admettait qu'il pouvait l'énerver, la contrarier, l'exaspérer et l'amuser malgré elle. C'était un lâcher-prise émotionnel rafraîchissant et elle appréciait de ne pas avoir à se contenir avec lui.

Richard Troy était sa balle antistress.

Elle ignora la petite voix qui se moquait d'elle.

En effet.

Elle ne se contenait pas du tout en sa présence.

Lui aussi semblait tirer des bénéfices émotionnels de la compagnie de Lainie. Son expression reflétait une tolérance résignée lorsqu'il s'approcha et lui prit la main.

— Allez, viens, Tigrou. Je te paie un brunch.

Elle baissa les yeux sur sa tenue.

— Je ne peux pas aller manger comme ça.

— Tu es très bien. Tu n'as pas l'air d'avoir fourni le moindre effort physique.

Elle essayait toujours de savoir s'il s'agissait d'une insulte lorsqu'ils atteignirent la voiture. La Ferrari vandalisée avait été échangée contre une Maserati tout aussi luxueuse. De manière temporaire, supposait-elle, à moins qu'il ne remplace une voiture de sport endommagée comme une paire de collants déchirés. Sa vie était un rêve inaccessible pour le Britannique moyen. Il avait réussi à trouver un emplacement de choix. Elle se demanda si la personnalité de Richard était si forte que les gens s'empressaient de libérer leur place de stationnement quand il posait les yeux dessus.

Un autre photographe les prit en photo alors qu'ils montaient dans la voiture. Lainie résista à une envie insensée de lui sourire. Elle se sentait étrangement légère. Peut-être que ces histoires au sujet de l'endorphine libérée par l'exercice physique étaient vraies, après tout.

Ils mangèrent dans l'un de ses cafés préférés de Bayswater, à quelques rues de son appartement. La décoration était ringarde et kitch, mais on y servait un café et des pancakes incroyables. La plupart des restaurants du quartier avaient suivi l'engouement collectif pour la nourriture bio et saine. Trouver un endroit où on ne servait pas un légume dans chaque plat était devenu mission impossible. C'était comme si les gens appréciaient d'être traités comme des enfants que l'on forcerait à avaler des légumes. Lainie préférait avoir des hanches plutôt que boire des épinards broyés dans ses smoothies. Pour sa part, elle se limitait aux aliments verts qui contenaient les mots « menthe » et « chips ».

En été, on pouvait s'amuser à regarder les passants, installé sur une table en terrasse, mais vu la météo, ils avaient opté pour une table confortable près de la cheminée. Lainie observa Richard pensivement alors qu'elle mangeait son pancake, récupérant une myrtille fugueuse du bout de son couteau.

— Que fais-tu habituellement à cette heure-ci quand tu n'es pas en répétition ? (Il était 10 h 30, ce qui, dans le monde du théâtre, équivalait à l'aube.) Tu dors ?

Richard haussa les épaules et avala un morceau d'œuf poché.

— Ça dépend de l'heure à laquelle je suis rentré chez moi la veille et de ce que j'ai à faire. (Il se pencha en arrière et prit son café, lui décochant un regard indéchiffrable par-dessus sa tasse.) Et évidemment, si je suis seul... ou pas.

Elle enfonça sa fourchette dans une fraise et la mangea avec plaisir. Elle était à peu près certaine que les fruits venaient d'une boîte de conserve, mais ils restaient savoureux.

— Tu es du genre à aimer tirer un coup vite fait le matin ? demanda-t-elle par pure curiosité. Ou est-ce que tu vires tes partenaires au milieu de la nuit, immédiatement après avoir pris ton pied ?

Il sourit malgré lui.

— Je suis sûr que tu ne seras pas surprise d'apprendre que la deuxième option est la bonne. Je préfère dormir seul quand j'ai le choix. (Il ajouta doucement :) Mais je gère la situation avec beaucoup de tact, bien sûr.

— Venant de toi, ça veut sûrement dire que tes maîtresses se retrouvent sur le pas de la porte, enveloppées dans un drap, leur petite culotte à la main.

— Seulement l'été. L'hiver, je leur laisse aussi une couverture.

— Eh bien… tu sais faire des blagues, en fait. (Lainie souriait aussi. Elle versa un peu plus de sirop sur son dernier pancake.) Qu'est-il arrivé à l'avocate ? Je me souviens de l'avoir trouvée jolie.

— Quelle avocate ?

Le regard de Richard était vide.

— C'était un moyen de mettre un pied dans le milieu, c'est ça ? C'est un peu risqué dans ton cas. Avec ton impulsivité, il ne faudrait pas que tu te retrouves devant elle lors d'un procès. Je parle de l'avocate que tu as fréquentée pendant deux mois, imbécile. Tu dois bien te souvenir de son nom. Tu l'as emmenée aux Tony Awards. La blonde dans la magnifique robe Alice Temperley. Elle est restée accrochée à ton bras toute la soirée. (Elle planta un morceau de pomme cuite de sa fourchette.) Tu devais être assis à côté d'elle. Tu l'as probablement ramenée chez elle en voiture. Et…

— Je n'ai pas besoin de l'itinéraire complet, merci. Tu veux parler de Barbara Greer. Elle est juge, et non pas avocate.

— Mes excuses pour Son Honneur. Alors, que s'est-il passé entre vous ?

— Ça ne te regarde pas.

Il vida sa tasse de café.

— Rabat-joie.

Elle termina son assiette avec un soupir de contentement et prit son verre. Les pancakes et le chocolat chaud constituaient les fondements de son bonheur.

— Je m'en moquerais si tu m'interrogeais au sujet de mes ex.

— C'est obligeant de ta part. (Il fit tourner la fourchette entre ses doigts.) Mais je préférerais m'enfoncer ça dans la rétine qu'entendre des détails intimes sur la vie sexuelle de Will Farmer.

— Pour ça, il faut lire le blog de Crystalle Hollingswood. (Elle plissa le nez.) Et après, je te garantis que tu auras vraiment envie de t'enfoncer cette fourchette dans l'œil.

Richard regardait par la fenêtre et elle pensa qu'il avait cessé de l'écouter. Elle avait remarqué que lorsqu'une conversation l'ennuyait, il s'éteignait et ne faisait aucun effort pour dissimuler son manque d'attention. Au bout de quelques minutes, cependant, il demanda avec désinvolture :

— Tu as toujours le cœur brisé ?

— Mon cœur n'a jamais fait partie de l'équation. (Elle se sentit soudainement très gênée et baissa les yeux sur la table, formant des cœurs avec les cristaux de sucre sur la nappe.) Au début, c'était surtout une histoire d'hormones et après, c'est ma fierté qui en a pris un coup. J'aimerais que cela ne soit jamais arrivé. C'est un peu dur d'admettre que je suis susceptible de me laisser séduire par une belle coquille, même si elle est vide. Je dois quand même avouer qu'il a ses qualités, ajouta-t-elle pour se montrer équitable. Il n'est pas complètement con. Disons à quatre-vingt-quinze pour cent, avec une marge de manœuvre quand sa conscience entre en jeu.

— Ces propos démontrent un manque de jugement effroyable de ta part, commenta Richard froidement, la bouche pincée.

On pouvait compter sur lui pour ne pas passer de pommade.

Un groupe de touristes s'arrêta devant la vitrine, reconnaissables à leurs appareils photo, leurs guides et leurs cheveux humides.

Après avoir vécu un certain temps à Londres, on sait qu'il faut toujours emporter un parapluie et on envisage différemment le concept du chapeau – ou, plus simplement, on apprend à courir très vite jusqu'à la station de métro la plus proche.

— Ils reviennent de la Tour de Londres. (Elle hocha la tête en direction du sac en plastique que tenait l'une des femmes.) La dernière fois que j'y suis allée, j'avais environ sept ans. Je devrais faire plus d'efforts pour bouger pendant mon temps libre. Quand j'ai une matinée pour moi, je finis par la perdre en faisant la sieste.

Ou en regardant quatre épisodes de *Scandal* à la suite sur son ordinateur portable, mais elle imaginait déjà la réaction de Richard si elle faisait cet aveu à voix haute.

— Cela n'en vaut généralement pas la peine.

Richard leva les bras au-dessus de sa tête et s'étira. Son pull remonta légèrement pour révéler une bande de peau pâle et lisse. Elle profita de la vue sans vergogne pendant qu'elle finissait son chocolat chaud. Elle n'était plus nécessairement opposée au fait de trouver Richard attirant, découvrit-elle. Elle en était simplement surprise. Et il fallait que cela reste à l'étape de « regarder sans toucher ». Si elle se transformait en aventurière adepte des safaris, elle admirerait la dangereuse beauté des lions à distance, mais il serait fortement déconseillé de descendre du véhicule. C'était un peu la même chose.

— Il faut toujours qu'il y ait un crétin avec un appareil photo, conclut le plus grand grincheux de la ville.

— Je suppose que tu parles des paparazzis, pas de tes fans bien intentionnés.

— Je parle des deux. (Il fronça les sourcils.) C'est n'importe quoi.

— Laisse-moi deviner. Tu es devenu un acteur pour jouer la comédie, pas pour devenir la propriété du public. La célébrité est une regrettable conséquence du métier, bla, bla, bla.

— C'est vrai pour celui qui possède le don et l'instinct de l'acteur, et pas un simple besoin d'attention permanente et oppressante. (Il la regarda avec mépris.)

Laisse-moi deviner, l'imita-t-il. Je suis sûr que tu partages les articles dans lesquels tu apparais sur Facebook. Tu ne te lasses pas qu'on te demande ton autographe dans la rue, et tu adores révéler le nom du créateur de tes robes à d'insipides jeunes diplômés en journalisme incapables de trouver un job dans un journal digne de ce nom.

— On est du genre à cracher dans la soupe, hein ?

Lainie refusait de mordre à l'hameçon. Elle posa doucement sa tasse sur sa soucoupe et glissa un chocolat dans sa bouche. Le déplaçant sur le côté de la joue avec la langue, elle ajouta :

— J'oubliais : tu n'as pas besoin de la presse pour trouver du travail. Il est facile de prendre tes grands airs pour parler d'intégrité quand tu pourrais acheter le Metronome avec tes cachets. (Le cou de Richard s'enflamma, mais elle ignora sa colère évidente et poursuivit :) Et non, je n'apprécie pas particulièrement de lire des choses romancées ou des mensonges à mon sujet sur Internet. Mais cela ne me contrarie que dans une certaine mesure si je ne veux pas me montrer hypocrite, puisque je lis moi-même ces magazines et ces blogs. (Elle ne fit pas attention au fait qu'il s'étouffait.) La plupart des gens le font. Depuis la nuit des temps, les gens ont toujours espionné leurs voisins et ils ont toujours parlé des personnages publics. Il n'y a qu'à se pencher sur la pièce qu'on joue. Des rumeurs circulent dans la cour. Ton personnage n'arriverait à rien s'il ne se mêlait pas de choses qui ne le regardent pas. Ce serait extrêmement ennuyeux, conclut-elle en le regardant fixement. La curiosité fait partie de la nature humaine. Je refuse de croire que tu ne serais pas secrètement intéressé si tu entendais une anecdote choquante, disons sur Jack Trenton.

— Je n'imagine pas un seul instant que je pourrais apprécier un potin impliquant Jack Trenton.

— Ah oui ? Et si je te disais que Jack a obtenu son rôle au Palladium en couchant avec la productrice ?

— C'est ce qu'il a fait.

Lainie cilla.

— Quoi ?

Richard essuya machinalement le cercle laissé par sa tasse avec sa serviette.

— Il fréquentait Arnette Hall quand il a été retenu. Je doute que cela soit une coïncidence. (Il semblait totalement désintéressé.) Je ne pense pas que quiconque puisse penser que la carrière de Trenton avance grâce à son talent.

— Mais… et Sadie ? Ils étaient déjà ensemble, non ?

Richard haussa les épaules.

— Comme il n'est pas apparu en public avec des griffures sur tout le visage, j'imagine que non.

— Comment sais-tu tout cela ? Et surtout, comment as-tu le culot de critiquer les autres pour colporter des rumeurs ?

— On ne m'a pas soufflé l'info devant la machine à café. Je les ai vus ensemble à l'hôtel. Si leur relation était supposée rester secrète, ils auraient dû choisir un endroit moins prestigieux que le *Goring*. (Il se pencha en arrière et fouilla dans sa poche pour en sortir son portefeuille.) Ce n'est pas du commérage. Ça, dit-il en les désignant tous les deux, c'est du commérage. C'est pour cette raison que la discussion est close.

— Alors, tu n'as rien dit à personne ?

Il avait l'air dégoûté.

— En quoi la vie privée de Trenton m'intéresse-t-elle ? S'il a besoin de coucher avec toutes les directrices de casting de la ville pour décrocher un rôle, c'est son problème. Du moment qu'il ne marche pas sur mes plates-bandes.

Il se leva pour aller payer, et Lainie l'observa.

Franchement…

Dans la rue, elle remonta la capuche de sa veste polaire pour se protéger de la bruine, même si elle savait que ses cheveux étaient une cause perdue. Ils avaient atteint la phase post-exercice – un stade rare pour elle –, quand la sueur commence à sécher pour former une fine pellicule salée sur la peau et les vêtements. C'était une sensation désagréable.

— J'ai besoin de prendre une douche.

Elle grimaça et tira sur son haut. Elle ne pensait pas vraiment sentir la transpiration. Richard n'aurait jamais gardé le silence pour épargner sa sensibilité ; il l'aurait probablement obligée à s'asseoir sur une serviette et aurait roulé la vitre ouverte.

— Ton envie pressante de visiter la Tour devra attendre, alors. (Richard déverrouilla la portière de la voiture et l'ouvrit pour elle.) Le public britannique sera sans aucun doute très déçu.

— Eh bien, je ferai mieux de ne pas t'inviter à m'accompagner quand j'irai là-bas, vu que tu concurrences Clooney et le prince William sur l'échelle d'intérêt des paparazzis. (Elle réfléchit avant de reprendre :) Remarque, on pourrait porter d'énormes chapeaux et des lunettes de soleil. Offre-toi le plaisir d'une journée d'anonymat. Ce doit être une véritable épreuve d'être aussi beau et aussi... talentueux.

Richard se glissa au volant et tendit la main vers sa ceinture de sécurité.

— Je pense que deux imbéciles avec des lunettes de soleil sous la pluie en plein mois d'octobre attireraient beaucoup trop l'attention.

Ils parcoururent la courte distance qui les séparait de son appartement en silence, Lainie n'ayant pas eu l'idée de suggérer de rentrer chez elle à pied. Son corps avait eu sa dose de cardio pour au moins quinze jours.

Dès qu'ils furent à l'abri, elle lui proposa une tasse de thé par automatisme. La tradition anglaise ! Ils venaient d'avaler un demi-litre de café et un chocolat chaud, mais il était toujours l'heure pour une tasse de thé. À son grand étonnement, il accepta.

Il la suivit dans l'escalier qui menait à son appartement, regardant autour de lui avec une grande curiosité et un air de plus en plus bougon. Lorsqu'elle eut déverrouillé la porte et qu'il eut mis un pied dans son minuscule salon, il demanda brusquement :

— Combien tu gagnes exactement ?

Lainie alla dans la cuisine pour remplir la bouilloire.

— On ne peut pas tous vivre dans un hôtel particulier à Belgravia, souligna-t-elle, ça détraquerait complètement les tranches d'imposition.

Soit c'était l'euphorie de la course, soit elle avait réussi à se forger une armure lorsqu'il s'agissait de Richard. Étrangement, elle n'était pas tentée de glisser une substance plus meurtrière que du sucre dans son thé. Il y avait du progrès.

Elle jeta des sachets de thé dans deux tasses et retourna dans le salon en attendant que l'eau chauffe. Se laissant tomber sur le canapé, elle étouffa un bâillement et tira de nouveau sur sa veste. Pas question de se déshabiller alors que Richard se tenait à deux pas.

— Tu ne resteras pas plus de quelques minutes. Je suis sûre que tu y survivras.

Il s'assit à son côté, les sourcils froncés, ne relevant pas la subtile allusion à son départ imminent. Il était trop occupé à soumettre son appartement et ses maigres biens à un examen minutieux. Puis il sembla se souvenir des bonnes manières et offrit un peu convaincant :

— Non, c'est... bien, c'est très... douillet.

Elle le dévisagea.

— J'ai bien conscience que mon appartement tient probablement dans ta salle de bains. Inutile de remuer le couteau dans la plaie en essayant d'être poli. Je commence à être habituée à ton manque de délicatesse.

À cet instant, la bouilloire siffla, évitant à Richard de répondre tandis qu'elle se dirigeait vers la cuisine. Devinant qu'il n'apprécierait pas la tasse ornée d'un petit chiot, elle lui laissa la Royal Doulton de sa grand-mère. Après une pause, elle disposa quelques biscuits sur une assiette. Elle arrivait peut-être à le supporter, mais elle refusait de gâcher ses biscuits au chocolat en les lui offrant.

Il avait l'air préoccupé quand elle lui tendit la jolie tasse. Le regard qu'il lui lança quand elle se rassit était vif et pénétrant.

— J'espère que je ne t'ai pas vexée... à l'instant, au sujet de ton appartement ?

Elle se figea alors qu'elle venait de croquer dans son biscuit après l'avoir trempé dans son thé. La moitié tomba sur ses genoux. Elle toussa et prit une gorgée de sa boisson avant de parler.

— Qu'est-ce qui te prend ? demanda-t-elle.

Elle récupéra les miettes de gâteau sur ses genoux et les déposa sur un mouchoir en papier. Pourquoi fallait-il toujours qu'il lui donne l'impression d'être une cradingue ?

— Je t'ai blessée ? insista-t-il.

Il avait enlevé son manteau et relevé les manches de son pull. Ses avant-bras étaient musclés et couverts d'une fine toison noire. Ses poils semblaient plus doux que ceux de ses sourcils, qui formaient en cet instant un pli entre ses yeux. Il était sérieux. Il voulait vraiment savoir.

Lainie caressa le bord de sa tasse de son pouce.

— Non, je ne suis pas vexée. (Elle sourit faiblement.) Mais je dois admettre que tu me rends folle. J'aimerais que tu te soucies davantage des sentiments des autres en général. (Par souci d'honnêteté, elle ajouta :) Je ne suis pas très douce moi-même, au cas où tu ne l'aurais pas remarqué. Je peux endurer tes remarques acerbes. Il arrive même, de façon très occasionnelle, qu'elles me fassent rire. C'est surtout quand elles s'adressent aux autres que je ne les apprécie pas, en particulier quand le rapport de force est en ta faveur.

Richard posa les bras sur ses genoux, le regard plongé dans sa propre tasse. De petites boucles noires tombaient sur son front. Sa ressemblance avec l'idéal du poète romantique n'avait jamais été aussi évidente qu'en cet instant.

— Je sais, avoua-t-il finalement à voix basse, que je peux être... difficile à vivre. Et je ne tiens pas toujours compte de la personne que j'ai en face. Je m'attends à ce que les gens encaissent mes propos et ripostent. (Il fit la grimace.) Comme tu le fais. (Il tourna la tête et la dévisagea de son regard bleu intense.) Je ne voudrais pas que tu croies que je cherche toujours à faire du mal intentionnellement.

Avait-il insisté sur le mot « tu » ?

Lainie se mordit la lèvre inférieure pensivement. Elle ne savait pas trop comment répondre.

— Je ne pense pas que tu sois une mauvaise personne, Richard. Peut-être un peu plus imparfaite que la plupart, le taquina-t-elle, et il grimaça. Mais je vais prendre de la distance par rapport à ça et m'endurcir à ton égard.

— Merci, dit-il sèchement.

— Et si un jour, tu me vexes vraiment, je fondrai en larmes pour que tu t'en rendes compte.

Il sembla consterné par cette simple suggestion et globalement mal à l'aise avec la tournure que prenait la conversation. Elle le voyait clairement.

Il se pencha pour poser sa tasse sur la table basse et récupéra le scénario qu'elle y avait abandonné. La première page de la saga historique était couverte des notes qu'elle avait griffonnées un peu plus tôt. Dans un premier temps, ses gestes furent superficiels. Il jouait de nouveau un rôle, les sortant d'une impasse embarrassante, et le scénario était l'accessoire le plus proche. Mais son regard se concentra rapidement sur les mots et un vif intérêt se peignit sur son visage. Elle combattit son premier réflexe, qui était de lui arracher le document des mains pour s'asseoir dessus, et elle le surveilla avec prudence, le visage caché derrière sa tasse de thé.

Richard feuilleta quelques pages du pilote de la minisérie, parcourant les répliques de son œil exercé.

— Tu comptes accepter ? s'enquit-il en continuant à lire.

Son ton désapprobateur la hérissa. En ce moment, c'était un sujet sensible et elle réagissait à la moindre attaque. Il leva les yeux quand elle ne répondit pas, lui lançant un regard ironique.

— Encore une autre actrice talentueuse qui cède aux sirènes d'un programme télé bon marché, je vois.

Elle n'avait entendu que le début de sa phrase.

— Talentueuse ? répéta-t-elle, étonnée, ignorant totalement son préjugé.

— Oui, c'est ce que j'ai dit. (Il s'interrompit.) Selon certains critères, bien sûr.

— Tu peux les garder pour toi. Je préfère que tu n'entaches pas ton gentil compliment. Merci.

Richard brandit le script.

— Tu auras certainement de grandes chances d'obtenir un autre rôle dans le West End après *L'Hommage du chevalier.* Le théâtre ne t'intéresse plus ?

— Ce n'est pas ça. (Lainie s'efforça de ne pas paraître sur la défensive.) J'aime le théâtre, mais je ne vois pas de mal à élargir mon champ d'action, à essayer d'autres domaines.

C'était vrai. Elle aurait simplement souhaité que sa confiance en elle soit à la hauteur de ses ambitions. Elle plissa les yeux.

— Je crois me souvenir que le grand Troy s'est abaissé à jouer dans quelques films à une certaine époque. Et je sais que tu as fait au moins une apparition à la télé.

Elle l'avait regardé sur YouTube au petit déjeuner un matin. Et Richard avait été nominé pour un BAFTA huit ans plus tôt.

— Naturellement. Il me serait difficile de critiquer une industrie si je ne la connaissais pas, tu ne crois pas ?

— Juste en passant, tu es le type le plus exaspérant avec lequel se disputer.

Il eut l'air surpris.

— On ne se dispute pas. On discute de ton avenir proche dans le métier que tu as choisi. (Il feuilleta deux autres pages du script et la considéra avec une expression malicieuse.) Je suppose qu'il vaut mieux que tu te sortes cette lubie de la tête une bonne fois pour toutes. Et puis, ce n'est pas un navet *complet.*

— Je n'ai pas de lubie...

— On t'a proposé le rôle ou tu auditionnes encore pour l'obtenir ?

Elle hésita.

— J'avais... J'ai, se reprit-elle à la hâte, une troisième audition la semaine prochaine.

— Tu as ou tu avais ?

— J'ai. J'ai une autre audition la semaine prochaine.

Elle n'aimait pas la façon dont il la regardait.

— Tu hésites.

— Pas du tout. J'ai juste...

Lainie prit conscience qu'elle se rongeait l'ongle du pouce et abaissa la main avec un soupir exaspéré.

— J'ai... des réserves.

— Au sujet du rôle ? Dans ce cas, ne le fais pas. Écoute ton instinct.

— Eh bien, mon instinct me dit que c'est un très bon rôle, mais que je ne suis pas à la hauteur.

Il haussa les sourcils.

— Tu as le trac. (Elle leva le menton avec défiance.) Reprends-toi ! (Richard était intransigeant. Ses yeux ne quittaient pas son visage.) Tu n'aurais pas été rappelée s'ils ne pensaient pas que tu as le potentiel pour jouer ce rôle. Si tu le décroches et que c'est ce que tu veux, tu seras à ta place. Et tu dois y croire. L'autosabotage ne peut pas exister dans ce milieu. Il y a plein de gens qui n'hésiteront pas à te détruire à la première occasion. Si tu les laisses faire, tu ne devrais pas exercer ce métier. Mieux vaut envisager une carrière dans l'enseignement dès maintenant. (Lainie resta silencieuse.) Tu es une bonne actrice. Reprends-toi et comporte-toi comme telle.

— Il me semble que tu as dit « talentueuse ». C'est un peu mieux que « bonne ». (Elle l'observa.) Tu n'es pas du genre à dorloter les autres, n'est-ce pas ?

— Tu as besoin d'être dorlotée ?

Parfois. En particulier à certains moments du mois. Mais apparemment pas au sujet de sa carrière. La compassion de Sarah lorsqu'elle lui avait parlé de ses angoisses au téléphone n'avait fait qu'intensifier ses doutes. Le discours franc et autoritaire de Richard, au contraire, la réconforta.

Elle regarda le script, puis son expression froide.

— Merci.

— Pour info, je pense quand même que tu devrais t'en tenir au théâtre. (Il reposa soigneusement le scénario sur la table basse.) Et il me semble que tu as mal interprété les émotions du personnage à la deuxième page. (Ses yeux se posèrent sur son téléphone, également sur la table.) C'est une personne de ta famille ? s'enquit-il en désignant la photo de Hannah en fond d'écran.

Le regard de Lainie s'arrêta sur le sourire et les taches de rousseur de sa sœur.

— C'est ma petite sœur, Hannah.

— Elle est mignonne.

— Oui, elle l'était.

Il se figea.

— Elle l'était ? répéta-t-il après une longue pause.

Lainie prit le téléphone et l'entoura de ses doigts. C'était un geste protecteur, comme si elle pouvait physiquement préserver la mémoire de sa sœur et lui épargner une remarque désobligeante.

— Elle est morte d'un cancer du col de l'utérus.

Elle n'avait jamais édulcoré la situation. Elle n'avait pas l'intention de minimiser la vie et la mort de sa sœur pour éviter de mettre les autres mal à l'aise.

— Il y a environ un an et demi, alors qu'elle n'avait que seize ans. Elle était l'une des plus jeunes parmi les cas signalés.

Pendant au moins trente secondes, il ne dit rien du tout. Elle avait compté dans sa tête. Un tic nerveux. Finalement, et très doucement, il tendit la main et lui prit le téléphone des mains malgré sa résistance. Il regarda la photo de plus près.

— Elle te ressemble, observa-t-il, et Lainie sourit faiblement.

— Je l'ai toujours pensé, mais elle n'était pas d'accord.

— Ce sont vos yeux. Verts comme la mer et pleins de malice. Elle devait être un sacré numéro.

— Es-tu en train de laisser entendre que c'est de famille ?

— Ce serait impoli ?

Le sourire de Lainie s'élargit.

— C'était un sacré numéro, en effet. Une petite ado grincheuse et rebelle avec trop de piercings et au moins un tatouage dont notre mère ignorait l'existence. Elle était la seule à pouvoir me mettre hors de moi à ce point. (Elle l'observa avec ironie.) À l'époque, ajouta-t-elle calmement.

— D'où ton engagement dans cette association. (L'expression de Richard était indéchiffrable.) Tu as lancé Les Étincelles toute seule ?

— Pas exactement. J'ai fait des pieds et des mains auprès de plusieurs organismes pour lancer le mouvement, et comme c'est un sujet qui touche malheureusement beaucoup de personnes, ils se sont manifestés, une fondation a été créée et les choses sont parties de là. Nous avons un excellent directeur, même si je ne suis pas certaine qu'organiser une course au cours de l'automne le plus froid des cinq dernières années soit l'idée la plus brillante qu'il ait eue.

Elle reprit son portable et frotta son pouce sur l'écran.

— C'est admirable.

— Pas vraiment.

Lainie effleura le coin du sourire de Hannah. Il y avait si longtemps qu'elle ne l'avait pas vu… bien plus d'un an et demi.

— C'était… une manière d'avancer. Je ne pouvais pas rester sans bouger. Si je n'avais pas fait quelque chose de constructif, j'aurais fait quelque chose de destructeur. J'étais tellement, tellement en colère. Je… voulais juste passer à l'action. (Elle se mordit la lèvre.) Au théâtre et à l'écran, tout est si… propre. Le patient est courageux, toujours souriant. Il plaisante sur son lit de mort, il part paisiblement le moment venu. Ce n'est pas toujours comme ça. Non pas que Hannah n'ait pas été courageuse. (Elle ferma le poing.) Elle a toujours été courageuse, même quand elle était petite. Quand elle n'avait que trois ans, elle a essayé de grimper à l'arbre de notre jardin de Clapham pour voir un nid d'oiseaux sur la branche la plus haute. Mais elle était en colère. Elle était en colère, amère et *terrifiée* jusqu'au moment de sa mort. Et il n'y avait rien à dire. Comment aurait-on pu améliorer la situation ? Je savais ce qui allait se passer, elle aussi, et il n'y avait aucun moyen d'arrêter ça. Et à la fin, nous savions qu'elle serait seule. Je lui tenais la main quand c'est arrivé.

Une autre main, masculine et vigoureuse, se referma sur la sienne.

Lentement, Lainie enroula ses doigts autour de ceux de Richard.

— Mais elle est partie seule.

Richard caressait sa peau pour l'apaiser. Elle pouvait l'entendre respirer dans le silence qui suivit son explosion. Ce son et ce toucher, régulier et rythmé, contribuèrent à la ramener à la réalité.

Elle s'agita, libérant sa main pour repousser ses cheveux.

— Désolée. Je n'avais pas conscience que je retenais encore ça. (Elle réussit à sourire.) On dirait que le sport a un effet perturbant sur moi. Je savais bien qu'il y avait une raison pour que je l'évite.

— Non, c'est moi qui suis désolé. (Il avait parlé très simplement.) Je suis vraiment désolé, Lainie.

Elle étudia son visage.

— Je vois.

Sur un coup de tête, et à leur grande surprise, elle se pencha et l'embrassa sur la joue. Ses lèvres se posèrent contre sa mâchoire ferme et rugueuse.

Richard attrapa son bras alors qu'elle commençait à reculer. Il la maintint là, suspendue contre lui, son regard d'un bleu saisissant peuplé de questions, cherchant le sien. Elle posa une main sur son torse pour retrouver son équilibre et sentit son pouls sous le tissu fin de son pull.

Il sembla en proie à un débat intérieur, puis agit avec sa rapidité habituelle une fois qu'il eut pris sa décision. Son soupir surpris se perdit dans sa bouche tandis qu'il posait une main sur sa tête et mêlait ses doigts à ses cheveux pour l'entraîner dans un baiser brutal et fougueux.

Il dessina la ligne de son épaule de son autre main, glissant dans son dos jusqu'à ses reins pour la serrer davantage contre lui. Elle céda sous la pression, son corps se blottissant contre le sien. Elle leva une jambe brusquement, enfonçant presque son genou dans ses parties sensibles, et lui arracha un grognement sourd. Sans rompre le contact, il abandonna ses cheveux pour saisir sa cuisse et la hisser sur ses genoux. Ils laissèrent échapper des gémissements rauques de désir sous l'effet de cette position intime.

Lainie caressa le cou de Richard avant de remonter les doigts jusqu'aux lobes de ses oreilles. Elle prit son visage en coupe, sentant ses muscles se contracter sous sa peau brûlante, et tenta d'incliner sa tête sur le côté. Son baiser était à la fois exigeant et doux, la mettant au défi de lui répondre alors même qu'il prenait ce qu'il voulait sans poser la question.

Elle tressaillit en lui rendant son baiser, parfaitement consciente des sensations qui menaçaient de s'abattre sur elle. Sa langue soyeuse et autoritaire dansait contre la sienne. Elle frissonna lorsque ses doigts passèrent sous sa veste, effleurant ses hanches et son ventre avant de remonter sur ses côtes vers sa poitrine.

À cet instant, un soupçon de raison lui revint. Non pas parce qu'elle était partagée à l'idée qu'un homme lui touche les seins. Ses sentiments étaient même assez clairs sur le sujet : un plaisir dans ce genre de cas, un calvaire dans un cabinet médical, un violent uppercut dans la mâchoire dans toute autre circonstance.

Mais en général, dans un contexte sensuel, elle portait un soutien-gorge en dentelle, ou au moins, un soutien-gorge en coton digne de ce nom – pas une brassière de sport humide qui donnait l'impression qu'elle avait un monosein. Ses généreux atouts étaient écrasés et aplatis pour former une véritable planche. Ce n'était pas le genre de spectacle qu'elle tenait à exposer devant Richard. Et elle avait toujours besoin de prendre une douche.

Et pour l'amour de Dieu, elle était en train d'emballer Richard Troy ! Dans l'intimité de son appartement, où le prétexte de se faire photographier n'existait pas, à moins qu'un paparazzi ne soit doté du don de Spiderman pour escalader un bâtiment de trois étages sans arbre à proximité ni gouttières auxquelles s'accrocher.

C'était probablement le bon moment pour retirer sa langue de sa bouche.

Elle écarta la tête et observa ses yeux se rouvrir. Ils restèrent immobiles dans la même position, se dévisageant l'un l'autre, le souffle court. Le torse de Richard se pressait contre sa poitrine à chaque inspiration. Dans ces conditions, il était extrêmement difficile de garder ses doigts à distance.

Lorsque Richard parla, sa voix était un grondement rauque et sexy.

— Mauvaise idée ?

Il continuait à tracer des cercles sur son ventre nu.

Elle plaça sa main sur la sienne pour l'immobiliser.

— Ce n'est qu'une supposition, dit-elle, mais je dirais que c'est une idée désastreuse. (Elle contempla avec regret le corps stupéfiant de Richard.) La situation est assez compliquée comme ça, tu ne crois pas ?

— Malheureusement, la situation a été interrompue avant d'avoir pu devenir vraiment compliquée, mais je comprends.

Il l'aida à se relever et à se rasseoir près de lui. Dans le processus, elle manqua de nouveau le castrer avec son genou. Il évita le danger de peu, se redressant dans le même mouvement.

— Bon sang ! Tu devrais te déplacer avec un panneau d'avertissement !

— Désolée.

Elle récupéra sa tasse et prit une gorgée de thé tiède pour se redonner de l'aplomb. Le thé pour apaiser le stress, même si elle avait toujours préféré le vin pour cela. Elle contempla l'horloge murale. Peut-être pas à 11 h 30. *Seigneur !* Elle avait pratiquement séduit Richard sur son canapé et il n'était même pas midi. C'était la journée des grandes premières !

— Tu peux arrêter de vider ton thé froid comme s'il s'agissait d'un bourbon ? lui demanda Richard. Ce n'est pas très flatteur après un baiser.

Était-ce un baiser banal pour lui ? Était-il habitué à se faire grimper dessus par une femme pendant qu'il passait ses mains sous ses vêtements trempés de sueur ? Elle ne voulait pas connaître la réponse, alors elle garda sa question pour elle.

Richard soupira et passa les doigts dans ses boucles noires emmêlées.

— Est-on obligés d'avoir cette conversation ? « Vraiment désolé », « C'était une grosse erreur », « Ça ne se reproduira plus » ? Ou peut-on simplement passer à autre chose ?

— Je crois que tu as couvert tous les sujets. (Lainie fit un sourire qu'elle voulait indifférent.) Nous avons promis à Pat de nous montrer plus gentils l'un envers l'autre. Je pense qu'on peut cocher cette case pour aujourd'hui.

— Je suis d'accord.

Elle tira sur son tee-shirt, soudain impatiente de se sentir propre, habillée de frais et de reprendre le contrôle.

— Il faut vraiment que je me douche.

— Je suppose que je ne suis invité ni à participer ni à observer, j'accepte donc d'être congédié.

Richard se pencha pour récupérer ses clés sur la table basse et se mit à jouer avec, hésitant. Brièvement, son regard se posa sur Lainie avant de se concentrer sur sa bibliothèque. Ses yeux vacillèrent et s'assombrirent avant qu'il reprenne complètement le contrôle.

— Tu veux que je t'emmène au théâtre ?

— Je peux prendre le métro.

— Vu que tes jambes fonctionnent et que tu as un peu d'argent, je sais que tu peux prendre le métro. Mais tu n'y es pas obligée, puisque je propose de t'emmener. Alors, c'est oui ou non ?

Elle ne voulait pas se montrer puérile. Elle hocha la tête.

— D'accord. Merci.

— Bien. Je serai là à 15 h 40. Ne sois pas en retard. Oh, et au fait, Tigrou ? ajouta-t-il sur le pas de la porte. Dix sur dix pour l'effort, mais tu as encore un peu de travail à faire sur l'exécution. (Elle prit une profonde inspiration, mais avant qu'elle puisse répliquer, il poursuivit innocemment :) Mais tu n'avais encore jamais participé à une course, n'est-ce pas ?

Seule dans son salon, écoutant l'écho de ses pas, elle sourit à contrecœur.

Dans la rue, Richard resta immobile, les yeux fixés sur la clôture de pierre décrépie. La pluie s'était réduite à une légère bruine, mais l'air glacial lui mordait la peau. Il expira longuement.

Merde.

Deux jeunes femmes approchaient, poussant des landaus couverts. L'une d'entre elles le regardait avec curiosité et il grimaça, se soustrayant à sa vue dans un mouvement discret. Il devrait probablement s'estimer chanceux que l'hiver soit proche. En cet instant, il cumulait les avantages d'un grand manteau et des effets d'une douche froide.

Il pouvait encore sentir la peau douce de Lainie sous ses doigts, le frémissement de son ventre, les légers plis sur ses hanches. Pâle et parfaite. Son souffle chaud contre son cou s'était fait haletant quand il l'avait touchée.

Adolescent, il était couvert d'acné, furieux contre la vie et coincé dans un pensionnat pour garçons. Il connaissait bien la frustration sexuelle.

C'était au-delà de ça. Il était... Seigneur, il était en train de s'attacher à elle.

Des sentiments – brûlants, puissants, nauséabonds – l'envahissaient de toutes parts, enflant dans sa poitrine, son ventre, ses reins. Ils s'accrochaient à lui sournoisement à l'aide de leurs minuscules griffes.

La douleur évidente qu'elle éprouvait l'avait assailli. Il la voulait dans ses bras. Il se serait contenté de lui tenir la main, mais elle l'avait embrassé... sur la joue, pour l'amour de Dieu ! Et cela avait suffi à le faire exploser. S'il avait couché avec elle, il n'aurait peut-être pas survécu à la nuit. Il leva les yeux vers le ciel maussade et couvert. *Ou à la matinée*, songea-t-il, embarrassé.

Le plan insensé de Bob se révélait étonnamment dangereux.

Le retour à la réalité avait été rude lorsqu'il avait aperçu le sourire complaisant de Farmer derrière l'épaule de Lainie. Le cadre photo numérique sur sa bibliothèque avait été assez innocent jusque-là, faisant défiler une série de clichés de vacances, lui offrant un aperçu intrigant de la collection de maillots de bain de Lainie. Elle était capable de faire des choses assez spectaculaires avec un paréo.

Will et elle allaient bien ensemble. Souriants, beaux, en bonne santé et heureux. Pour une petite merde insipide qui avait trempé son biscuit dans tout Londres, Farmer semblait plutôt amoureux. Il n'était pas assez bon acteur pour simuler ce sentiment. Le menton de Lainie était posé sur son épaule, ses yeux rieurs.

Richard se souvint soudainement d'avoir interrompu un baiser dans un couloir lors de la soirée d'ouverture. Elle s'était écartée de Farmer en rougissant. Richard avait à peine enregistré la scène, n'ayant éprouvé rien d'autre qu'un foudroyant mépris. Une autre des conquêtes faciles et sans cervelle de Farmer : c'était tout ce qu'il avait vu.

Il secoua la tête, un seul mouvement brusque, et quitta l'étroite bande de pelouse qui servait de jardin à l'immeuble. Il appuya sur la clé de sa Maserati pour la déverrouiller et se glissa au volant. Il vérifia sa montre. Le carrossier devait déposer sa Ferrari à 13 heures. La sonnerie de son téléphone l'arracha à ses pensées et il appuya sur le volant pour prendre l'appel en Bluetooth.

— Troy à l'appareil.

Il y eut un crépitement, puis une voix qui ressemblait à une mauvaise imitation du prince de Galles s'éleva dans les haut-parleurs :

— Vous êtes bien Richard Troy, le célèbre acteur ?

Non, je suis Hélène de Troie, la briseuse de ménage mythique.

Richard étouffa son impatience avec difficulté.

— C'est moi, mais pas pour longtemps si vous utilisez de nouveau cette expression.

— C'est noté. (Son interlocuteur n'était pas énervé.) Je suis Anthony Sutcliffe de la revue *London Arts*. Ce trimestre, nous aborderons le sujet du fonds Grosvenor et ses effets probables sur la sensibilisation culturelle, et je voudrais revenir sur le point de vue que vous avez exprimé dans votre récente interview avec Terry Gregson. Pourrions-nous fixer un moment pour nous rencontrer ? Cette semaine, de préférence.

— J'ai une assistante qui gère mon planning d'interviews. (Avec la voix de Lainie qui tournait en boucle dans sa tête, il s'efforça de rester poli.) Puis-je vous demander comment vous avez obtenu mon numéro de téléphone personnel ?

— J'ai déjà contacté votre assistante, monsieur Troy, mais j'ai cru comprendre que vous préfériez vous occuper personnellement des questions concernant sir Franklin.

Richard cherchait son calendrier sur son iPad, mais s'immobilisa en entendant ces mots.

— Je ne crois pas avoir parlé de mon père à Gregson.

— En effet. (Sutcliffe avait l'air amusé.) C'était plutôt prudent de sa part de ne pas aborder le sujet, non ? Mais je suis sûr que vous conviendrez de l'importance de l'héritage de votre père, pour employer un euphémisme. Cela aura clairement un impact sur votre propre carrière politique, ce qui fait partie des choses dont je voudrais vous parler.

Sutcliffe avait raison. « L'héritage » de son père, à défaut d'un terme plus approprié, était un sujet important, et cela le hanterait certainement dans tous les domaines, y compris dans la politique. Richard était préparé à cela. Il devait maintenir une forte présence publique, si bien que l'esquive n'était pas une option. Cependant, une diplomatie insipide et dénuée de sens décevrait tous ceux qui s'attendaient à des saletés. Il avait déjà eu affaire à Sutcliffe par le passé et l'homme n'était pas une menace. Son assurance dépassait ses capacités réelles.

Il pouvait – et devrait probablement – accepter une simple interview. La revue *London Arts* avait un lectorat modeste, mais c'était un réseau utile. Malheureusement, le journaliste avait mal choisi son moment pour formuler sa demande. Il n'était pas d'humeur à coopérer.

— Je refuse.

— Je vous demande pardon ?

La nuance de malice complaisante avait disparu de la voix de Sutcliffe. Il était surpris.

— Je refuse, répéta Richard en contemplant la maison mitoyenne.

Les fenêtres étaient sombres, ne laissant pas entrevoir l'intérieur des appartements.

— Je ne tiens pas à discuter de mon père, de ses opinions politiques ou de quoi que ce soit d'autre avec vous. Si nécessaire, vous pouvez paraphraser l'interview de Radio 4. Je pense avoir clairement exprimé ma position.

— Puis-je vous demander pourquoi vous refusez ?

Ah, les journalistes ! Des chiens au moment du repas, toujours accrochés à l'espoir de récupérer quelques miettes.

Il réfléchit.

— Non. Bonne fin de journée.

Il ne laissa son esprit se libérer de son étau que lorsqu'il fut bloqué dans le trafic dense de Park Lane. Les portes de son cerveau avaient tendance à se refermer dès que l'on approchait de trop près le territoire parental.

Il était furieux d'être un tel cliché des dysfonctionnements liés à la richesse.

C'étaient des souvenirs. Éphémères. Impuissants.

Alors qu'il rentrait chez lui, l'odeur de Lainie – parfum, sucre et tentation – semblait persister dans l'air.

6

London Celebrity @LondonCelebrity. 3 h
Le rideau se lève ; l'actrice se couche.
La vidéo de l'évanouissement spectaculaire
d'Elaine Graham au Metronome… ow.ly/QT4Qh

Lainie blâmait entièrement la course. Avant cela, elle n'avait jamais fait de sport et n'était jamais tombée malade. Et voilà qu'après avoir couru cinq kilomètres sous la pluie elle devait s'aliter comme une vieille fille souffrante. Coïncidence ? Elle ne le croyait pas.

Tout avait commencé innocemment avec un léger mal de tête avant la représentation du soir. Heureusement, le sac à main de Meghan contenait suffisamment de pilules et de médicaments pour alimenter une petite pharmacie, et Lainie avait avalé deux comprimés d'ibuprofène. La réserve comprenait également une boîte de préservatifs de taille XXL. Les journées de travail de Meghan étaient beaucoup plus excitantes que les siennes, visiblement.

Malheureusement, au lieu de s'atténuer, la douleur lancinante qui lui battait les tempes s'était transformée en véritables roulements de tambours dès le deuxième acte.

Will avait choisi le mauvais soir pour se comporter comme un branleur complet.

Les choses avaient dérapé dès la première réplique de la scène d'ouverture. Lainie était nerveuse et agitée et, pour la première fois de sa carrière, la montée d'adrénaline ne s'était pas estompée après le lever du rideau. Elle restait sur les nerfs, les sens en éveil : les grains de poussière dansant devant les spots, la soie qui bruissait au moindre de ses mouvements, l'odeur de peinture et de térébenthine qui émanait de la toile de fond retouchée l'après-midi même.

Will était encore pire qu'elle. Il parlait trop fort, faisait des mouvements trop amples et était beaucoup plus tactile qu'à son habitude. Chaque fois qu'ils jouaient une scène ensemble, il se tenait tout près d'elle et la touchait autant que possible.

Le catalyseur de ce chaos était Richard. Richard et Lainie, et l'étrange climat qui régnait entre eux. À sa décharge, il ne faisait rien pour la provoquer. Sa performance était beaucoup plus cohérente que la sienne ou que celle de Will. Mais l'épisode du matin sur son canapé semblait avoir fracassé une barrière invisible. La tension entre eux crépitait. C'était comme si un fil électrique reliait son regard au sien, créant des étincelles chaque fois que leurs yeux se croisaient.

Bob, sur un ton pressé durant l'entracte, la félicita de cette belle alchimie.

— Mais tu devrais peut-être calmer un peu le jeu. Tu es censée être passionnément amoureuse de Geoffrey pour le moment, pas reluquer la braguette de Bandero.

Margaret se montra encore plus directe :

— Tu as conscience que le public attend le rebondissement de l'intrigue, quand tu évacues Will de la scène et que tu te jettes sur Richard comme une tigresse déchaînée ?

Si l'idée que Lainie et Richard puissent former un couple avait dérangé Will, les preuves factuelles de leur attirance lui étaient insupportables. Il n'avait jamais joué la haine qu'il était censé éprouver envers le personnage de Richard avec une ferveur aussi convaincante. Richard, à son tour, commençait à réagir. Sa voix contenait une nuance subtile tandis qu'il prononçait son texte, et cette légère marque d'inquiétude était si inhabituelle chez lui que Lainie fut prise de court.

Le comble de la malchance était que le personnage de Richard était présent sur scène au moment où elle se jetait sur Will pour leur scène d'amour. Son propre personnage, Julietta, était provocant et indifférent au fait d'exprimer sa passion devant un témoin. Lainie ne partageait pas sa nonchalance. Elle s'était toujours sentie gênée d'embrasser Will à quelques mètres de Richard, même lorsque ce dernier n'était qu'une plaie à ses yeux. Au moins, le public était éloigné de l'action par une certaine distance physique et par le quatrième mur métaphorique. Cela offrait une illusion d'intimité sous les lumières chaudes de la rampe.

Richard se tenait assez près pour entendre leurs souffles.

Et Will n'arrangea pas les choses en décidant de balancer les principes de la profession par la fenêtre et d'immiscer sa langue dans ce qui aurait dû être un simulacre de baiser platonique, lèvres fermées.

Il avait de la chance qu'elle ne soit pas une femme violente et qu'elle se soucie un minimum de ses perspectives de carrière, sinon il serait probablement sorti de cette scène avec le menton en sang. Il lui fallut un effort considérable pour ne pas s'essuyer la bouche du revers de la main. Elle le foudroya du regard tout en souriant et en s'abandonnant à son étreinte, jouant la femme bouleversée et excitée.

Un craquement sourd résonna lorsque Richard posa la chope d'eau colorée qu'il tenait. Ses yeux brillaient alors qu'il les observait. D'ordinaire, il jouait cette scène avec un ennui amusé : l'aristocrate malveillant qui considérait Julietta, une femme de classe inférieure, comme un point négligeable à l'horizon, un insecte idiot à écraser sous sa botte. Lainie avait toujours pensé que cela ne devait pas lui demander beaucoup d'efforts. Elle était à peu près sûre qu'il l'avait considérée comme une sorte d'objet par le passé – un accessoire irritant qui marchait et parlait, avait des goûts déplorables en matière d'hommes et refusait de rester à la place qu'on lui avait octroyée.

Richard, alias Bandero, prononça une remarque sournoise. Will riposta et Richard le prit soudainement à la gorge. Ils étaient nez à nez et l'atmosphère n'avait rien de simulé. Heureusement, Lainie saisit le signal et s'élança hors de la scène en croisant les doigts et en formulant une prière silencieuse pour qu'ils tiennent jusqu'au tomber de rideau. Il n'y avait qu'un point positif à tout cela : Alexander Bennett n'était pas présent ce soir, ils ne risquaient donc pas de se faire jeter le lendemain pour comportement non professionnel.

Elle avait la gorge irritée et demanda à Meghan un autre médicament pour se soulager.

Son habilleuse fronça les sourcils et posa une paume sur son front.

— Tu es un peu rouge. Tu te sens bien ?

— Je me sens un peu courbaturée.

Lainie contempla les bouteilles de sirop pour la toux que Meghan tenait dans chaque main et choisit la version pour enfants avec l'image de la girafe sur la boîte. L'arôme cerise artificiel était l'un de ses péchés secrets.

— J'espère que je ne couve pas quelque chose.

— Après ce que j'ai entendu au sujet de Troy et toi, je soupçonne un lavage de cerveau.

— Il y a une explication. Je te raconterai tout le moment venu. (Lainie avala une dose de médicament.) Ne t'inquiète pas, je n'ai pas encore perdu la tête.

N'est-ce pas ?

Elle ignora cette petite voix intérieure et posa une main sur sa tempe. Elle était impatiente de rentrer chez elle et de se mettre au lit. Elle commençait à avoir la nausée et le souvenir des pancakes aux myrtilles du matin revenait la hanter.

— Je ne suis pas sûre que l'on puisse en dire autant de tes hommes, déclara Meghan.

Les voix fortes de Will et Richard leur parvenaient tandis qu'ils se préparaient à leur altercation.

— Je n'étais pas sérieuse quand je parlais de faire un usage plus judicieux de leurs épées.

Lainie était en train de se débattre avec la fermeture de sa robe et Meghan écarta ses doigts pour s'en occuper à sa place.

— Fais attention. Elle ne doit pas être trop lâche si tu ne veux pas que la pièce prenne une tournure burlesque inattendue. Tu as déjà assez à faire comme ça. (Elle renoua les rubans.) Et tes atouts féminins font déjà bien trop effet. Je te parie dix livres que l'un d'entre eux finit embroché.

L'assistant fit un signe à Lainie avant qu'elle ait pu répliquer. Avec un grognement étouffé, elle remit ses jupes en place et retourna en coulisse pour se préparer à entrer en scène. Il ne restait plus que quelques pages de dialogue avant la fin. Ensuite, elle se prendrait la dague de Chloe dans le cou et pourrait s'endormir dans sa loge jusqu'au tomber de rideau.

Elle était pâle et tremblante au moment où elle entra pour jouer sa dernière scène. Sa mort n'avait jamais été aussi convaincante. Richard l'attrapa par le bras alors qu'elle passait près de lui dans les coulisses. Il fronça les sourcils et une ligne se forma sur l'épais maquillage qui couvrait son front. Il était assez répugnant en costume. « Débauché » n'était pas le mot. Il avait l'air d'avoir passé les trente dernières années à vider le contenu d'une distillerie et à oublier de se laver les cheveux.

— Est-ce que ça va ? demanda-t-il vivement.

Il posa une grande main fraîche sur son front. Elle aurait aimé que les gens arrêtent de faire ça. Elle écarta ses doigts faiblement et il sembla encore plus inquiet.

— Tu as mauvaise mine.

— Et c'est toi qui dis ça ? Tu soutiens probablement l'industrie de la gomina à toi tout seul avec ce rôle.

— Va te coucher avant de t'écrouler.

Meghan attendait pour l'aider à enlever ses vêtements tachés de sang avant qu'elle réapparaisse pour le salut final.

— Demandez au médecin de l'examiner, exigea Richard brusquement.

— Je n'ai pas besoin de médecin ! Je vais bien.

Son corps la trahit en succombant à une quinte de toux et il leva les yeux au ciel.

— Médecin, répéta-t-il à l'intention de Meghan. De suite.

L'assistant s'agita pour demander à Richard de revenir et ce dernier retourna sur scène avec réticence.

— Tu l'as entendu, commenta Meghan. Va dans ta loge pendant que je trouve quelqu'un pour te coller un thermomètre dans l'oreille.

Lainie la dévisagea.

— Depuis quand obéis-tu à ce dictateur aux cheveux gras ?

Elle se dirigea néanmoins vers sa loge, consciente de se comporter comme une gamine.

Son humeur ne s'améliora pas avec le médecin, qui nourrissait une ambition contrariée pour la comédie et n'arrêtait pas de faire des blagues sur le fait d'ausculter une morte-vivante. À l'image de la reine Victoria, elle n'était pas amusée. Au moment où Meghan la porta presque jusqu'à l'estrade pour le rappel, Lainie était somnolente et se sentait étrangère à ses propres jambes. On lui donna un coup de coude et elle avança, percevant de loin le tonnerre d'applaudissements. Les doigts de Will étaient moites et glissants, et elle ne cessait de lâcher sa main.

— Qu'est-ce qui t'arrive ? siffla-t-il à son oreille alors qu'ils se penchaient en avant avec le reste de la troupe.

Elle flancha et il eut un geste vif.

— Redresse-toi, bon sang !

Lainie lui lança un regard de reproche.

— Je vais bien, rétorqua-t-elle très clairement.

Et soudain, elle s'évanouit sur une scène du West End devant deux mille personnes.

La lumière et le son revinrent avec une force et un volume considérables. Elle ouvrit les yeux au beau milieu d'une violente dispute. Des voix masculines résonnaient au-dessus de sa tête douloureuse et elle essaya de se concentrer sur les responsables de ce vacarme.

— Je pense pouvoir la ramener chez elle sans ton aide, merci.

Elle reconnaissait ce sarcasme mordant. Clignant des yeux, elle leva la tête et son regard se posa sur le menton barbu de Richard. Elle était suffisamment près pour voir le maquillage qui accentuait les lignes de sa mâchoire. Elle l'observa, fascinée, alors que son propre doigt se levait et touchait sa peau. Cela le poussa à la regarder et il referma la main sur la sienne.

Son sourire était sinistre – une fine ligne sur son visage osseux. Elle poursuivit son geste, sentant la douceur de ses lèvres, testant leur résistance. À ce contact, le sourire se fit un peu plus authentique et une partie de la tension de ses épaules disparut.

— Tu es un enfer pour ma pression artérielle, Tigrou.

Un muscle se contracta sous son dos. Elle commençait à reprendre conscience de son environnement. Les toiles du décor la dominaient, semblant encore plus hautes que d'habitude, et une forte odeur de peinture emplissait ses narines. Elle était étendue au sol, en coulisses, sur les genoux de Richard et dans ses bras.

— Tigrou ? répéta une voix incrédule, et elle tourna la tête contre le torse de Richard pour découvrir Will.

Il se dressait au-dessus d'eux, les dévisageant d'un regard noir tel un génie enragé.

— Elle devrait être au lit, dit-il entre ses dents serrées. Le doc a dit qu'elle avait besoin de se reposer et de s'hydrater, pas d'un câlin sur un sol humide. (Il ajouta d'un ton moqueur :) Et comme je connais bien son lit, je serais heureux de l'y conduire. En plus, je le ferais de façon plus discrète, avec une voiture qui ne ressemble pas à la Batmobile.

Richard l'ignora complètement. Il observait toujours Lainie. Il pressa la pulpe de son pouce entre ses sourcils, exactement à l'endroit où la douleur était la plus vive.

— Je sais que la scène de ce matin t'a bouleversée, mais cette réaction est un peu excessive.

Elle ferma les yeux pour bloquer une vague de nausée et enfouit son nez dans son cou.

— Connard, murmura-t-elle.

— Sur cette note sentimentale...

Richard se leva, la tenant toujours contre lui. Même dans son état semi-comateux, elle était impressionnée par le fait qu'il se soit redressé sans vaciller sous son poids. Cela aurait été malvenu alors que le regard furieux de Will était braqué sur eux.

Meghan apparut et disparut, pour transporter ses affaires et Lainie sentit qu'on l'installait dans une voiture. Les flashs des appareils photo s'éteignirent, une clameur s'éleva aussitôt et Richard lâcha quelque chose par-dessus son épaule. Il resta incliné de façon protectrice devant la portière ouverte, la tenant hors de portée des objectifs. Le siège de la voiture était moelleux et chaud. Sa vieille amie, la Ferrari, de nouveau. Lainie caressa le cuir et s'endormit.

Lorsqu'elle rouvrit les paupières, elle était allongée sur son propre lit, ce qui fut un tel soulagement qu'elle faillit pleurer. Des mains merveilleuses et familières l'aidaient à enfiler son pyjama. Elle cligna des yeux.

— Maman ?

— L'avantage d'avoir une fille aussi célèbre, commenta Rachel Graham en lissant la veste de Lainie, c'est que quand elle pique un plongeon sur scène, je l'apprends sur Internet dans les cinq minutes. (Elle repoussa du front de sa fille une mèche de cheveux bouclés par la sueur et lui sourit.) Tu n'as jamais su voir petit, n'est-ce pas, chérie ?

— Oh... (Lainie grogna et se frotta le visage.) Je vais le regretter une fois rétablie. Où est Richard ?

Sa mère haussa les sourcils.

— Tes dévoués prétendants sont assis à l'opposé l'un de l'autre dans le salon, tendus comme des câbles. Je soupçonne que leurs échanges seraient plus bruyants sans ma présence. Dans l'état actuel des choses, ils grognent discrètement et se cherchent comme des bouledogues essayant de marquer leur territoire. Tu mènes une vie intéressante, mon ange.

— Will est ici aussi ? (Lainie tourna la tête sur l'oreiller, essayant de trouver du frais.) Tu peux me débarrasser de lui, maman ?

— Avec grand plaisir.

Comme Sarah, Rachel avait assisté à la violente réaction de Lainie lorsqu'elle avait appris la liaison de Will et Crystalle. Sans aller aussi loin que les menaces de castration de son père, l'opinion de sa mère au sujet de Will était claire et sans appel. Elle remonta la couverture, résistant aux efforts de Lainie pour les écarter.

— Dans cinq minutes, tu seras gelée. Tu as une grosse fièvre. (À la porte, elle s'immobilisa.) Dois-je également éjecter l'autre grincheux ? (Lainie marmonna quelque chose dans l'oreiller et sa mère dissimula un sourire.) Je lui dis de repasser demain dans la matinée, c'est ça ?

Will, aussi belligérant puisse-t-il être, était un piètre adversaire pour sa mère. Lainie entendit l'altercation et il fut évincé de l'appartement en moins de soixante secondes. Richard était fait d'un matériau plus résistant. Il fallut près de cinq minutes à sa mère pour se débarrasser de lui, et il insista pour revoir Lainie avant de partir.

Le matelas s'affaissa lorsqu'il s'assit au bord du lit, les yeux fixés sur le visage de Lainie. Elle lui lança un regard misérable et il se pencha de manière inattendue pour embrasser l'endroit sur son front où le contact de son pouce la brûlait encore.

— Je reviendrai te voir dans la matinée, dit-il. Essaie de ne pas succomber dans l'intervalle.

— Tu obéis aux ordres de Pat ? s'enquit-elle, à moitié endormie.

— J'y désobéis plutôt. (Sous les paroles sardoniques, il y avait une pointe de perplexité, comme s'il était surpris par son propre comportement.) On m'a ordonné de rester à l'écart de la zone d'infection. Ils ne veulent pas imposer plus d'une doublure à la fois à des spectateurs qui paient leurs billets.

— Oh... (Le cerveau fiévreux de Lainie lutta pour coopérer.) Tu devrais peut-être rester à l'écart, alors.

— Ça ne fait aucun doute. (Il posa une main sur ses cheveux et se leva.) Mais je repasserai quand même demain.

Le lendemain matin, il faisait encore noir quand Richard suivit la propriétaire de Lainie dans l'escalier menant à son appartement. Il était toujours à bout de nerfs.

Il avait essayé de ne pas se concentrer sur Lainie quand elle s'était écroulée sur scène, manquant de lui causer un infarctus. Il était moins investi dans son rôle que d'ordinaire, en partie à cause de l'agitation peu professionnelle de Farmer. Il se serait fait un plaisir d'envoyer bouler l'ex-amant de Lainie sur toute la longueur du théâtre. Il n'avait jamais aimé Farmer. L'antipathie était mutuelle, et désormais personnelle.

Il n'était pas habitué à s'inquiéter pour quelqu'un. Il avait dépassé les limitations de vitesse pour la ramener chez elle, loin du théâtre et des vautours de la presse, heureux de posséder une voiture confortable pour elle. Il n'avait pas eu conscience jusqu'alors que sa peau pouvait prendre plusieurs teintes, plus pâles encore que sa couleur habituelle. Seuls le rouge vif de ses joues et les taches violettes sous ses yeux permettaient de la différencier d'un cliché en noir et blanc.

Il appréciait sa mère. Rachel Graham avait un regard posé et une attitude dénuée de fioritures. Sa façon de traiter Farmer avait presque été artistique. Il s'était senti moins reconnaissant quand elle avait tenté de l'expulser également.

Il soutint le regard froid de Richard le chat quand il passa devant l'animal vautré sur le palier. Le chat avait l'air désapprobateur, mais il aurait pu tout aussi bien être joyeux, personne n'était capable de le dire. Ce n'était pas ce qu'on appelait un joli minois.

Des jumeaux. Seigneur !

Il frappa à la porte, surmontant son instinct qui lui disait d'entrer directement et de marcher droit jusqu'à la chambre de Lainie.

Rachel ouvrit aussitôt. Elle l'examina pensivement, ses yeux allant de son visage à la pointe de ses bottes. Il était difficile de déceler quoi que ce soit dans son expression. Elle aurait fait une très bonne Rosalind.

Sa fille était plus une Beatrice.

— Comment va-t-elle ?

Il avança, la forçant à faire un pas en arrière et à le laisser entrer dans l'appartement.

— Bonjour. (Rachel avait une tasse de café vide dans la main. Elle se dirigea vers la cuisine.) Sa température reste élevée. Elle dort.

Sans attendre sa permission, il se dirigea dans le petit couloir menant à la minuscule chambre. Lainie était blottie sous la couette au milieu de son grand lit, qui occupait presque tout l'espace. Son odeur flottait dans la pièce – fleuri, doux, avec un léger soupçon de sueur en cet instant.

Il s'assit délicatement près d'elle en la contemplant et posa une main sur son visage. Son front et ses joues étaient brûlants. Il passa les doigts sur sa peau et écarta ses cheveux roux emmêlés.

Elle avait une mine horrible, et il en fit part à sa mère.

Le regard de Rachel se posa sur le pouce de Richard qui dessinait un cercle sur le cou de Lainie.

— C'est un vilain virus, mais elle va s'en remettre.

Une fois de plus, un sentiment intense qui n'avait rien à voir avec une simple attirance physique enfla dans sa poitrine et lui comprima la gorge. Il détestait la sensation qu'il laissait sur son passage.

— Bien sûr qu'elle s'en remettra.

Elle avait la grippe au XXIe siècle, pas la peste bubonique au XVIIe. Il lui prit la main. Peu conscient de ses actes, il porta ses doigts à ses lèvres.

Rachel rassembla une pile de linge sale et quitta la pièce sans faire de bruit. Elle avait l'air pensive.

L'existence de Lainie s'était réduite à une série d'intervalles brefs et gênants entre deux siestes. Sa mère était restée à son côté et dormait sur le canapé – sans soupçonner, heureusement, quelles autres activités se déroulaient parfois sur ces coussins. Elle l'aidait à se déplacer d'une pièce à l'autre. Elles étaient toutes deux réticentes à l'idée qu'elle l'assiste pour prendre sa douche, mais Rachel insista toutefois pour que la porte de la salle de bains reste ouverte, afin qu'elle puisse entendre si Lainie s'écrasait la tête la première sur le carrelage.

— Je fermerai les yeux et t'envelopperai dans une serviette si je dois venir te sauver. Même si je dois te rappeler, au cas où tu l'aurais oublié, que tu sors de mon ventre et que je t'ai déjà vue cul nu.

— Ce n'était pas le même cul, réussit à plaisanter Lainie malgré son état.

Richard était assez souvent présent pendant ses périodes de conscience et même Will fit un certain nombre d'apparitions. Elle était étonnée qu'il se soit aventuré jusqu'à la porte de sa chambre. Il n'était pas du genre à éponger un front fiévreux ni à tenir les cheveux de sa compagne pendant qu'elle vomissait. Ses visites auraient pu être gratifiantes s'il n'arborait pas une expression renfrognée quatre-vingt-dix pour cent du temps.

En temps normal, elle se serait souciée que des hommes viennent à son chevet alors qu'elle n'avait pas eu la force de se laver les cheveux, mais il était difficile de se préoccuper de ce genre de détail quand elle avait l'impression d'être une momie récemment extraite de son sarcophage.

Sa fièvre culmina le troisième jour et elle délirait presque lorsque Richard força le passage pour entrer dans la chambre. Il pressa le dos de sa main contre son front et ses joues.

— Ne devrait-elle pas aller mieux maintenant ? Vous croyez qu'il faudrait la conduire à l'hôpital ? demanda-t-il dans un brouillard.

La voix de Rachel était un murmure doux et apaisant. Lainie sourit dans son oreiller. Elle lui servait le ton parental sur le thème « qu'est-ce qu'ils sont bêtes, ces gosses ». Son père n'avait jamais réussi à atteindre le même mélange de réconfort et de condescendance.

Puis Lainie se laissa de nouveau dériver sur une mer apaisante et hypnotisante, emportée par une barque de paracétamol. Will nagea jusqu'à elle à un moment donné, et elle rama à la hâte pour lui échapper. Il tenta de lui attraper la main et elle se dégagea de son emprise.

— Ne la touchez pas.

C'était la voix du capitaine. Froide. Autoritaire.

Will ricana.

— Vous croyez avoir tous les droits, n'est-ce pas ?

— Je crois qu'elle ne voudrait pas que vous approchiez votre main d'elle alors qu'elle est inconsciente. C'est une femme avisée.

Un calme béni, et une lointaine sensation de chaleur. Elle entrouvrit les paupières. La pièce était plongée dans la pénombre et la bande de fenêtre visible entre les rideaux était noire. Il faisait nuit. Quelqu'un était assis sur son lit. Elle pouvait sentir la chaleur, les épices et une odeur masculine.

— Will ? demanda-t-elle avec appréhension.

Une main effleura ses lèvres gercées.

— Non. La meilleure option.

Elle referma les yeux et sourit contre ses doigts.

— Richard. (Il caressa sa joue et sa peau à la racine de ses cheveux.) Tu sens bon, dit-elle, somnolente.

— Merci. Toi, tu sens la cerise et le médicament. C'est sûrement le sirop contre la toux.

— Désolée, souffla-t-elle.

— C'est agréable sur toi.

— Qu'est-il arrivé à Will ? s'enquit-elle en fronçant légèrement les sourcils. Est-ce qu'il s'est noyé ?

Il y eut une longue pause.

— Non, à moins qu'il n'ait fait un très long détour par la Tamise en rentrant chez lui. (Il ajouta d'une voix tendue :) Tu veux qu'il vienne ?

Elle bougea légèrement la tête sur l'oreiller. La secouer lui faisait trop mal. Il fit mine de se lever et elle s'empressa de le rattraper, une main sur son genou.

— Ne pars pas.

Un baiser léger comme une plume sur le bout de son nez, si doux qu'il aurait pu faire partie de son rêve.

— Je ne pars pas. Pas encore.

— Il est tard ?

— Presque minuit.

— Fatigué.

— Alors, dors.

Un autre contact léger sur sa joue.

— Non. Toi. Fatigué ?

— Je vais bien. Je suis costaud, contrairement à certaines personnes qui s'écroulent après un peu de sport.

— Il pleuvait. (Elle entendit son rire étouffé.) Joue, murmura-t-elle.

Elle était tracassée, mais elle n'arrivait pas à parler.

— Très bien, si tu te sens en état. Je vote pour le strip-poker.

La température de son corps était encore trop élevée pour que l'humour pénètre les limbes de son cerveau.

— Non, réussit-elle à articuler. La pièce...

— Elle survit sans toi, quoique difficilement. Ta doublure est nulle. (Il lui frotta les mains.) Mais ne te fais pas de souci pour ça. Les spectateurs ont ce qu'ils sont venus chercher, et même une boîte de Smarties en prime. Et Farmer quitte généralement la scène en un seul morceau.

— Ne lui fais pas de mal, ajouta-t-elle d'une voix endormie.

Elle se cambra contre le matelas, gênée par la douleur persistante dans ses articulations.

Il glissa une main sous ses hanches pour masser doucement son dos et elle émit un petit gémissement de soulagement.

— Ne gémis pas comme ça, ordonna-t-il avec un rire rauque.

Son visage était tout proche du sien. Ses cheveux lui chatouillaient l'oreille.

— Ça me donne des idées, et ce n'est vraiment pas le bon timing.

— Malade.

Elle sourit à nouveau sans ouvrir les yeux.

— Oui, tu es malade, d'où mon hésitation. (Son souffle lui caressa la peau pendant qu'il parlait.) Tu as l'air terriblement inquiète pour Farmer, Tigrou. (Il pressa le bout de son nez contre sa joue.) Tu délires probablement dans ton état. Répète après moi : « Je n'ai aucun intérêt pour Will Farmer. »

— Aucun intérêt, répéta docilement Lainie, et Richard cala une mèche de cheveux derrière l'une de ses oreilles.

— C'est un gros con qui n'a pas le quart du talent de Richard.

— Richard... pas de talent...

— On travaillera là-dessus quand tu iras mieux.

Quatre jours après s'être effondrée en public, Lainie se réveilla un soir avec les idées claires. Ses douleurs s'étaient atténuées et son estomac s'était calmé. Elle se sentait presque redevenue un être humain rationnel.

Sa mère, installée sur un fauteuil au pied du lit, leva les yeux vers elle avec un sourire.

— Tu te sens un peu mieux ? Tu n'as plus le regard hébété et tu as repris des couleurs. (Elle posa son iPad et étudia sa fille avec approbation.) Oui, il y a une nette amélioration. Tu as juste l'air d'avoir la gueule de bois, ce qui est au moins cinq degrés en dessous de l'état cadavérique dans lequel tu étais hier.

Lainie passa une main sur son ventre, grimaçant en sentant la moiteur de son haut.

— J'apprécie ton soutien, maman, merci. (Elle parcourut la chambre du regard. Malgré la transpiration, la toux et les vomissements, la pièce semblait plus propre que d'habitude.) Tu as passé l'aspirateur ici pendant que j'étais K-O ?

— J'ai aussi fait la poussière et réagencé ton dressing. Pantalons à gauche, robes à droite. C'est un très petit appartement, Lainie.

— Tu veux dire que tu n'avais rien d'autre à faire ?

— Je veux dire que ça ne te tuerait pas de faire le ménage plus souvent.

— Je fais le ménage. Le dimanche.

Pas tous les dimanches, mais la plupart… enfin, parfois.

Rachel cala les oreillers derrière les épaules de Lainie et l'aida à se redresser.

— Tu penses pouvoir avaler quelque chose ? Je n'ai pas pu te donner plus qu'une tasse de soupe instantanée ces derniers jours. Tu n'auras bientôt plus assez d'énergie pour aller aux toilettes. Que dirais-tu de toasts avec un œuf à la coque ?

Il y avait longtemps que sa mère ne lui avait pas apporté un plateau au lit quand elle était malade. Lainie repensa à ses années d'écolière.

— Du pain grillé avec du beurre salé ? suggéra-t-elle en évaluant la réaction de son estomac.

Pas de nausée en vue. Cela lui donnait même envie. Elle était forcément en voie de guérison.

— Très bien, du pain grillé avec du beurre salé. Je te prépare une tasse de thé.

— Tu es une véritable déesse.

Elle se sentit épuisée après ce repas et elle se leva pour prendre une douche. La joie de se laver les cheveux lui valut cependant des jambes tremblantes. Lainie se laissa tomber contre un tas d'oreillers et entreprit de peigner ses cheveux humides avec minutie.

— Quelle heure est-il ?

Sa mère leva les yeux de son livre.

— Presque 22 heures. (En interprétant correctement le motif de la question, elle ajouta :) La représentation sera bientôt terminée.

— J'ai manqué trois soirs, se rendit-elle compte, consternée, et sa mère haussa les épaules.

— C'était inévitable, mon cœur. Tu n'arrivais même pas à tenir assise sans aide. Je pense que tu en manqueras encore deux autres avant de retrouver toutes tes forces. Tu n'es pas en état de passer trois heures sur scène.

— Ils vont probablement me reléguer au rang de doublure.

— Ne dis pas de bêtises. Ne te laisse pas avoir par la déprime post-grippe. Tu seras de retour au travail ce week-end. Pose ce téléphone.

Lainie ne détourna pas le regard de l'appareil.

— Je consulte seulement ma messagerie. (Tandis qu'elle écoutait la voix automatisée, elle demanda en s'efforçant de prendre un ton nonchalant :) Richard est-il vraiment venu ici tous les jours ?

Son indifférence feinte ne trompa pas sa mère. Rachel prit un air amusé et spéculatif.

— Il a du mal à accepter le « non », n'est-ce pas ? Oui, il est venu tous les jours. Chaque matin, sans faute, généralement avant même que je n'aie eu le temps de m'habiller, et chaque soir après le spectacle. J'imagine que nous pouvons nous attendre à sa charmante compagnie sous peu.

Lainie appuya sur la touche pour écouter ses messages et lança un regard inquiet à sa mère.

— Il ne s'est pas montré impoli avec toi, si ?

Rachel réfléchit.

— Non, il n'a jamais été grossier. Assez rustre, mais j'en ai déduit que cela faisait partie de sa personnalité et je ne l'ai pas pris comme une offense personnelle. Et puis, j'ai eu l'impression que sa rudesse était due à son inquiétude à ton sujet. Il avait l'air presque aussi mal en point que toi, ma puce. Sa barbe est chaque jour plus alarmante. J'imagine qu'il n'a pas besoin de se raser pour son rôle.

— Non, ils lui ajoutent même de la fausse barbe, précisa Lainie en supprimant un message de Bob.

Il ne faisait définitivement pas partie de ses priorités pour le moment. Elle dessina un motif sur le couvre-lit du bout des doigts.

— Il avait l'air inquiet ?

Elle se souvenait de bribes de conversation, de ses mains puissantes, de ses murmures, de ses baisers, de son réconfort…

— À sa manière très stoïque et sarcastique, ma chérie, je dirais que c'est un euphémisme. (Elle pencha la tête sur le côté.) Tu sais, en dépit de ses mauvaises manières, je crois qu'il pourrait être le bon. Il est bien mieux que Will qui, sans surprise, n'a servi à rien si ce n'est à m'agacer.

Lainie fit une grimace et supprima un autre message sans importance.

— Il tourne de nouveau autour de moi à cause de Richard. Il ne peut pas le supporter.

Rachel renifla.

— Le sentiment est clairement réciproque. J'ai même envisagé de sécuriser la pièce lorsqu'ils étaient ensemble. Je ne devais laisser aucun objet pointu ou lourd à portée de main. (Elle plissa les yeux, malicieuse.) Je pensais que tu partageais le dégoût de Will pour Richard.

La rougeur qui envahit les joues de Lainie n'avait rien à voir avec la fièvre. Elle évita le regard amusé de sa mère.

— Je... C'est compliqué.

— Tu n'es pas en train de mettre à jour ton statut sur Facebook. Il n'y a rien de compliqué. À moins que tu n'embrasses et n'enlaces tous les membres de la troupe. Auquel cas, il faut que nous ayons une sérieuse discussion. Et je ne me souviens pas t'avoir entendue murmurer le nom de quelqu'un d'autre quand tu délirais.

— Maman...

Le visage de Lainie était en feu à présent. Elle s'apprêtait à répondre, mais s'interrompit en entendant la voix de son agent.

— J'ai un message de Carey. Merde. J'aurais dû lui faire savoir que j'étais malade.

— Richard l'a appelée.

Lainie leva la tête.

— Richard ?

— Il ne perd pas le nord, celui-là.

Elle ne savait pas trop quoi en penser, mais le message de Carey, qui datait de trois jours, ne lui laissa pas le temps de réfléchir. Elle l'écouta et sa main se figea sur la couverture.

La voix pincée et professionnelle de Carey fit une pause ; elle conclut son appel par un bref « J'espère que tu te sentiras mieux très vite ». Lainie consulta sa montre et tapota l'écran de son portable pour rappeler son agent. Elle suivait Carey sur Twitter et savait donc qu'elle veillait tard et travaillait encore à cette heure-ci.

— Un problème ? demanda Rachel en percevant la nervosité de sa fille.

— C'est ce téléfilm historique pour lequel j'ai auditionné, expliqua Lainie en plaquant un doigt sur le micro pour éviter que Carey ne l'entende au cas où elle décrocherait. C'est une adaptation du *Comté de Somerset* de Mollie Blair. Le directeur de casting a avancé les auditions à cette semaine. Ils voulaient que je me présente hier.

— Oh, ma chérie. Tu peux encore les appeler ?

— J'espère. Salut, Carey, c'est Lainie... Oui, je commence à aller mieux, merci. Écoute, je viens d'avoir ton message au sujet de l'audition pour *Le Comté de Somerset* et... Ah... tu penses qu'on peut reprogrammer une audition ? Je pense que... Oui, je sais... Je vois. Oui. C'est dommage. (Lainie fit une grimace et Rachel arbora une expression compatissante en réponse.) D'accord... Oui, je vais y jeter un coup d'œil. On ne sait jamais... D'accord, merci, Carey. Je te rappelle dans quelques jours.

Elle raccrocha et fixa son portable.

— Merde.

— J'en déduis que c'est râpé.

— Oui. Apparemment, le producteur n'est pas du genre à accorder une seconde chance. Si tu ne te présentes pas à l'heure dite, ce n'est même pas la peine de revenir.

— Je suis désolée, chérie.

Lainie écarta son téléphone et se laissa tomber sur ses oreillers. Elle se sentait complètement vidée de son énergie et de son enthousiasme.

— Moi aussi. Je voulais vraiment ce rôle, malgré toutes mes hésitations. (Elle soupira.) J'ai fait part de mon manque de confiance en moi à Richard.

— Ah oui ? Et quelles paroles de sagesse t'a-t-il offertes ?

— Il m'a dit d'arrêter de geindre et de surmonter mes doutes.

Ces mots firent rire Rachel.

— Il n'est pas du genre à tourner autour du pot, hein ?

— Il est plutôt du genre bulldozer. (Lainie marqua une pause.) Je lui ai aussi parlé de Hannah.

— Vraiment ? (Le sourire de sa mère était hésitant.) Je suis contente que tu parles d'elle. J'espère qu'il s'est montré sensible.

Le regard de Lainie devint vague tandis qu'elle plongeait dans le passé, envahie par les images de l'année précédente et d'autres beaucoup plus récentes.

— Oui, très sensible.

Rachel acquiesça et Lainie posa une main sur celle de sa mère. Elle l'y laissa un instant. Hannah était le bébé miracle de ses parents, né dix ans après leur fille aînée, vingt ans après leur premier fils. À l'enterrement, leur père avait parlé d'un cadeau inattendu, un enfant qu'ils avaient été bénis de recevoir et de garder aussi longtemps auprès d'eux. C'était l'un des rares fragments de discours dont elle se souvenait, cette journée s'étant écoulée dans un brouillard irréel. Même quand une mort était inévitable, quand on avait théoriquement le temps de s'y préparer, la réalité restait... assommante. Elle n'imaginait pas l'effort qu'il fallait fournir pour surmonter un accident, lorsqu'une vie entière basculait – et disparaissait – en une fraction de seconde tragique.

— Elle serait tellement heureuse de tout ce que tu fais. (Rachel sourit.) Non seulement pour l'association qui, avouons-le, n'aurait fait qu'alimenter ses ronchonnements au sujet de sainte Lainie... (Lainie leva les yeux au ciel.) ... mais elle aurait surtout été très fière de tes succès professionnels. Elle aurait été ravie de lire des potins sur la vie de sa grande sœur dans la presse people. Bien sûr, cela aurait généré des moqueries sans fin...

— Je sais. J'y ai pensé lors de la soirée pour la première. Je me suis dit qu'elle n'était pas là pour voir ça.

— Qui sait ? Peut-être qu'elle regardait, dit Rachel avant de faire une pause et une grimace. Ou peut-être pas. Les drames jacobins, ce n'était pas vraiment son truc. Il est plus probable qu'elle profitait d'une projection gratuite du dernier film de Channing Tatum.

Lainie éclata de rire.

— Elle n'aurait pas été beaucoup plus excitée par un téléfilm historique. Pour elle, le seul point positif à mon entrée dans ce milieu était que je pourrais un jour la présenter à Zac Efron. Bon, allez... (Elle tapota son téléphone.) Peut-être qu'elle m'accordera quelques points pour une comédie romantique. Carey va m'envoyer un script pour un film indépendant. Il faut aller de l'avant.

Malgré son ton léger, elle était déçue d'avoir manqué l'audition et ne parvint pas à dissimuler son humeur maussade à Richard lorsqu'il arriva du théâtre.

Il s'arrêta sur le pas de la porte lorsqu'il la vit se redresser dans son lit sans chercher un seau et sans être couverte de sueur. Une certaine tension sembla quitter ses épaules alors qu'il l'examinait.

— Ça bouge. C'est vivant, dit-il d'une voix étrange dans une imitation très peu ressemblante de Frankenstein.

— C'est la confirmation que la comédie n'est pas ton fort. (Lainie se sentit soudain ridiculement timide. Elle tira la couette jusqu'à son cou et il suivit son geste avec un regard interrogateur.) Comment s'est passée la représentation ?

— J'ai fait de mon mieux. Je suis sous-payé et ta remplaçante est désastreuse. (Il tira sur son pantalon au pli parfait et s'assit au bout du lit.) Et ton ex est un parfait imbécile. (Il plissa les yeux, moqueur.) Quel est ton problème ?

— Je me remets à peine de la peste. Excuse-moi de ne pas avoir l'air au mieux de ma forme.

— Tu as l'air d'aller très bien. Les cheveux propres et démêlés, c'est déjà un gros effort. Qu'est-ce qui ne va pas ?

— Pourquoi est-ce que ça n'irait pas ? se défendit-elle.

— Je n'en ai aucune idée. C'est la raison pour laquelle je te pose la question, indiqua-t-il avec impatience. Je vois bien qu'il y a quelque chose. Tu dois être une piètre joueuse de poker.

— Ce n'est rien. (Lainie tira fort sur un fil de la couverture.) Juste un truc professionnel.

— C'est-à-dire ?

— Mon audition pour *Le Comté de Somerset* a été avancée à hier. Évidemment, je l'ai manquée, parce qu'à ce moment-là j'avais la tête coincée dans les toilettes. Apparemment, le directeur de casting n'est pas du genre à accorder une seconde chance.

— Tu as eu Carey au téléphone ?

— Oui, il n'y a rien à faire.

— Qui est le producteur ? (Elle le lui dit et il acquiesça.) J'ai déjà travaillé avec lui. Ses attentes sont démesurées vis-à-vis de ses acteurs et de son équipe, et il n'est pas très tolérant pour les retards. Il a très peu de temps à accorder à un acteur qui succombe à la maladie.

— Génial.

Lainie songea que Richard avait dû bien s'entendre avec ce type, puisqu'il tolérait tout aussi mal les échecs parfaitement humains. Bien sûr, elle ne le dit pas à voix haute. Richard avait été incroyablement patient avec elle ces derniers jours.

Étant de nature à ne pas s'attarder sur une circonstance malheureuse qui ne pouvait être changée, Richard haussa les épaules.

— Tu peux te concentrer sur ta carrière théâtrale.

— Oui, dit-elle, préférant ne pas mentionner l'éventualité de la comédie romantique à ce stade.

Elle devinait son opinion à ce sujet. Ce serait bref, pénible et limité à quelques mots bien sentis.

Il l'étudiait avec un léger froncement de sourcils.

— Mais tu voulais ce rôle.

— Oui.

Elle bougea avec irritation. Il était sûrement à deux doigts de sortir les violons pour se moquer – une petite musique d'ambiance pour qu'elle puisse s'apitoyer sur son sort.

— Tant pis. C'est la vie.

— C'est très philosophique de ta part.

Il avait l'air préoccupé. Elle s'efforça d'aborder un sujet plus léger.

— Je suppose que ma version horizontale de la révérence a déjà fait la une des journaux.

Richard sembla faire un effort pour concentrer son attention sur elle.

— Je pense que le petit malin qui a filmé toute la scène avec son téléphone peut se permettre de s'acheter un modèle dernier cri. À propos, ta chère amie Greta French a laissé filtrer des infos auprès de son public au sujet de ta mystérieuse maladie. Elle craint que ton effondrement en public soit le signe que la fin est proche.

Lainie essaya de prendre un air outré, mais son sens de l'humour l'emporta. Elle vit la bouche de Richard se pincer et se mit à rire.

Il étouffa un bâillement et elle secoua la tête.

— J'ai conscience que ce serait indigne de toi d'admettre que tu es crevé, mais tu devrais aller te coucher. On dirait que tu n'as pas fermé l'œil depuis une semaine.

— C'est bien comme ça que je me sens, avoua-t-il, la surprenant.

Il hocha la tête lentement et soupira.

— Allez, au lit. (Il ouvrit un œil.) Je suppose que je ne suis toujours pas invité dans le tien ?

— Comme toujours, tu as raison. (Lainie tendit la main et caressa ses joues râpeuses.) Et pour l'amour de Dieu, rase-toi ! Mes voisins vont finir par penser que tu es un trafiquant de drogue. Ma réputation a assez morflé depuis une semaine.

Richard écarta sa main et se leva, gémissant quand son genou émit un craquement.

— Notre fausse relation me fait vieillir prématurément.

Il se pencha sur le lit, son visage à quelques centimètres du nez de Lainie.

— Je peux t'aider ? demanda-t-elle poliment en frissonnant lorsque leurs souffles se mêlèrent.

Il observa sa bouche.

— Je me demande si le risque d'infection en vaut la peine.

— Je pense que c'est trop tard. Ça fait des jours que tu fricotes avec mes germes.

— Dans ce cas...

Ses lèvres se posèrent sur les siennes, chaudes et fermes, sa main soutenant l'arrière de sa tête.

— Alors ? réussit-elle à articuler d'une voix rauque lorsqu'il s'écarta de quelques centimètres.

Ses doigts s'étaient glissés dans le col de sa chemise.

Il la regarda.

— Résultats non concluants, dans l'attente d'une enquête plus approfondie.

Sa bouche revint à la sienne et elle émit un léger bruit qui aurait pu vouloir dire n'importe quoi. Protestation. Désir. Reconnaissance. Hésitation.

Le front appuyé contre le sien, elle retint son souffle.

— Encore... une dernière répétition, d'accord ?

— Hum... (Il mordilla sa lèvre supérieure. Ses yeux étaient à demi fermés, lascifs, mais d'un bleu profond.) « Détail purement corroborant, destiné à donner une vraisemblance artistique à un récit par ailleurs plat et peu convaincant », murmura-t-il, en reprenant *Le Mikado.*

— J'aime quand tu me parles de comédies musicales.

7

London Celebrity @LondonCelebrity. maintenant
Nous tweetons en direct du tapis rouge
du Grand Prix national du Théâtre.
Lisez la suite pour découvrir les meilleurs
– et les pires – looks !

— Souris, souffla Will à son oreille en suivant ses propres conseils.

Un trio de flashs se déclencha et une jeune femme malavisée au milieu de la foule lui proclama son amour. Il leva une main paresseuse et salua le groupe de fans à prédominance féminine. Des cris ridicules s'ensuivirent. La célébrité de Will s'était accentuée récemment, après plusieurs apparitions dans une série américaine populaire. Sa main se resserra sur la taille de Lainie lorsqu'elle essaya de s'éloigner.

— Les gens vont penser que nous ne sommes pas de si bons amis après tout.

Les doigts de Lainie se crispèrent autour des siens, mais ses efforts discrets restèrent vains. Elle ne pouvait pas faire grand-chose sous la lumière des projecteurs, avec autant de pouces fébriles prêts à alimenter les réseaux sociaux.

Elle avait trop de dignité pour se lancer dans une bagarre en public avec son ex-petit ami.

Toutefois, elle ne tenait pas non plus à être photographiée avec son nez niché dans ses cheveux.

— La nouvelle tragique de ta rupture a été publiée il y a moins de six heures, siffla-t-elle.

Il tourna la tête et ses lèvres s'aventurèrent beaucoup trop près de son visage. Elle se pencha brusquement.

— Je ne veux pas que les gens pensent que j'aie quelque chose à voir avec le cœur brisé de Crystalle ! Je n'ai aucune envie de lancer une nouvelle rumeur sur nous deux. Faisons cette foutue photo et va voir ailleurs, s'il te plaît.

Will émit un son de dégoût.

— Le cœur brisé ? Je suis sûre qu'elle pleure toutes les larmes de son corps au moment où nous parlons, confortablement blottie dans le lit conjugal.

— Tu ne t'attends quand même pas à de la compassion de ma part ? (Lainie vit Alexander Bennett sortir d'une limousine.) Bennett est là.

Leurs sourires s'élargirent. Ses joues commençaient à lui faire mal. Elle se sentait fatiguée après sa vilaine grippe. Elle n'avait repris le travail que depuis la veille et tout lui semblait encore un peu irréel en dehors de la bulle de sa chambre. Un autre éclair crépita et elle résista à l'envie de baisser les yeux sur sa robe. Sarah et Meghan avaient uni leurs forces pour l'aider à se préparer et avaient pris de nombreuses photos d'elle, avec ou sans flash, à la lumière naturelle ou artificielle. Elles en avaient conclu que sa robe chatoyante ne risquait pas d'être transparente sur les photos, mais un soupçon de paranoïa persistait. Elle portait sa culotte la plus sexy pour se remonter le moral, mais elle préférerait que ce fait reste connu d'elle seule.

Du moins pas du public. D'une personne peut-être...

Ne t'aventure pas sur ce terrain.

Les photographes se tournèrent enfin vers les nouveaux arrivants et Lainie se précipita vers le bâtiment. Elle jura dans un souffle. Ce n'était vraiment pas de chance d'être arrivée en même temps que Will. Elle avait été incapable de lui tourner le dos et de s'éloigner au risque de provoquer toute une histoire, mais elle savait que le fait d'apparaître à son bras sur une photo suffirait à raviver leur relation sur les blogs. Si l'on ajoutait à cela l'absence flagrante de Richard sur le tapis rouge, en raison d'un discours qu'il s'était engagé à faire, sa vie sexuelle finirait par ressembler à un tournoi de ping-pong – une balle que se renvoyaient les deux mêmes joueurs.

Will semblait déchiré entre l'envie de la suivre et celle de s'attarder pour savourer son nouveau statut de sex-symbol. Malheureusement, sa détermination l'emporta sur sa vanité.

— Attends, lança-t-il dans son dos.

Quelqu'un les bouscula et il en profita pour l'attirer dans ses bras. La pression subtile de ses mains sur ses hanches n'avait pas grand-chose de chevaleresque.

— Je ne demande pas ta compassion.

Lainie lui jeta un coup d'œil impatient. Pour le moment, elle était plus préoccupée par le fait d'arriver dans la salle avec ses orteils et sa pédicure intacts. La folie s'était emparée de la rue devant le parc des expositions. Plusieurs grands noms de Hollywood avaient joué dans le West End cette année et étaient nominés pour un prix ce soir. Le chaos régnait toujours à Earls Court à l'heure de pointe, mais la perspective d'apercevoir une star de cinéma en chair et en os avait provoqué l'apocalypse. Elle s'efforçait elle-même de ne pas se mettre sur la pointe des pieds lorsque le volume des cris atteignait son maximum et qu'elle discernait un visage familier. C'était peut-être sa première grande cérémonie de remise de prix, mais elle ne pouvait pas se comporter de la sorte.

— C'est moi qui ai rompu, expliqua Will en baissant la voix alors qu'ils franchissaient les portes.

Il y avait du bruit à l'intérieur, des éclats de voix et des rires provenant d'un peu partout, mais le son n'était pas aussi assourdissant que celui de la circulation et de l'hystérie des fans à l'extérieur.

— Même s'il ne lui a pas fallu beaucoup de temps pour passer à autre chose. (Il posa une main sur son ventre pour l'empêcher d'avancer.) Lainie, ça ne marchait pas entre nous. Ce n'était pas pareil.

La foule d'étrangers élégants, parfumés et scintillants formait une barrière qui lui permit de le repousser sans être vue.

— Will, je m'en fous. Ta vie amoureuse ne me regarde plus. Dieu merci.

— Toi et moi, on a vécu une histoire vraiment géniale.

— Pas du tout. Nous nous entendions bien sexuellement, nous partagions un intérêt commun et notre liaison était le fruit inévitable de la proximité. Tu ne veux pas ajouter que tu as commis une grave erreur pour compléter le cliché ?

— Tu n'as pas mangé avant de venir ? demanda-t-il froidement. Tu as toujours été un peu chienne quand tu avais faim.

— Eh bin voilà ce qu'il me fallait pour me donner envie de me réconcilier avec toi sur l'oreiller !

Will jeta un coup d'œil autour de lui. Quelques regards curieux étaient posés sur eux malgré la concurrence des autres célébrités.

— Nous en reparlerons plus tard.

— Nous n'en reparlerons plus jamais. Bonne soirée. Et bonne chance dans ta catégorie.

Lainie se détourna vivement et s'accrocha à la première connaissance qu'elle vit.

Dans des circonstances moins graves, elle n'aurait jamais volontairement engagé une conversation avec cette femme affreuse. Six secondes après son « bonjour » faussement enthousiaste, l'autre lui avait montré son fil Twitter, plein de commentaires sur les looks arborés sur le tapis rouge à l'extérieur. Lire les opinions des blogueuses sur votre robe alors que vous la portiez encore était une erreur de débutante. Lainie se força à sourire et tenta de partager l'amusement. Personnellement, elle trouvait les critiques à son sujet un peu dures – et elle était à peu près certaine qu'un commentaire sur deux comportait une faute d'orthographe.

Elle fut ravie de découvrir que les convives seraient installés à des tables rondes plutôt qu'en rangées, la différence importante résidant dans le fait qu'on servait du champagne à table – et en grande quantité. Lainie trouva sa place et constata que le nom de Richard était à côté du sien. Elle ignorait si on avait confirmé leur présence en tant que couple ou si même les cadres de la corporation lisaient la rumeur scandaleuse de la presse people. Peu importait. Elle était soulagée que Will n'ait pas été placé près d'eux pour pimenter la soirée.

Son voisin de gauche était une icône du théâtre, une des légendes vivantes de la Royal Shakespeare Company. Le fait d'être associée à Richard l'avait propulsée dans des cercles très sélects. Le vieil acteur était si charismatique et sympathique qu'il apaisa discrètement sa timidité. Il l'entraîna immédiatement dans une discussion prenante sur la production en cours au Globe tandis qu'elle sirotait du perrier-jouët. Soudain, elle sentit des picotements sur sa nuque. Elle devina la présence de Richard et perçut l'odeur de son eau de Cologne avant qu'il se glisse sur le siège vide à sa droite.

Il salua son voisin d'un signe de la tête et d'une poignée de main – la version cossue du rappeur faisant un check avant de se frapper la poitrine du poing –, puis haussa les sourcils à son intention.

— Tu es très belle.

Il ressemblait à une pub pour Armani. Elle aimait les costumes trois pièces bien coupés. Les yeux de Richard étudièrent sa robe noire et s'attardèrent un moment sur son décolleté plongeant. Elle espérait qu'il l'appréciait. On avait utilisé plus de scotch double face pour obtenir ce résultat que les lutins du père Noël à Noël.

Elle croisa ses yeux bleus brillants et prit un air suspicieux.

— Tu as mis tes chaussures à l'endroit et tout, commenta-t-il en vérifiant sous la table.

Il tâtonna sournoisement son genou par la même occasion et elle sursauta.

— Excellent travail pour dissimuler ta récente crise de folie.

— Traduction, s'il te plaît ? demanda Lainie en essayant de ne pas se tortiller sous l'effet des doigts espiègles qui remontaient le long de sa cuisse.

Elle les écarta d'un coup de pochette plaquée or. Apparemment, cet accessoire pouvait servir à autre chose qu'à contenir son rouge à lèvres et son billet de vingt livres de secours.

Richard retira sa main et prit sa flûte de champagne. Sa pomme d'Adam bougea tandis qu'il buvait.

— Je suppose que, entre ton arrivée et ton entrée dans le bâtiment, tu as subi un lavage de cerveau et décidé de relancer votre épique histoire d'amour. On ne sait pas trop si les journalistes se concentreront sur vos lèvres ou sur ta nudité partielle, mais j'imagine que les pages société du *Sun* nous en apprendront plus demain matin.

Était-ce du sarcasme ou autre chose ?

Lainie le dévisagea.

— Je suis toujours ravie d'offrir un divertissement bon marché. Tu veux que je demande à Will de venir se frotter contre toi en public pour voir si tu trouves ça drôle ?

Une lueur menaçante brilla dans les yeux de Richard.

— Que veux-tu dire par « frotter » ?

Son indignation battit rapidement en retraite face à ce regard. Il serait clairement heureux d'illustrer l'expression « crochet du droit » sur Will.

— Comme d'habitude, il cherchait à se donner en spectacle devant les photographes.

Elle ne mentionna pas sa rupture avec Crystalle ni les remords tardifs qu'il avait exprimés. Il était tout à fait possible que Will ait avalé plusieurs whiskys dans sa limousine et qu'il n'en pense pas un mot. Elle était prête à parier ses vingt livres qu'il quitterait la cérémonie avec une autre femme – peu importait laquelle.

— Comment s'est passé ton discours ? demanda-t-elle pour changer de sujet. Tu as été audible ? Éloquent ? Sobre ? (Elle sourit.) J'imagine une standing ovation et au moins une culotte lancée sur la scène.

— Cela aurait été déconcertant, répondit Richard avec un petit rictus involontaire, considérant que je m'adressais au corps presque exclusivement masculin de la corporation de l'opéra de Westminster, et qu'aucune des rares femmes n'avait moins de soixante-cinq ans.

— Je suis sûre que c'est à cet âge-là qu'elles sont le plus susceptibles de le faire, déclara Lainie. Elles se sont entraînées au lancer de culotte au plus fort de la Beatlesmania. Tu es presque aussi mignon que Ringo Starr.

Richard regarda dans son verre.

— Je pense que j'ai besoin de quelque chose de plus fort.

Elle poussa un bol vers lui.

— Prends une cacahuète au wasabi.

Sans jamais avoir assisté à une grande cérémonie de remise de prix, Lainie se considérait comme une ancienne combattante. Chaque année, elle regardait en direct les Oscars, les BAFTA, les Tony Awards, les Emmy Awards et les Golden Globe, parfois sans couper le son de la télé pendant les discours ni même faire une pause pour boire un thé. Son excitation au sujet de la soirée à venir n'avait pas été un grand secret, même si elle n'était nominée que dans la catégorie des groupes et qu'elle ne se faisait aucune illusion : s'ils remportaient le prix, cela ne reposerait que sur Richard, Will et Chloe. Elle s'en moquait, c'était quand même sa première nomination. *La première d'une longue série*, ajouta-t-elle mentalement en parcourant du regard la salle étincelante et bondée. Elle s'inspirerait de Richard pour gagner en confiance et se sentirait brillante et ambitieuse plutôt que médiocre et indigne.

Alors que la cérémonie touchait presque à sa fin, l'effervescence initiale n'était plus qu'un bourdonnement peu convaincu. Il se révéla que rester assise sur une chaise inconfortable pendant trois heures à applaudir par intermittence et à écouter dans un silence poli les interminables discours de remerciement était ennuyeux. Un bouton « avance rapide » n'aurait pas été malvenu. Sans compter qu'ils ne remportèrent pas le prix de groupe, qui fut attribué à une production que Lainie avait tellement adorée qu'elle ne pouvait même pas se sentir déçue.

Tandis que le vainqueur du prix du meilleur one-man-show gloussait timidement au micro, Lainie entendit Richard pousser un long soupir agacé. Elle lui lança un regard en coin. Elle découvrit qu'il avait improvisé un jeu d'échecs avec le reste des cacahuètes au wasabi. Elle dissimula un sourire et lui fit les gros yeux en gobant l'un de ses pions.

— C'est ta catégorie, murmura-t-elle lorsque l'animateur revint sur scène. Redresse-toi et arrête de jouer avec tes cacahuètes.

Le plus ancien membre de la RSC émit un rire étouffé dans sa serviette. Richard, lui, n'avait pas l'air amusé.

Elle n'avait pas hâte d'entendre l'annonce du vainqueur. Will et Richard avaient tous deux été nominés pour le prix du meilleur acteur principal, Will pour *L'Hommage du chevalier* et Richard pour son interprétation récente de *Richard III* dans un festival au théâtre Old Vic. Il était probable que les prochaines minutes seraient compliquées, quel que soit le vainqueur. Elle avait évalué les autres concurrents et décidé qu'aucun n'était à la hauteur. Malheureusement, il fallait se rendre à l'évidence : il n'y aurait qu'un seul gagnant.

Le jury fut d'accord avec elle.

Un masque se peignit sur le visage de Richard tandis que Will montait sur scène pour récupérer son prix, mais les muscles de sa mâchoire tressautaient, signe avant-coureur d'une crise chez un homme.

L'Hommage du chevalier remporta un autre prix de taille, celui du meilleur directeur, décerné à Alexander Bennett. Lainie était ravie pour la production. Elle réussit à rester positive à l'égard de Bennett, même lorsqu'il prononça le discours le plus prétentieux de la soirée. Il aurait dû tirer une leçon des erreurs de Richard II : mieux valait ne pas se comparer à une divinité.

Lorsque l'animateur mit un terme à la remise des prix et invita les convives à se servir un verre au bar, les corps se levèrent en masse et les discussions explosèrent. Lainie se tourna vers Richard.

— Je suis désolée que tu n'aies pas gagné. (Il grogna et elle poursuivit sereinement :) Même s'il fallait s'y attendre.

Cette réflexion le sortit de son apathie furibonde. Il fronça ses sourcils noirs.

— Quoi ?

Lainie resta insensible. Il était préférable qu'il évacue ce qu'il avait sur le cœur si elle ne voulait pas supporter sa mauvaise humeur toute la soirée.

— Il ne fait aucun doute que tu es l'acteur le plus brillant de *L'Hommage du chevalier*, déclara-t-elle en haussant les épaules. Tu sais que tu joues un second rôle et que tu voles pourtant la vedette à Will chaque soir, sans fournir trop d'efforts. (Ces mots arrachèrent un petit sourire narquois à Richard. Elle l'ignora et poursuivit :) Mais tu as été nominé pour Richard III, pas pour Bandero. C'était un rôle dans un festival qui a duré trois jours et puis, conclut-elle sans détour, ta performance y a été médiocre.

— Oh, vraiment ?

Son ton était menaçant, mais elle ne se laissa pas impressionner.

— Oui, vraiment. Et tu le sais. J'ai vu la pièce le jour de l'ouverture du festival. C'était la performance la plus mauvaise et la plus pitoyable de ta carrière. Je te parie tout ce que tu veux que tu étais plus convaincant dans les pièces amateurs dans lesquelles tu jouais ado. Je n'aurais jamais cru que c'était toi derrière le costume si ton nom n'avait pas figuré sur le programme. (Elle soutint son regard courroucé. Son ton était calme et mesuré.) Tu méritais quand même d'être nominé. Ta pire performance reste au-dessus de la meilleure performance des autres acteurs. Mais cette cérémonie aurait été une parodie si tu avais gagné. Que t'est-il arrivé ?

— Comment ça ? répondit-il plutôt méchamment. J'ai perdu, c'est tout. Et à juste titre, selon toi.

— Et tu partages mon avis. (Lainie parlait avec assurance.) Je sais à quel point tu prends ce métier au sérieux. Tu es ton critique le plus sévère. Ton interprétation de ce rôle est contre-nature. Que s'est-il passé ?

Il se tut, fixant la table. Elle pensait qu'il n'allait pas répondre, mais il finit par dire froidement :

— Environ trente minutes avant le lever du rideau, on m'a annoncé que l'un de mes amis s'était suicidé le matin même.

— Oh, mon Dieu !

Lainie tendit la main et referma les doigts sur ceux de Richard.

Il se libéra doucement.

— On n'aurait jamais dû me le dire si peu de temps avant le début de la représentation, mais c'est moi qui ai échoué en laissant cette nouvelle affecter ma performance. La pièce entière reposait sur ma capacité à me montrer convaincant dans le rôle principal et j'ai manqué à mes obligations envers les autres acteurs, l'équipe et les spectateurs. (Il haussa les épaules.) *Mea culpa.*

— Qu'as-tu dit l'autre jour au sujet des attentes surhumaines ? Bon sang, Richard. Tu as appris la mort de ton ami trente minutes avant de monter sur scène. Je pense que tu devrais te montrer plus indulgent envers toi-même. Il était compréhensible que tu sois distrait.

— Compréhensible, peut-être, mais pas professionnel. (Richard hésita.) Cette nouvelle m'a anéanti. Pas uniquement parce que Derek était mort, même si cette tragédie aurait pu être évitée si ses amis avaient pris conscience de son état à temps. Mais son décès a ravivé une autre... situation.

— Laquelle ? demanda Lainie d'une voix douce.

Le visage de Richard était si figé que Lainie doutait qu'il ait répondu si Lynette Stern n'avait pas choisi ce moment pour les interrompre. L'agent posa une main aux ongles rouges sur l'épaule de Richard et il se raidit, son expression s'assombrissant aussitôt. Lainie sentit leur complicité se rétracter comme si un rideau de fer venait de tomber brusquement.

— Richard, dit vivement Lynette. Parfait. Harlan Powell te cherche. Bonjour, Lainie, comment vas-tu ?

— Bien, merci.

Lainie continuait à observer Richard.

— Il ne doit pas me chercher beaucoup, répondit-il à Lynette, je n'ai pas quitté la place qui m'a été attribuée.

Lynette ignora sa réponse acerbe. Elle tira sur le bras de Richard, qui se renfrogna davantage.

— Il veut te parler d'un rôle potentiel au Globe. Il est au bar.

— Forcément. (Richard semblait irrité, mais il se leva. Ses yeux se posèrent sur Lainie.) Je reviens, dit-il, et elle hocha la tête.

Elle le regardait s'éloigner quand Lynette lui toucha le bras, la faisant sursauter.

— Ça ne te dérange pas si je m'assieds ? demanda la femme avant de se laisser tomber sur le siège laissé libre par Richard sans lui laisser le temps de répondre.

Ce mouvement lui fit soupçonner que la robe de Lynette était si serrée qu'elle ne pouvait pas plier le buste.

— Je t'en prie, dit-elle avec ironie.

L'agent sembla considérer que l'invitation s'appliquait aussi à la flûte à champagne de Richard.

— Que Dieu bénisse les bulles ! s'exclama-t-elle avant d'avaler une centaine de livres d'alcool en une seule gorgée. Je crois que j'ai senti de nouvelles rides se former sur ma peau pendant le discours d'Eliza Pimm. À côté de ce genre d'événements, la guerre de Cent Ans n'a été qu'un bref épisode.

— Tu dois être triste que Richard n'ait pas gagné, observa Lainie sur un ton neutre.

— Hum... (Lynette la dévisagea avec un air malicieux.) Il était nul dans ce rôle. Un foutu crétin l'a mis plus bas que terre en lui annonçant la mort d'un camarade d'école juste avant le lever du rideau. Il a plutôt bien géré la situation, étant donné les circonstances. Le spectateur lambda ne pouvait rien remarquer, surtout s'il n'était pas familier du talent habituel de Richard. Même certains critiques se sont laissés duper.

— Oui, je m'en souviens.

Lainie se rappelait avoir été étonnée de lire plus d'une critique élogieuse, la poussant même à se demander si elle avait vu la même pièce.

— Mais c'est un point noir sur son CV. Heureusement, les représentations n'ont duré que trois jours. (Lynette prit un regard pensif.) Et comment ça se passe entre vous deux ? Je pensais que l'on m'aurait déjà appelée pour m'annoncer un homicide à ce stade.

Lainie sourit faiblement.

— Et quel corps imaginais-tu retrouver au sol, ses contours tracés à la craie ?

— Bonne question. Richard a le pire des tempéraments, et c'est aussi le plus agaçant.

— Il ne serait pas d'accord sur ce point. (Son sourire s'élargit.) Peut-être même sur les deux points.

— Certainement. (Lynette l'étudia.) Tu sais quoi, je pense que tu l'aimes bien.

Lainie baissa les yeux sur la table et traça une ligne à travers le cercle laissé par son verre.

— Et je crois que toi, non.

— Franchement, il me donne la migraine. Bien sûr, il faut tenir compte de son éducation, déclara Lynette sans enthousiasme.

— Son éducation ? répéta Lainie, confuse. J'ai cru comprendre que le terme « privilégié » était un euphémisme pour lui.

— Oh, il a toujours été riche. Un pauvre petit garçon riche et malheureux, matériellement pourri gâté. C'est l'histoire classique : enfant unique, parents absents pour une raison ou une autre, envoyé au pensionnat alors qu'il portait encore des couches, confié à une succession de nounous indifférentes pendant les vacances. Son comportement en est une preuve flagrante. On ne l'a jamais dorloté.

Lainie ressassa ces paroles, comparant la vie de Richard à sa propre enfance dans une famille de classe moyenne, avec de merveilleux parents et des frères et sœurs à ne savoir qu'en faire.

— Je pense qu'on ne peut pas tout accepter d'une personne sous prétexte qu'elle a eu une enfance difficile, déclara-t-elle enfin.

— Oh, la plupart de ses défauts lui sont propres, approuva Lynette en vidant le reste du champagne. Mais il s'est fait avoir sur le plan de la génétique – son physique mis à part, évidemment. Sa mère était une garce immorale qui couchait avec le premier homme prêt à lui acheter des diamants, et son père était un vieux connard coincé. Sir Franklin Troy, tu sais, le député. Il est mort d'une crise cardiaque alors que Richard était à Eton.

Lainie se souvenait effectivement de la mort de Franklin Troy. Elle était en primaire à l'époque et son père habituellement si doux s'était lancé dans une violente diatribe à l'encontre de cet homme. « Je ne veux pas dire du mal des morts, mais... » Troy Senior était un fervent partisan du parti conservateur et, de l'avis du père de Lainie, un peu instable.

Il fallait se réjouir que Richard et elle n'aient pas à organiser un faux repas de famille avec leurs parents respectifs pour officialiser leur simulacre de relation. Le dîner n'aurait certainement pas été très cordial.

Lynette posa la flûte vide et se leva. Elle était toujours stable sur ses talons hauts malgré le quart de litre d'alcool qu'elle avait versé dans sa gorge.

— Bon, je suppose qu'il faut que je me mêle aux autres convives. (Elle tapota le dos de la main de Lainie.) Pat et Bob seront heureux d'apprendre que notre petite comédie se passe bien. La réputation de Richard semble s'être nettement améliorée. L'influence rédemptrice d'une femme bien. C'est un peu offensant, quand on y pense. Il y a un mois, les membres de la corporation de l'opéra auraient été ravis de le tenir à distance et de médire dans son dos derrière leurs lorgnettes. (Ses lèvres s'étirèrent en un sourire forcé.) Tu confirmes que cela reste une mise en scène, n'est-ce pas ?

— À ton avis ?

Lynette prit un air pensif.

— J'espère, dit-elle avant de se fondre dans la foule, pour le bien-être de Richard, que tu n'es pas capable de jouer un rôle de manière aussi convaincante.

Lainie était assise dans la voiture de Richard, songeuse, regardant les lumières de Londres défiler derrière la vitre. La circulation était toujours dense autour d'Earls Court. Il leur avait fallu douze minutes pour parcourir un pâté de maisons. La Ferrari s'arrêta une fois de plus derrière une voiture pleine d'adolescents avec la musique à fond. Resserrant les bretelles de sa robe sur ses épaules, elle toucha les paillettes cousues dessus du bout des doigts et tourna la tête vers Richard. Lui aussi était silencieux. Il avait l'air fatigué, la tête penchée en arrière et les yeux momentanément fermés. Ses doigts tambourinaient sur le volant.

— Longue soirée, dit-elle, à défaut d'autre chose.

Il rouvrit les paupières. Son regard somnolent reflétait les lueurs de la rue.

— J'ai connu des soirs plus agréables, confirma-t-il avant de marquer une pause. Même si j'aurais pu être en plus mauvaise compagnie.

— Il me semble que c'était un compliment. (Lainie plaça une main entre sa joue et l'appuie-tête.) Je t'en prie, n'hésite pas à développer. N'aie pas peur de me faire rougir.

— « La gente dame parle », murmura Richard, citant l'une des répliques de Will dans la pièce. Le reste fut de la pure improvisation : Elle parle un peu trop, selon moi.

Lainie répondit en empruntant une réplique de Chloe :

— « Ta jolie langue, Bandero, laisse des blessures. »

— C'est un choix totalement inapproprié, remarqua Richard avec son ton habituel.

Il se redressa alors que les voitures devant lui commençaient à avancer.

— Je ne pense pas avoir jamais été accusé d'être un beau parleur auparavant.

— Tu sais très bien le faire, observa Lainie, par moments.

Elle sentit qu'il la regardait brièvement, mais elle avait reporté son attention sur le pare-brise.

Quelques minutes s'écoulèrent de nouveau en silence, ponctuées par les arrêts saccadés dus au trafic. À ce rythme, le soleil se lèverait quand ils atteindraient leurs appartements respectifs. Elle avait soudainement très faim. Elle tenta d'imaginer la réaction de Richard si elle lui demandait de s'arrêter en Ferrari au drive du McDonald's. Elle tourna un peu plus la tête pour dissimuler son sourire à cette pensée.

— J'allais oublier...

Richard glissa une main dans la poche de son gilet. Il avait jeté sa veste de costume sur la banquette arrière avec un mépris choquant pour le talent artistique de son designer et avait retroussé les manches de sa chemise, révélant ses avant-bras tendus couverts d'une fine toison sombre. Depuis ce moment, elle s'était efforcée de ne pas le regarder. Il agita un morceau de papier devant son visage.

Elle le prit par automatisme.

— Qu'est-ce que c'est ? demanda-t-elle en le dépliant.

— L'heure de ton audition pour *Le Comté de Somerset*, déclara-t-il sur un ton neutre. (Elle garda les yeux fixés sur le bout de papier, puis les leva vers lui, en proie à une stupéfaction grandissante. Il haussa les épaules.) J'ai tiré quelques ficelles. Ils te recevront cette semaine.

— Mais… (Lainie se rendit compte qu'elle avait la bouche ouverte comme un poisson hors de l'eau. Elle pressa ses lèvres l'une contre l'autre, puis tenta de prendre une voix rationnelle.) Tu ne peux pas simplement… (Aussitôt, sa résolution s'envola et elle monta dans les aigus.) Tu ne peux pas faire une chose pareille.

— On dirait bien que si.

— Tu ne peux pas appeler les gens et les obliger à me donner un rôle !

— Ce n'est pas ce que j'ai fait, rétorqua-t-il en contrôlant son humeur. Je les ai appelés et je leur ai demandé de t'accorder l'audition que tu avais déjà décrochée par ton propre mérite. Je ne pourrais pas t'obtenir le rôle même si je le voulais. Mark Forster est très professionnel. Il ne donne pas du travail à toutes les femmes qui passent la porte de ma chambre juste parce que je le lui demande. Ce que je n'ai pas fait.

— Et je n'ai jamais passé la porte de ta chambre.

— En effet. À ma plus grande déception.

Elle serra les dents.

— Je n'ai pas besoin de tes faveurs ni de ton népotisme. Je peux m'en sortir seule.

Richard fit claquer sa langue, impatient.

— Ne sois pas naïve. Personne ne réussit seul. Et dans ce milieu, c'est encore pire.

Son exaspération laissait présager qu'il rejetterait la prochaine protestation de Lainie. Il avait le visage figé et était concentré sur sa conduite, bien plus qu'il ne l'avait été jusque-là.

L'avait-elle blessé ?

— Bien, lâcha-t-elle faiblement avant d'ajouter à contrecœur : Merci.

Il lui décocha un regard ironique.

— De rien. Tu as aussi le numéro de la ligne directe du bureau de Forster. Il veut te parler au sujet de l'association.

— L'association ?

— Les Étincelles. Quel que soit le résultat de ton audition, il souhaite reverser une partie des bénéfices de la production aux enfants malades.

Richard sembla penser que cette information complémentaire allait clore le sujet. Il reporta son regard sur la route, ignorant ou ne remarquant pas l'air ébahi de Lainie.

— Tu l'as convaincu de verser une partie des bénéfices aux Étincelles ? articula-t-elle lentement, essayant de concilier ce fait avec l'image qu'elle avait de Richard.

Elle avait du mal à assembler les pièces du puzzle.

— Oui.

Il haussa les épaules, et ce mouvement inhabituel indiqua à Lainie à quel point il était gêné et mal à l'aise dans cette situation peu familière pour lui.

Un élan de tendresse terriblement puissant l'envahit, la submergeant presque. Elle ne put contenir un petit cri tant elle était prise de court par cette sensation. Elle baissa de nouveau les yeux sur le papier et se décida tout à coup.

Elle se pencha en avant et déposa un baiser sur son cou, dans le creux sensible juste sous son oreille.

Il sursauta et la voiture fit un léger écart. En jurant, il lui jeta un regard qui mêlait étrangement la menace et la sensualité.

— La circulation est horrible, fit-elle remarquer d'un ton léger.

— Observation perspicace, Sherlock, railla-t-il, se réfugiant dans l'ironie.

— Tu gagnerais probablement du temps en évitant un détour par Bayswater et en rentrant directement chez toi.

Il se figea. Elle vit ses mains se resserrer autour du volant.

Il se tourna vers elle et, après un échange de regards silencieux, il activa son clignotant pour prendre la direction de Belgravia.

La maison de Richard était l'une de ces bâtisses blanches étincelantes avec des marches carrelées noires et blanches qui menaient à la porte d'entrée. Elle passait souvent devant des demeures similaires dans les quartiers riches, mais elle ne voyait jamais personne y entrer ou en sortir. Elles ressemblaient aux versions résidentielles de la chocolaterie de Willy Wonka.

Au milieu du salon luxueux, elle s'efforça de ne pas songer à l'importance du cachet de Richard. Elle échoua lamentablement et blêmit. Sa propre conception de l'indépendance financière consistait à faire plus souvent son shopping chez Topshop que chez Primark.

Richard lui tendit une tasse de café fort. Après le silence éloquent qui l'avait trahi dans la voiture, il se comportait de nouveau normalement. Elle ne savait pas à quoi elle s'attendait... à ce qu'il active un variateur de lumière et lance une musique d'ambiance ? Clairement, elle avait passé trop de temps avec Will.

En sirotant son café, elle se promena dans la pièce, gênée. Ils étaient dans le bureau de Richard et elle avait peur de toucher le moindre objet. Elle avait l'impression d'être dans l'un de ces magasins pleins de bibelots fragiles où tout mouvement maladroit pouvait conduire à ce qu'un objet d'une valeur inestimable s'écrase au sol. Cela ne valait pas seulement quand elle était petite et qu'elle accompagnait sa mère dans ce genre d'endroit. Elle s'y sentait toujours mal à l'aise, même adulte.

Elle s'arrêta devant un grand portrait peint à l'huile fixé au manteau de la cheminée. Ses yeux passèrent du visage aux traits intenses à celui de l'homme de chair et de sang assis dans un fauteuil Régence.

— Tu ne ressembles pas beaucoup à ton père, se risqua-t-elle.

Richard avala une gorgée de café.

— Pas du tout, confirma-t-il, imperturbable, avant d'ajouter : Connaissant ma mère, il est possible que nous n'ayons même pas de lien de sang. L'espoir fait vivre. (Il fronça les sourcils en regardant le portrait.) Le cadre est encastré dans le mur et, apparemment, le retirer pourrait endommager des luminaires vieux de deux cents ans autour du manteau. Sinon, je n'aurais pas hésité à le faire.

Lainie ne savait pas comment répondre à cela.

— Ton père était... plutôt conservateur, je suppose, dit-elle sur un ton incertain.

Richard renifla.

— Mon père était aussi à droite qu'il est possible de l'être. Je ne sais pas exactement quelles politiques son parti soutenait ; ils étaient trop occupés à s'opposer à tout. L'égalité des droits – que ce soit au sujet de la race, du sexe ou de la parité entre les hommes et les femmes –, l'immigration, la santé publique, l'éducation pour tous, l'art...

— L'art ?

— Mmm... un gaspillage de temps et de fonds publics qui devraient être consacrés à une réorganisation offensive de l'armée. Une absurdité licencieuse et non patriotique portée par un groupe de bohémiens marginaux, des femmes dépravées et des homosexuels. (Richard fit tournoyer son café.) Franklin et sa bande auraient expulsé quatre-vingt-dix pour cent de la population en Australie – qui serait encore une colonie pénitentiaire, bien sûr – s'ils avaient pu. Ou alors ils les auraient alignés contre un mur pour les fusiller.

— Ah, quand même... (Lainie s'assit sur le bord de la chaise Queen Anne.) J'imagine qu'il n'était pas fou de joie quand son fils lui a annoncé qu'il voulait prendre des cours de théâtre.

— Il est mort quand j'étais encore à l'école et je n'avais pas décidé de mon orientation à l'époque. (Richard sourit soudain.) Je crois que je traversais une phase « Je veux devenir astronaute » très tardive, ce qui n'aurait jamais pu se concrétiser. J'étais une vraie brèle en physique. (Lainie imagina l'adolescent qu'il était et cette image était plus attachante qu'elle ne l'aurait cru.) J'ai joué dans ma première pièce à l'école quelques mois avant sa mort.

— Il est venu te voir ?

— Non. Il a essayé de faire renvoyer le prof de théâtre. (Il ne plaisantait pas. Lainie fit la grimace.) Au moment de sa mort, il faisait campagne pour supprimer les financements publics en faveur de l'art. Il voulait que les subventions culturelles du gouvernement se limitent à un nombre restreint de projets approuvés par les ministres compétents, et que l'éducation artistique disparaisse des programmes scolaires. (La voix de Richard était épuisée, et son ton dégoûté.) Les ressources culturelles étaient encore plus rares alors qu'elles ne le sont maintenant. Le système a besoin d'un coup de pouce pour ne pas sombrer dans un totalitarisme sombre.

Un certain nombre d'éléments semblaient plus clairs à présent.

— Et la SRAS est la première étape, compléta-t-elle lentement. Tu veux prendre les rênes que ton père a laissées et orienter la bataille dans la direction opposée.

— Il aurait approuvé la métaphore militaire. Ce n'est peut-être pas aussi théâtral, mais oui. S'il l'avait pu, mon père aurait fait subir à ce pays une injustice monumentale dans un certain nombre de domaines. J'ai l'intention d'aider à corriger le tir, au moins pour l'un d'entre eux.

— Cela a quand même dû être difficile, quand il a eu sa crise cardiaque.

Il y eut un long silence, interrompu seulement par le son de leur respiration.

— Il n'a pas eu de crise cardiaque, déclara Richard. Il était sur le point d'être accusé d'avoir truqué un vote parlementaire et il s'est tiré une balle dans la tête. (Elle inspira brusquement, et il poursuivit :) Ma famille était entourée d'une équipe de relations publiques à côté de laquelle Pat ressemble à une instit de maternelle. Ils ont étouffé la vérité au sujet du suicide, les raisons de celui-ci, l'ampleur et le nombre de liaisons qu'entretenait ma mère, et Dieu sait quoi d'autre. (Il croisa son regard. Son sourire lui donna des frissons.) Jolie toile de fond, tu ne trouves pas ?

Lainie sentit instinctivement que si elle mettait un pied dans le piège maintenant – et si elle lui offrait quelque chose qui pouvait s'apparenter à de la pitié – il la chasserait si violemment de sa vie qu'elle se retrouverait dans la rue.

— J'espère, commença-t-elle avec cinq pour cent de compassion et quatre-vingt-quinze pour cent de réprobation, que tu ne mets pas ton comportement odieux uniquement sur le dos de tes parents. Je suis prête à parier tout mon cachet que tu étais déjà une teigne obstinée et rebelle dans ton landau.

Pendant quelques instants, son estomac se noua tandis que le visage de Richard restait sans expression. Puis il laissa échapper un rire sincère.

La prenant par surprise, il tendit la main, attrapa son poignet et la tira violemment vers lui, la faisant basculer sur ses genoux.

— Bob Carson n'avait aucune idée de ce qu'il allait provoquer, souffla-t-il avant de l'embrasser.

Il lui fallut quelques inspirations erratiques pour s'en remettre, mais elle n'avait jamais été longue à comprendre ce genre de choses. Elle posa les mains sur ses joues puis les glissa dans ses cheveux, répondant à la pression exigeante de sa langue sur la sienne. Il caressait sa chevelure, faisait glisser les mèches soyeuses entre ses doigts et fredonnait son appréciation contre sa bouche. Ses lèvres déposaient des baisers le long de sa joue, de son front, de son cou jusqu'au lobe de son oreille. Elle sursauta quand il la mordit. Elle pouvait sentir ses cuisses dures sous son corps et l'agitation subtile qui s'emparait de lui.

Lainie posa les doigts sur les boutons de son gilet sexy et tira dessus pour l'ouvrir avant de s'attaquer à la fine chemise en lin en dessous. Elle pressa une main contre son torse et se glorifia des frissons qui tendaient chacun de ses muscles.

Les doigts chauds de Richard suivirent la ligne de ses épaules et de ses clavicules, courant sur son dos, la faisant trembler alors qu'il abaissait la fermeture Éclair de sa robe avant de revenir sur son décolleté.

Il marqua une pause frustrante avant d'entamer la partie la plus intéressante de la procédure.

Les paupières lourdes de Lainie s'entrouvrirent et elle inspira brusquement pour reprendre son souffle.

— Quel est le problème ? murmura-t-elle.

Richard lui releva le menton, la forçant à croiser son regard. Ses yeux étaient presque noirs tant ses pupilles étaient dilatées par l'excitation.

— Dis-moi que tu en as envie. Dis-moi que tu as envie de moi.

Elle découvrait qu'elle pouvait éprouver de l'irritation alors que le désir la consumait.

— Richard. (Elle se blottit contre lui.) Je suis prête à caresser beaucoup de choses en ce moment, mais ton ego n'en fait pas partie.

Il ne relâcha pas sa prise. Il scrutait ses yeux, cherchant... quoi ? De la réticence ? De la sobriété ? Une folie passagère ?

— Il y a encore quelques semaines, tu ne pouvais pas me supporter, attaqua-t-il.

Elle soutint son regard sans broncher.

— Le sentiment était mutuel.

— Non. Je ne t'ai jamais détestée.

— C'est vrai. Tu savais à peine que j'existais. Je pense que c'est pire, ajouta-t-elle pensivement.

— Je ne veux pas faire ça pour de mauvaises raisons. Si ça a quelque chose à voir avec ce que je t'ai dit ce soir... (Volontairement grossier, il poursuivit durement :) Je n'ai ni besoin ni envie d'une bais...

La main de Lainie quitta son ventre et couvrit sa bouche.

— Si tu tiens à conserver le matériel nécessaire pour cet interlude, je te suggère de ne pas finir cette phrase. (Ses doigts bougèrent, caressant ses lèvres.) Richard, je n'ai qu'à te regarder pour avoir envie de me pelotonner contre toi et de ronronner comme un chat.

Il sourit lentement, comme un félin – une panthère noire plutôt qu'un gros chat domestique.

Elle prit sa main et la guida vers son cou, puis plus bas vers les rondeurs généreuses de sa poitrine. Il hésitait encore, alors elle fit courir un doigt le long de son torse jusqu'à sa ceinture. Il se cambra brusquement et il passa les pouces sur la soie de son soutien-gorge. Elle enfonça les ongles dans ses épaules.

— Un chat avec des griffes, murmura-t-il avant de se lever avec elle dans les bras.

Elle inspira le parfum de ses cheveux alors qu'il la portait dans l'escalier. Impressionnant : il réussit à l'embrasser en montant les marches sans la cogner contre les murs. Sa maison était beaucoup trop grande pour une seule personne. Il lui fallut tant de temps pour arriver à sa chambre que son excitation aurait pu retomber s'il n'avait pas été aussi sexy.

Elle ouvrit les yeux lorsqu'il pesa de tout son poids sur elle après l'avoir étendue sur un matelas délicieusement moelleux. Sa robe de soie était remontée sur ses hanches. Elle sentait la fraîcheur des draps sur ses reins et ses cuisses. Richard prit appui sur un bras et, lentement, glissa sa main libre le long de l'une de ses cuisses, suivant les courbes de ses hanches et de sa taille. Il baissa les yeux, concentré sur le mouvement de ses doigts. Puis, saisissant les plis de soie, il releva la robe. Elle arqua le dos tandis qu'il passait le vêtement sur sa tête. Elle perçut le crépitement de l'électricité statique dans ses cheveux à ce contact.

Son visage était si proche qu'elle ne pouvait se concentrer que sur un détail à la fois. Ses yeux. Ses cils noirs abaissés. Son nez aquilin. Ses lèvres fines et entrouvertes. Très doucement, toujours concentré sur le contact de leurs peaux, il posa sa paume sur son ventre, écartant largement les doigts. Il baissa la tête et l'embrassa, juste au creux des côtes.

Elle était un peu complexée par ses rondeurs.

Elle n'avait ni l'ADN ni la volonté pour arborer des tablettes de chocolat. En général, elle préférait que les hommes choisissent une direction – en haut ou en bas – et ne restent pas dans la zone médiane. Mais l'expression de Richard reflétait une telle attirance, inconditionnelle et totale, qu'elle laissa échapper un soupir et se détendit dans ses bras.

Il lui fit plier les jambes et embrassa l'intérieur de ses cuisses. Il descendit un peu plus et son souffle chaud effleura sa culotte de luxe – elle poussa un cri de joie dans sa tête pour avoir renoncé à sa gaine. Elle n'avait aucune envie de rejouer la scène de Bridget Jones pour leur première fois.

En soulevant les hanches, elle fit glisser le sous-vêtement le long de ses jambes et l'envoya voler d'un coup de pied insouciant. Leurs mains se mêlèrent sur la boucle de la ceinture de Richard. Elle lui sourit, les yeux brillants et heureux, et il pressa son pouce contre sa lèvre inférieure.

Quand son corps s'étendit de nouveau sur le sien, ils frissonnèrent tous deux de sentir leur peau nue et elle l'entoura de ses bras.

— Ça va ?

Sa voix était rauque.

En réponse, elle fit glisser l'un de ses pieds à l'arrière de sa cuisse et remonta les hanches en haussant les sourcils.

Il sourit et enfouit le visage dans son cou.

Alors qu'elle s'était attendue à une vague de sensations floues, elle fut frappée par la clarté de ce qu'elle éprouva, comme si elle voyait soudain le monde en haute définition. Elle ressentit au plus profond de son être chaque instant des heures qui suivirent, chaque détail, les frottements de leurs peaux, la chaleur de sa bouche sur son cou, sa poitrine, la douceur de ses baisers sur ses bras tandis qu'elle s'accrochait à la tête de lit, ses mains, partout.

À un moment, ils essayèrent de rouler pour changer de position et il se retrouva coincé entre ses seins. La scène était maladroite, presque ridicule, mais elle sut trouver les mots pour le faire rire et ce son était d'une valeur inestimable à ses oreilles.

Elle avait imaginé que Richard était un amant égoïste, mais elle avait eu tort. Il était exigeant, certes, mais il était aussi généreux. Il semblait fasciné par elle, et ce constat lui donnait le sentiment d'être intensément désirable. Il lui donnait la sensation qu'elle valait bien plus que n'importe quelle robe haute couture ou n'importe quel produit cosmétique de luxe. Elle était une vraie beauté à ses yeux – échevelée, en sueur, naturelle – et cela la bouleversait.

Un long moment plus tard, ils prirent un bain ensemble. Ou plutôt, Lainie décida de prendre un bain et Richard s'incrusta dans ses plans, sans même avoir la décence de s'installer derrière elle pour qu'elle puisse se caler contre lui.

— Pourquoi est-ce que tu as le droit de te servir de mon corps moelleux comme d'un coussin alors que je dois m'appuyer contre le marbre froid ?

Elle fit courir des doigts espiègles dans les poils qui recouvraient son torse.

— C'est ma baignoire, répondit-il en serrant ses jambes autour de son ventre musclé pour lui chatouiller les pieds. Mon coussin.

Il s'étira contre elle, satisfait, frottant ses cheveux mouillés dans la courbe de son cou. Lainie ferma les yeux et laissa tomber sa tête en arrière. L'eau coulait des mèches de sa coiffure sophistiquée, qui ne ressemblait plus à grand-chose après avoir été maltraitée par Richard.

— Qu'est-ce que Harlan Powell voulait ? s'enquit-elle.

Richard traça des cercles à l'intérieur de son genou, dessinant des motifs avec des bulles de savon.

— Il voulait surtout parler de lui. Il a mentionné un rôle possible dans *Macbeth* l'année prochaine.

— Oh, dit-elle d'une voix endormie. Dans le rôle de Macbeth ?

— Je ne me vois pas en Macduff, qu'est-ce que tu en penses ? (Il posa une main sur sa joue, lui offrant un oreiller plus confortable que la surface dure de la baignoire.) J'ai aussi rencontré Eric Westfield, le vice-président de la SRAS.

Les yeux de Lainie se rouvrirent.

— Et alors ?

— Je suis optimiste. Il veut nous inviter à dîner la semaine prochaine. Un dîner élégant, mais décontracté. (Richard semblait amusé.) Il est évidemment convaincu que tu as une influence apaisante sur moi, Tigrou.

— Intéressant. (Elle embrassa son oreille et sourit contre sa nuque humide.) Je n'aurais jamais cru qu'il était si perspicace.

8

London Celebrity @LondonCelebrity. 3 h
Est-ce que ça deviendrait sérieux ?
Nos sources affirment qu'Elaine Graham
et Richard Troy, « totalement épris », passent presque
toutes leurs soirées ensemble.

Les nombreux frères aînés de Lainie avaient tous le cou épais, les épaules larges, les cheveux bruns et les yeux verts. Richard la crut sur parole lorsqu'elle lui affirma qu'il ne s'agissait pas du même homme. Bien sûr, ils le détestaient profondément, mais à côté des membres du Women's Institute d'Upper Bidford, ils étaient à peu près aussi intimidants que trois petites poupées aux joues rondes.

Les enfants, en revanche, c'était une autre histoire.

— Ours, dit l'une des plus petites filles.

Elle lui montra une vieille peluche. L'une de ses oreilles avait entièrement perdu sa fourrure à force d'être sucée.

— Ours, répéta-t-elle avec plus d'insistance.

Il ne savait pas vraiment ce qu'elle attendait comme réponse. Pour commencer, ce n'était pas un ours, mais un chat. Ou peut-être une souris... ou alors un écureuil, mais c'était moins probable. Certainement pas un ours en tout cas. La gamine ayant un lien de sang avec Lainie, il devina qu'elle n'apprécierait pas d'être corrigée sur ce point.

Avec précaution, il lui prit l'animal mystérieux des mains.

— Il est mignon.

Ce mensonge sembla la satisfaire. À son grand soulagement, l'une des belles-sœurs de Lainie apparut avec un pot de crème glacée et une boîte de cornets gaufrés, et la petite fille détala dans sa direction. Il se retrouva avec le jouet un peu poisseux dans les mains, se demandant où le mettre. « Dans la machine à laver » était la première réponse qui lui venait.

— Puis-je vous offrir une tasse de café, Richard ? demanda une autre femme.

Il leva les yeux. Elle était grande, la quarantaine et avait de l'embonpoint. C'était Victoria, mariée à Ryan, l'un des frères de Lainie – celui qui avait tenté de lui casser le pouce en lui serrant la main.

« Victoria est professeure d'université, lui avait expliqué Lainie dans la voiture alors qu'ils étaient en route pour la maison de ses parents, à Fulham. Elle prétend être réservée, mais elle est surtout grincheuse. »

— Noir, merci, répondit-il. Sans sucre.

Il n'aurait pas craché sur un whisky. Il ne se souvenait pas s'il avait été nerveux la première fois qu'il était monté sur une scène du West End, mais il n'avait pas pu être aussi mal à l'aise qu'en cet instant. Pourtant, ce n'était qu'une fête d'anniversaire pour un bébé d'un an. Comme il le faisait désormais naturellement, il chercha Lainie des yeux. Elle discutait avec Sarah, qui avait exprimé une joie sincère de le revoir. Le bébé calé sur la hanche de Lainie portait un serre-tête rose. Ce n'était donc probablement pas l'invité d'honneur, car le nom sur le gâteau d'anniversaire était Cooper. Lainie bondissait de haut en bas encore une fois, mais sa nièce semblait apprécier davantage le mouvement que les suspensions de sa Ferrari.

Quelques mois plus tôt, il avait lu un scénario minable dans lequel le personnage principal était aveuglé par l'amour en voyant l'objet de son désir tenir un nourrisson dans ses bras. En regardant Lainie balancer le bébé, Richard pensait surtout aux dégâts que l'enfant risquait de faire sur ses vêtements. Les petits avaient mangé comme des ogres ; en secouer un de cette manière revenait à défier le sort.

Bien sûr, elle était belle avec ce bébé dans les bras, mais elle avait aussi réussi à l'être quand elle vomissait dans un seau. Elle était dotée d'une beauté qui n'avait rien à voir avec la perfection de son sourire, sa poitrine généreuse ou ses magnifiques cheveux. Elle était belle parce qu'elle était *elle.*

Même si les seins et les cheveux étaient un avantage de taille.

Elle le regarda, lui offrit ce sourire authentique qui n'appartenait qu'à elle et, aussitôt, il fut incapable de respirer.

Il avait joué cette scène des dizaines de fois au théâtre et au cinéma avant que son âge émacie ses traits et que sa réputation ternisse son image. Depuis, il était plus souvent choisi pour jouer le rôle du méchant que celui de l'amoureux.

Il ne voyait pas pourquoi.

Le regard de Lainie se posa sur ses mains, qui tenaient toujours l'animal en peluche répugnant. Son sourire s'élargit. Elle dit quelque chose à Sarah, qui le regarda à son tour avec amusement, et lui rendit le bébé.

Son parfum l'enveloppa tandis qu'elle approchait. Ses cheveux effleurèrent sa joue alors qu'elle s'asseyait sur le canapé à côté de lui et posait son menton sur son épaule.

— Je vois que tu t'es vu confier la garde de Monsieur Ed. Tu devrais te sentir privilégié. C'est la peluche préférée de Libby.

— Monsieur Ed ?

Il frotta lentement son nez contre sa joue.

— Ryan regardait souvent les rediffusions quand il était enfant. Il lui a dit que ce serait un super nom pour un cheval.

— Un cheval ? (Il reporta son attention sur le jouet et le retourna dans ses mains.) C'est un chat. À la limite, un renard.

— C'est clairement un cheval.

Elle le lui prit et le posa sur la table basse, à côté d'une poupée Barbie unijambiste nue à la tête rasée et à l'air désabusé.

Victoria les rejoignit avec une tasse dans chaque main.

— Un café noir, sans sucre, annonça-t-elle en en tendant une, et un thé au lait avec deux sucres.

Elle donna la seconde tasse à Lainie.

— Merci, Vicky. (Lainie but une gorgée avec un soupir de reconnaissance avant de lui lancer un coup d'œil à travers ses cils.) Ça va, tu survis ?

Il avala un peu de café.

— Tout juste. (Il leva la tasse.) Mais si l'un de tes frères a aidé à la préparation de ce café, je devrais probablement vérifier qu'il ne contient pas d'arsenic.

— Je sais. Je suis désolée. Habituellement, ils ne se prennent pas pour les frères Corleone. Disons que Will a établi un mauvais précédent.

— Comme d'habitude.

Elle sourit à ce commentaire. Il l'observa de près ; ses yeux n'étaient pas sombres. Pas un soupçon de colère ou de regrets persistants. À en juger par son comportement, on aurait pu croire que Farmer n'était qu'une lointaine connaissance. Il sourit devant ce constat.

Un autre enfant, un garçon de petite taille, approcha en triturant son cornet de glace qui fondait et posa une minuscule main poisseuse sur le genou de Richard. Ce dernier soupira et regarda autour de lui pour trouver un jouet approprié. Monsieur Ed était de toute évidence la propriété de Libby et il ne voulait pas sacrifier la Barbie. Le petit garçon avait l'air d'être une sacrée terreur et elle semblait avoir eu une vie suffisamment difficile comme ça.

Lainie vint à sa rescousse avec une épée en mousse vert fluo. Son neveu, ingrat, lui en assena un coup dans les côtes avant de s'éloigner pour décapiter ses frères et sœurs.

Lainie regarda Richard avec un air désolé.

— Ils ne vont pas tarder à monter pour faire la sieste.

Il ne refuserait pas une sieste lui-même. Il était pris d'un soudain respect pour les gens qui avaient des enfants. Ils étaient épuisants. Il ne put s'empêcher de remettre en question la santé mentale des enseignants, nourrices et autres personnes qui choisissaient délibérément de se frotter à ces petites bêtes en troupeaux. Même les grands esprits se pervertissaient à une vitesse incroyablement élevée sous l'influence de la meute. Il observa une partie de cartes se transformer en quelque chose qui ressemblait plus à une reconstitution de la bataille de Waterloo.

Il s'était parfois demandé s'il avait manqué quelque chose en étant fils unique. De graves lésions corporelles, à en juger par cette scène.

— Merci d'être venu, murmura Lainie à son oreille.

Il tourna la tête pour la regarder. Ses yeux verts étaient graves et sérieux.

— J'apprécie. Je sais que ce n'est pas ton truc.

C'était vrai. Il n'avait pas rencontré la famille de l'une de ses conquêtes depuis l'université, et sa petite amie de l'époque était fille unique elle aussi. Mais cette tribu représentait le centre du monde de Lainie, et il se souciait d'elle.

Il haussa les épaules.

— On avait décidé de passer la journée ensemble.

Lorsqu'ils avaient programmé leur jour de repos, elle avait oublié cette réunion de famille, mais elle s'était vite rappelé son devoir. Le reste de la semaine serait chargé en représentations, événements et autres apparitions obligatoires, et il n'aurait donc pas d'autre occasion de passer du temps avec elle à l'abri de la curiosité du public.

Il n'y avait pas de paparazzi ici, pas de faux-semblants.

Juste les regards vaguement menaçants de ses cinq cents frères.

L'un d'eux se laissa tomber sur un siège en face de lui, une tasse de café à moitié vide dans la main. Richard resta tranquillement assis tandis que l'autre le soumettait à un examen minutieux. C'était le plus jeune, Cal, le seul qui portait une barbe.

Il semblait assez mécontent de la proximité entre la main de Richard et la cuisse de sa sœur.

Tant pis pour lui.

— Alors, commença-t-il avec une politesse suspicieuse. Richard.

— Cal..., l'avertit Lainie.

— La rumeur dit que vous êtes un vrai connard.

— Cal !

Le visage de son frère resta poliment interrogateur.

Les lèvres de Richard se pincèrent.

— C'est le consensus général, on dirait.

Cal prit appui contre le dossier de son siège, inspectant avec un froncement de sourcils le pull de Richard qui arborait les restes du déjeuner de ses enfants.

— Vous en êtes un ?

— Je crois que votre sœur me l'a dit à plusieurs reprises. (Il sourit lentement et regarda l'expression indignée de Lainie.) Et je respecte son opinion.

Elle secoua la tête, une lueur amusée brillant malgré elle au fond de ses yeux vert menthe.

Cal les considéra en silence.

— Ça me va. (Il se leva, vida son café et assena une tape sur l'épaule de Richard en passant.) Bienvenue dans la famille. Rendez-vous dans deux semaines au prochain anniversaire.

— J'ai été adoptée, déclara Lainie. Je ne partage aucun gène avec ces personnes.

Richard lança un regard à travers l'arche, vers l'autre pièce où le père de Lainie, au visage couvert de taches de rousseur et aux cheveux encore partiellement roux, jouait à la PlayStation avec les adolescents. Il tira doucement sur une mèche des cheveux de Lainie.

Celle-ci leva la main pour épargner son cuir chevelu, ses doigts se refermant sur les siens.

— C'est une pure coïncidence.

Sans réfléchir, il désigna la photo encadrée sur le manteau de la cheminée.

— Ta sœur indique le contraire.

Il se rappela soudain qu'elle avait presque pleuré la dernière fois qu'ils avaient parlé de Hannah. Tenir compte des sentiments d'une autre personne était encore nouveau pour lui.

Heureusement, les yeux de Lainie ne s'embuèrent pas. Son expression s'adoucit même lorsqu'elle contempla l'image de sa sœur.

— C'est tatie Hannah, lança l'un des trois petits.

Richard baissa les yeux sur une fillette aux cheveux bruns attachés en queue de cheval. Il fut soulagé de constater que celle-ci avait les mains propres et paraissait suffisamment grande pour jouer seule.

— Elle pouvait tourner sa langue comme moi. (Elle fit une démonstration.) Tu sais faire ça ?

— C'est vrai, Richard, intervint Lainie sur un ton provocant, montre-nous ce que tu sais faire avec ta langue, ajouta-t-elle avec les yeux écarquillés.

— C'est dégoûtant, commenta sa nièce, arrachant un rire à Richard.

Les joues de Lainie s'enflammèrent.

Prenant pitié d'elle, il tira la langue et l'enroula, au plus grand bonheur de sa jeune spectatrice.

— Elle savait aussi faire la roue.

La fillette le regarda avec espoir.

— Pas moi, avoua-t-il.

— Tatie Lainie non plus, observa la gamine en lançant un regard méprisant à sa tante. Maman dit que c'est parce que son buste est trop lourd.

Richard ne put s'empêcher de sourire de nouveau. Son regard se porta sur... le buste en question, et Lainie le pinça.

— Mais elle sait faire d'autres trucs, concéda l'enfant précoce à contrecœur. Elle peut s'asseoir par terre et mettre son pied derrière la tête.

— Vraiment ? (Il considéra Lainie avec un regain d'intérêt.) Ça peut être... pratique.

— Je l'ai fait une fois et je me suis pratiquement cassé la hanche, répondit Lainie. Ne te fais pas de films.

— Mamie, il arrive à tordre sa langue comme tatie Hannah, s'enflamma la petite auprès de Rachel qui débarrassait la table.

— C'est vrai ? (La mère de Lainie jeta un coup d'œil à Richard, puis sourit à sa petite-fille.) Pourriez-vous emporter ces assiettes dans la cuisine pour moi, madame ?

Il se leva, tenant toujours sa tasse de café vide.

— Laissez-moi vous aider, commença-t-il, mais Lainie prit la tasse et la pile d'assiettes sales des mains de sa mère.

— C'est bon, reste, dit-elle en lui mettant un coup de coude.

C'était un geste désinvolte, doux et même affectueux qui le laissa incapable de bouger.

— Je peux le faire.

Sa nièce suivait son sillage, une unique assiette dans les mains et l'air martyrisée.

Rachel contemplait la photo de Hannah. Glissant les mains dans ses poches, Richard resta silencieux.

— C'était une gentille jeune fille. (Rachel tourna la tête pour le regarder droit dans les yeux.) Tout comme sa sœur.

Il hésitait même à ciller sous son regard intense.

— Je sais.

— Bien, conclut-elle sans sourire.

Elle continua à l'observer pendant quelques secondes, puis acquiesça et retourna dans la cuisine.

Il approcha pour regarder de plus près les photos de famille. Il se tenait près de la porte du couloir, à portée d'oreille, lorsque son nom fut mentionné dans une conversation.

— Alors, comment vous trouvez Richard Troy dans l'intimité ?

Il ne reconnut pas la voix féminine, mais identifia immédiatement Victoria quand elle répondit :

— Il a l'air d'en avoir un peu plus dans la tête que le dernier ego sur pattes qu'elle nous a ramené. Mais encore une fois, Lainie s'est trouvé un acteur très imbu de sa personne.

— Je ne le trouve pas si mal. (L'inconnue soupira.) Tu crois que ça va durer ?

— Non.

— Ils ont l'air assez amoureux, pourtant.

— Elle semblait assez amoureuse de l'autre salaud aussi.

— Vicky...

— Et puis, les liaisons de consolation ne durent jamais. Aucune des miennes n'a duré, en tout cas.

Puis les voix s'éloignèrent et il entendit des pas dans l'escalier. Il se tenait toujours sur le pas de la porte lorsqu'un trio de gamins débarqua dans la pièce, chacun armé d'une épée en plastique.

Apparemment, les frères de Lainie lui avaient envoyé un commando d'exécution.

L'un des trois petits l'observa de haut en bas.

— Tu es un pirate ?

Richard renonça à son regard meurtrier et résista à l'envie soudaine de porter la main à son menton mal rasé.

— Non. (Sa réponse était un peu sèche.) Désolé, ajouta-t-il.

Le garçon insista.

— Mais tu pourrais en être un, non ?

Techniquement, il avait déjà été un pirate, même s'il soupçonnait que ces gosses jugeraient la version assoiffée de sang plus intéressante que celle de Gilbert et Sullivan. Il baissa les yeux sur l'épée en plastique que lui offrait un autre garçonnet et haussa les épaules. Après tout, il lui était arrivé de travailler avec des accessoires moins convaincants, et il était d'humeur à manier une arme. En outre, grâce aux dernières semaines passées à jouer dans *L'Hommage du chevalier*, son jeu d'épée n'était pas trop rouillé.

Les enfants sourirent jusqu'aux oreilles lorsqu'il brandit l'épée de manière menaçante. La fille pirate, qui ressemblait étrangement à Lainie, poussa un cri et le poignarda violemment avec sa propre lame. Heureusement, la pièce était étudiée pour accueillir des enfants et aucun objet fragile n'était exposé.

— Tu es le méchant, l'informa le premier garçon avec entrain.

— Encore une fois, tout le monde semble s'accorder sur ce point.

Le combat se poursuivit au milieu de rires croissants et réussit étonnamment à chasser sa mauvaise humeur. Il agita son arme avec enthousiasme et fit une grimace furieuse, au plus grand plaisir de ses adversaires. Finalement – et sans surprise –, la petite qui ressemblait à Lainie se proclama gagnante sans aucune justification.

Amusé, Richard baissa son épée pour se rendre. Un rire profond s'éleva derrière lui et, lorsqu'il se retourna, il fut un peu gêné de découvrir le père de Lainie qui avait assisté au combat.

— Vous avez fait de l'escrime à Oxford, non ? demanda Simon Graham en souriant.

— Non, mais j'ai été très motivé lors de mes derniers entraînements. Par l'idée d'embrocher Will Farmer.

L'amusement de Simon augmenta visiblement. Il étudia Richard.

— Alors comme ça, vous êtes le fils de Franklin Troy. Vous ne lui ressemblez pas beaucoup, n'est-ce pas ?

Le demi-sourire de Richard disparut. Il passa le dos de son poignet sur son front en sueur. Regardant l'épée dans sa main, il la retourna, la tenant par la lame pour que les enfants puissent saisir la poignée.

— J'espère bien que non.

Lainie se tenait sur le seuil de la cuisine, se mordant l'ongle du pouce. Richard hocha la tête et répondit à ce que son père venait de lui dire. Il était encore rouge et ébouriffé après son jeu impromptu avec les enfants. Elle avait failli laisser tomber une assiette quand il s'était lancé dans son imitation du capitaine Crochet. Au moins trois membres de sa famille l'avaient visiblement validée. Elle ne pouvait s'empêcher de penser à la dernière fois que Will était venu ici. Comme Richard, il semblait s'être perdu dans la cage des singes au zoo, mais il avait eu encore plus de mal à cacher son malaise. Et il n'avait absolument pas pris la peine de se prêter aux jeux de ses neveux et nièces. Il avait passé la plupart du temps sur son téléphone. *Probablement à envoyer des SMS à Crystalle*, songea-t-elle avec le recul.

— J'en étais sûre, déclara Sarah sur un ton satisfait à son oreille.

Lainie retira son ongle de sa bouche assez longtemps pour répondre :

— Ah oui ? Pas moi.

Elle se demandait encore comment cela était arrivé. Comment, en quelques semaines, elle s'était retrouvée...

— Complètement accro, compléta Sarah comme si elle lisait dans ses pensées. Tous les deux.

— C'est vrai, admit Lainie.

Elle referma la main sur le bras de sa belle-sœur, s'y accrochant pour obtenir son soutien.

— Je ne sais pas pour lui.

Il était toujours le Richard Troy narquois, sarcastique et snob, mais parfois...

— Lainie, le mois dernier, ce type t'aurait à peine reconnue s'il t'avait croisée en dehors du théâtre. Aujourd'hui, il est chez tes parents pour l'anniversaire d'un bébé, il supporte tes frères qui se comportent comme s'ils tournaient dans un film de Tarantino et laisse une bande de gamins cinglés l'attaquer avec leurs épées en plastique. Il est carrément dingue de toi.

Elle tira affectueusement les cheveux de Lainie, comme Richard l'avait fait plus tôt, et alla récupérer sa progéniture.

Lainie se sentit étrangement intimidée par Richard tandis qu'ils enfilaient leurs manteaux et se préparaient à partir. Ses doigts effleurèrent sa nuque lorsqu'il l'aida à sortir ses cheveux de son col par automatisme. Elle le regarda, puis détourna les yeux hâtivement.

— Tigrou ? (Il prit son poignet.) Que se passe-t-il ?

— Rien, mentit-elle en continuant à éviter son regard.

— Lainie...

— Au revoir, Lainie. À bientôt, monsieur Troy.

Phil, son neveu le plus âgé, la serra dans ses bras. Elle leva la main avec un temps de retard pour lui presser l'épaule. Elle devait se hisser sur la pointe des pieds pour le faire. Phil était presque aussi grand que Ryan maintenant.

— Oh, et joyeux anniversaire à vous aussi, au fait, lança Phil.

Lainie leva la tête à temps pour voir la grimace de Richard.

— J'ai une application qui envoie des rappels, expliqua Phil en agitant son téléphone.

Il poussa la porte d'entrée avec son coude, plissa le nez en voyant la pluie qui tombait à l'extérieur.

— Votre nom est apparu dans la liste des célébrités nées le même jour quand je mettais des photos de Coop en ligne. Je voulais vous le souhaiter plus tôt, mais j'ai oublié. Je vous souhaite une belle fin de journée.

Sur ces mots, il partit avec un autre signe de la main et Lainie dévisagea Richard. Il semblait ennuyé.

— Dis-moi que ce n'est pas ton anniversaire, dit-elle avec appréhension.

Il fronça les sourcils.

— Eh bien..., commença-t-il à contrecœur.

Elle souffla.

— Pourquoi n'as-tu rien dit ? Nous aurions pu organiser quelque chose pour fêter ça !

— Tu viens de répondre à ta propre question.

— Tu es vraiment exaspérant.

Dans la voiture, elle garda un œil sur les rues qui défilaient derrière la vitre tout en consultant ses e-mails et Facebook. Elle était citée dans un nouvel article de la presse people. Ils avaient été photographiés par un paparazzi tandis qu'ils quittaient l'appartement de Richard.

— Comment expliques-tu, demanda-t-elle en parcourant les photos, que tu sois beau sur chaque cliché alors que je suis à peine potable une fois sur dix ? (Elle attendit qu'ils soient arrêtés à un feu pour lui montrer son iPad.) Regarde ça. On dirait James Bond et un personnage de *Fraggle Rock*.

Il ne prit même pas la peine de tourner la tête.

— Ne sois pas ridicule.

— Tu aurais pu répondre que c'était à cause de mes cheveux. (Elle leva la tête.) Attends ! Arrête-toi à Sainsbury's, s'il te plaît.

Richard lui jeta un coup d'œil.

— Pourquoi ?

— Parce que je dois acheter quelque chose.

— Quoi ?

Heureusement, il y avait un unique avantage à avoir grandi entourée de grands hommes agaçants : elle savait comment mettre fin à leurs questions. Il suffisait d'évoquer la chose tant redoutée.

— Un truc de fille. Tu vois ce que je veux dire ?

Il activa le clignotant sans ajouter un mot. Il attendit dans la voiture pendant qu'elle se précipitait dans le supermarché, serrant son manteau contre sa poitrine et baissant la tête pour se protéger de la pluie. Quand elle sortit enfin, titubant sous le poids de ses sacs, il semblait las et irrité. Elle se glissa sur le siège côté passager et passa les doigts dans ses cheveux humides en essayant de lisser ses frisottis. Ses vêtements sentaient fort la laine mouillée.

Richard se retourna et s'étira pour regarder sur la banquette arrière.

— Par « truc de fille », tu voulais parler de tes courses hebdomadaires, en fait.

Elle baissa le pare-soleil pour vérifier dans le miroir que son mascara n'avait pas coulé.

— Eh bien, puisque nous étions ici, je me suis dit que...

Le commentaire qu'il murmura dans un souffle fut bref et légèrement offensant pour la gent féminine en général, mais elle devait admettre qu'elle avait mis une éternité à se décider dans le rayon boulangerie et qu'il attendait depuis plus d'une demi-heure dans la voiture. Mieux valait laisser tomber.

Ni l'un ni l'autre n'étant capable de cuisiner autre chose que du thé et des toasts, ils s'arrêtèrent aussi pour prendre des plats à emporter pour le dîner. Elle voulait une pizza ; il voulait manger thaï. Ils trouvèrent un compromis en optant pour un repas marocain.

Ils passeraient la nuit chez elle, la propriétaire de Lainie s'étant absentée pour le week-end, lui laissant le soin de nourrir son chat. Richard monta les sacs jusque chez elle et sembla ensuite ne pas savoir qu'en faire. De toute évidence, c'était sa femme de ménage qui faisait habituellement ses courses. Quand il fronça les sourcils devant un paquet de cubes pour le lave-vaisselle et entreprit de le déposer sur l'étagère à biscuits du placard, elle le lui enleva fermement.

— Tu sais ce que tu pourrais faire pour me rendre service ? Aller nourrir Richard le chat, suggéra-t-elle avec tact.

De toute façon, elle avait besoin de se débarrasser de lui pendant quelques minutes.

— Sa nourriture se trouve dans le frigo de Mme Talbot. Tu peux lui donner le reste de la boîte. Et vérifie que son bol d'eau est plein. (Elle arbora une expression aimable.) Tu trouveras de l'eau en ouvrant le robinet. Il suffit de tenir le bol dessous et...

Il pinça son lobe d'oreille avec ses dents pour se venger.

Quand elle entendit ses pas dans l'escalier, elle s'empressa de ranger les surgelés et alla chercher les autres sacs pour récupérer ce dont elle avait besoin. Elle rangerait le reste plus tard. Faisant de la place sur son plan de travail étroit, elle coupa la tarte à la pêche et à l'abricot qu'elle avait achetée. Un dessert de boulangerie serait probablement meilleur, mais elle n'aurait jamais réussi à trouver une excuse pour le convaincre de faire ce détour. Et puis, Richard n'avait jamais dû goûter un gâteau de supermarché et il était important de vivre de nouvelles expériences le jour de son anniversaire.

Elle enfonçait des bougies dans la pâte feuilletée quand il réapparut.

— Je jure devant Dieu que ce chat était en train de se foutre de moi. Qu'est-ce que tu fais ?

Il s'immobilisa dans l'embrasure de la porte, observant son œuvre.

— Je dispose tes bougies. J'ai décidé d'en mettre trois d'un côté et cinq de l'autre, parce que si je plante les trente-cinq, j'ai peur que la croûte ne s'effondre. Tu ne devrais pas être si vieux.

Il y eut un long silence. Elle le regarda en coin. Son expression était indéchiffrable.

— C'est une tarte, observa-t-il finalement.

Elle fit un pas en arrière pour admirer son chef-d'œuvre.

— Tu n'aimes pas les gâteaux.

Il avait refusé de prendre du gâteau que quelqu'un avait apporté pour l'anniversaire de Victoria la semaine précédente.

— En effet. (Lentement, Richard approcha dans son dos. Il baissa les yeux sur sa tarte d'anniversaire.) Et les M&M's ?

— Il me fallait quelque chose pour écrire « Joyeux anniversaire ».

— Tu crois que c'est bon avec une tarte aux fruits ?

— Le chocolat est bon avec tout. (Elle se mordilla la lèvre en levant la tête vers lui. Elle éprouvait un peu plus d'appréhension qu'elle ne voulait le laisser paraître.) Tu en penses quoi ?

— J'en pense que tu es un peu folle. (Il la pressa soudain contre lui et déposa un baiser sur sa tempe.) Merci.

Elle enroula ses bras autour de sa taille fine et posa son front contre son torse.

— Joyeux anniversaire.

La tarte était plutôt goûteuse, finalement. Ils la mangèrent à la fourchette, directement dans le plat, assis par terre dans son petit salon. Cela n'allait pas vraiment avec leur tajine au poulet, mais elle avait fait des associations bien plus étranges durant ses années étudiantes. Son estomac avait subi un entraînement de haut niveau avec des mois de nouilles déshydratées et de kebab post-discothèque.

Ce n'était pas la première fois qu'elle regrettait de ne pas avoir de cheminée. La pompe à chaleur maintenait une température agréable, mais elle n'était pas un accessoire aussi sensuel pour une partie de jambes en l'air sur le tapis du salon. Richard était étendu sur le dos, un bras sous la tête, sa chemise remontée sur son torse. Les calories de la tarte n'iraient probablement pas se loger dans son ventre plat. La génétique privilégiait certaines personnes.

Lainie, elle, était couchée sur le ventre. Elle savait qu'il pouvait voir sa poitrine sous son haut dans cette position, et ses seins étaient toujours davantage mis en valeur sous cet angle que lorsqu'elle était allongée sur le dos et qu'ils glissaient vers ses aisselles. Un problème de gravité, comme disait sa belle-sœur.

Elle envisagea de rouler simplement sur lui et de voir comment les choses évolueraient, mais décida de se limiter à la tarte pour le moment. Elle avait été si nerveuse de présenter Richard à sa famille – et vice versa – qu'elle n'avait pratiquement rien avalé de la journée. Posant son menton sur une main, elle se servit de l'autre pour planter sa fourchette dans un morceau d'abricot juteux. Tout en mâchant, elle l'observa pensivement.

— Alors, à quel point cette journée a-t-elle été horrible sur une échelle de un à dix ?

— J'ai passé un meilleur moment que celui que tu passeras certainement chez Westfield dimanche prochain.

Richard plia son autre bras et son biceps se contracta, provocateur. Elle enfourna une autre bouchée de fruits cuits d'un geste résolu.

— Ta famille est... à ton image. (Il sourit légèrement.) Ouverte, sympathique, bavarde.

— Bruyante, exigeante et autoritaire ?

Elle récupéra un M&M's perdu dans les restes de la tarte et le mit dans sa bouche. Richard ouvrit un œil paresseusement et suivit le mouvement de la confiserie.

Il contempla ses lèvres.

— Ta famille t'adore, c'est évident. Je suis content que tu sois entourée de personnes qui prennent soin de toi.

Qui prenait soin de lui ? Elle hésita.

— Richard ?

— Hum ?

Il avait de nouveau fermé les yeux.

— Comment ta mère est-elle morte ?

Elle n'avait trouvé aucun détail sur Wikipédia, simplement le fait qu'Anna Troy était décédée deux ans après son époux. Il y avait beaucoup de photos d'elle prises juste avant sa mort, alors qu'elle fréquentait un pilote de course italien. Les clichés établissaient clairement l'origine du physique sombre et athlétique de Richard. C'était surtout la ressemblance de l'expression blasée de son regard qui avait frappé Lainie. Anna était dans les bras d'un homme souriant et incroyablement sexy, et pourtant, elle avait l'air seule. Elle était probablement morte avec ce sentiment de solitude.

Hannah était morte seule, malgré les mains de Lainie autour des siennes, mais elle n'était pas morte dans la solitude.

Lainie ne voulait pas que Richard vive avec ça.

Il resta silencieux assez longtemps pour qu'elle regrette d'avoir posé la question, mais il finit par répondre :

— Ironiquement, elle est morte d'une crise cardiaque. L'autopsie a révélé un blocage artériel.

— Est-ce arrivé en Angleterre ?

— Non, en Italie. Elle fréquentait un Italien. Je crois qu'il l'a sincèrement pleurée, pour être juste à son égard. (Il se redressa soudain et passa une main agitée dans ses boucles noires.) Ils n'étaient pas exclusifs, cependant, et pouvaient passer des jours sans se voir. Le médecin légiste a estimé qu'elle était restée étendue là huit heures avant qu'on trouve son corps.

— C'est affreux. (Elle tendit le bras vers lui. Doucement, elle posa les doigts sur son ventre et il posa sa main sur la sienne.) Je suis désolée.

— Moi aussi. Désolé pour elle, surtout. Je la connaissais à peine. Elle n'a jamais été une très bonne mère, mais je suis désolé qu'elle soit morte comme ça et qu'elle n'ait jamais semblé tirer beaucoup de bonheur de ses relations.

Lainie se rapprocha et se blottit contre lui, glissant sa main sur son torse et enfouissant son nez dans son cou. Il referma son bras sur ses épaules.

Le silence qui tomba sur eux était lourd, à l'opposé de la légèreté qui les animait quelques minutes plus tôt.

Bon sang... super façon de fêter son anniversaire !

Incapable de rester sans rien faire alors qu'il arborait cette expression, elle s'écarta avec précaution et se leva. Marchant jusqu'à la table, elle ouvrit son sac et fouilla à l'intérieur pour trouver les DVD.

— Je nous ai pris un film, expliqua-t-elle en brandissant la première jaquette.

— Une comédie romantique ? s'enquit-il avec méfiance.

Elle essaya d'imaginer sa réaction si elle lui proposait de visionner *Pretty Woman* ou *L'Amour à tout prix*. Il désapprouverait probablement l'idéalisation de la prostitution dans le premier cas. Le second pourrait en revanche apaiser sa propre conscience. À l'origine, Richard et elle avaient certes feint leur relation, mais avec un consentement mutuel forcé. Au moins, aucun d'eux n'était dans le coma à l'époque.

— Je suis presque sûre que c'est une comédie, oui.

— Qu'est-ce que c'est ?

Il semblait encore plus méfiant.

— Tu devineras probablement en entendant le générique.

Elle alluma la télé et le lecteur DVD.

Elle leva les yeux vers lui à travers ses cils baissés lorsque le DVD se mit à tourner. C'était une copie, il n'y avait donc pas de menu. *Hélas...* Elle aurait payé cher pour visionner les bonus.

Il fallut moins de cinq secondes à Richard pour que tout son corps se raidisse.

— Qu'est-ce que... (Il attrapa la jaquette et la retourna pour voir s'il y avait quelque chose d'écrit dessus. Ses yeux, intensément bleus, incrédules et furieux, plongèrent dans les siens.) Où diable as-tu trouvé ça ?

— Chut ! s'exclama-t-elle en souriant. C'est ta scène. Oh, mon rebelle sexy à banane ! (Richard chercha la télécommande mais elle la tint hors de sa portée.) Pas question. L'étudiant Richard Troy se pavanant avec les T-Birds ? J'attends de voir ça depuis ce matin !

L'expression de Richard était d'une valeur inestimable.

— Où as-tu trouvé ça ? répéta-t-il dangereusement.

— Victoria connaît beaucoup de monde à Oxford. Elle était de bonne humeur et elle a demandé un service pour moi. Quelqu'un a fouillé dans les archives du département d'arts dramatiques et a fait mouche, je dois dire. Est-ce qu'ils ont dû te coudre ce jean sur le corps ?

— Éteins ça. De suite.

— Et louper la scène où tu chantes *Greased Lightnin'* ? Tu rêves ! (Toujours souriante, elle lui tendit l'autre DVD.) Si ça peut te rassurer, ma mère a gravé mes débuts dans le rôle de la jeune Annie dans *Oklahoma !* quand j'avais seize ans. Je n'ai même pas coupé le passage où ma ceinture se bloque dans une roue de wagon et où je tombe dans une auge en bois. On est à la ferme ou on ne l'est pas. Et je te promets de ne pas envoyer ces images aux tabloïds la prochaine fois que tu m'énerveras.

Le jeune Richard sortit un peigne de sa poche arrière et le passa au ralenti dans sa crinière gominée. Elle s'efforça de ne pas rire. La version en chair et en os de l'homme avait perdu son implacable sang-froid ; ses joues étaient écarlates.

Les premières notes de *Summer Lovin'* s'élevèrent et il grimaça.

— Oh, putain de merde... (Il prit l'autre DVD et le brandit avec un air menaçant.) Ça a intérêt à être gênant. Et je veux parler d'une humiliation totale.

— Je chante *I Can't Say No,* je porte des extensions de cheveux et des bretelles. Mon école était réservée aux filles, donc mon amoureux est joué par une ado de quinze ans que j'ai presque assommée avec mon sein gauche pendant la scène finale. C'est vraiment très mauvais.

— Bien. Appelle-moi quand tu le mets. Si ça ne te dérange pas, je vais répondre à quelques e-mails en attendant. Tu peux t'asseoir sur mes genoux pour m'éviter de voir l'écran.

— Regarde-nous, à faire des compromis et tout.

Il ignora fermement la suite de sa performance d'adolescent, mais sembla amusé malgré lui tandis qu'il tapotait son iPad d'un doigt. Son autre main jouait avec ses cheveux. Elle eut la joie de l'entendre rire de bon cœur lorsque la version adolescente d'elle-même bondit sur scène en faisant la moue.

Au lit cette nuit-là, elle resta allongée sur le côté, observant son torse nu monter et descendre au rythme de sa respiration tandis qu'il dormait. Quelques poils recouvraient sa peau, autour de ses tétons, et elle les suivit du bout des doigts. Elle se pencha sur lui, ses cheveux formant un rideau au-dessus de son visage, et pressa légèrement ses lèvres sur les siennes. Il murmura son nom, mais ne se réveilla pas. Lorsqu'elle roula sur le ventre, glissa ses bras sous l'oreiller et ferma les yeux, elle pouvait toujours sentir son corps brûlant contre ses flancs.

Elle s'endormit profondément et aurait été ravie de rester dans ce lit indéfiniment si le téléphone de Richard n'avait pas sonné à l'aube. Non, pas à l'aube. La chambre était encore plongée dans l'obscurité quand elle ouvrit les yeux sous l'insistance de la sonnerie tonitruante.

— Richard. (Les poils de sa jambe lui chatouillaient le pied. Elle pressa son gros orteil contre son mollet et le poussa.) Téléphone.

La respiration de Richard resta profonde et régulière.

Le téléphone continua à sonner.

— Téléphone.

Il n'avait clairement aucune intention de se lever.

Lainie se redressa en jurant et se frotta le front. Elle se pencha sur lui, écarta ses cheveux et posa ses lèvres contre son oreille :

— *Téléphone.* (Il émit un grognement grincheux, mais ne bougea toujours pas.) Je ne vois pas pourquoi tu râles. C'est *ton* téléphone.

Sa réponse consista à mettre sa tête sous son oreiller.

— OK, OK, je vais répondre, mais tu le regretteras si je tombe sur l'une de tes anciennes maîtresses. (Prenant appui sur son dos, elle tendit la main par-dessus son corps et attrapa son portable sur la table de chevet.) Laisse tomber, c'est Lynette. Si tu as couché avec elle, je suis trop intimidée pour comparer les notes.

Elle étouffa un cri perçant quand Richard replia sa longue jambe qui pendait à l'extérieur de la couette et glissa ses orteils gelés dans le creux de son genou. Faisant glisser son pouce sur l'écran, elle répondit à contrecœur. Tout appel de Lynette ou de Pat était susceptible d'être source de problèmes.

— Allô ?

Il y eut un bref silence. Lynette réussit à exprimer son amusement avant même d'avoir prononcé un mot.

— Bonjour, Lainie. C'est un peu tôt pour répondre au téléphone de Richard, tu ne crois pas ?

Lainie ne savait pas trop si elle parlait de l'heure matinale ou de la jeunesse de leur relation. Un peu culotté de sa part dans le dernier cas, étant donné que Lynette était en partie responsable de cela.

— On s'est mis au yoga bikram, expliqua-t-elle. Il faut se lever tôt pour le yoga bikram. Ça fait partie de la nouvelle image que l'on veut donner à Richard. On envisage la méditation à Hyde Park ensuite.

— Je commence à rédiger le communiqué dès maintenant. Richard est là ou il est en pleine position de l'aigle ?

— Il est ici. (Elle retira sans pitié l'oreiller de la tête de Richard et se retrouva face à un œil bleu perçant.) Lynette voudrait te parler.

Avec un soupir, il se redressa et prit le téléphone. Il avait l'air encore plus grincheux que d'habitude et sa barbe avait atteint le stade de l'urgence. Elle commençait à ressembler à celle d'un bûcheron – pas étonnant qu'elle ait des plaques aux endroits les plus sensibles de son corps.

— Le théâtre est en feu ? demanda-t-il d'une voix rauque. Tu es en feu ?

Lainie ne put s'empêcher de sourire. Il était tellement... mignon. Tout froissé, sexy et grincheux. La couette était enroulée autour de ses hanches. Elle se pencha en avant et embrassa son torse. Échappant à sa main qui tentait de la retenir, elle sortit du lit et attrapa sa robe de chambre en soie. Elle ne tenait pas à mourir de froid dans les toilettes. Cela ferait un titre embarrassant pour les blogs à potins.

Quand elle revint dans la chambre, Richard était encore au téléphone et notait quelque chose sur son iPad. Puis il tapota l'écran plusieurs fois avant de jeter l'appareil sur le côté. Considérant sa robe de chambre, il se mit à genoux et attrapa Lainie par la taille. Apparemment, il n'avait aucun problème avec la nudité par temps glacial.

— Joli, commenta-t-il en faisant courir ses mains sur ses bras. Retire-la.

— Elle me tient chaud.

Elle captura ses doigts sournois et les mêla aux siens. Se penchant en avant, elle posa son front contre le sien et déposa un baiser sur l'arête de son nez.

— Bonjour.

— Il est 6 h 30. Il fait noir. C'est la nuit. L'heure de dormir.

Avec des mouvements habiles, il dégagea ses mains et ouvrit brusquement la ceinture de sa robe de chambre. Le vêtement glissa sur ses épaules et tomba au sol. Ignorant sa protestation rieuse, il l'attira brusquement contre lui et la bloqua de son corps.

Elle se tortilla sous son poids, s'installant dans une position plus confortable, et il embrassa doucement sa joue. Elle pouvait sentir sa peau ferme réchauffée par le sommeil sur toute la longueur de son torse. Sa bouche se posa sur la sienne. Il écarta ses cuisses de son genou et elle les sépara volontiers, les enroulant même autour de sa taille. Il passa un bras sous l'un de ses genoux et la pressa un peu plus contre lui.

— Tu as assez chaud ? s'enquit-il sur un ton coquin avant d'enfouir la tête dans son cou.

Elle ferma les yeux, son souffle de plus en plus erratique. Ses caresses étaient tranquilles, paresseuses. C'était une lente dérive vers le plaisir comparé à la conquête intense et brûlante de la veille. Elle pouvait se concentrer sur l'instant, contrôler son propre corps, se caler sur le sien.

La pompe à chaleur du salon passait en mode économie durant la nuit, ce qui ne suffisait pas à contrecarrer le froid glacial de l'aube en automne. Il faisait frais dans la chambre, mais Richard était chaud.

Une main glissa fermement sur ses côtes et soupesa son sein droit. Son pouce traça des cercles autour de son téton. Elle cambra le dos, enfonçant ses doigts dans les boucles emmêlées et attirant son visage à elle.

— Je suppose que le Metronome n'est pas en feu ? souffla-t-elle.

Il déplaça sa main sur sa hanche et la glissa sous elle, semblant apprécier la sensation de sa peau. Ses lèvres revinrent à son cou, s'approchèrent de sa mâchoire et de sa joue.

— Non.

Il enfonça son nez dans sa joue. C'était un geste affectueux et elle relâcha sa prise sur ses cheveux pour caresser sa tête avec douceur.

Il allait l'embrasser de nouveau, mais elle le retint pour le regarder, se contenter de... le regarder, juste un instant.

Ses joues étaient déjà rouges. Les hommes, selon son expérience, avaient tendance à arborer la même expression pendant les rapports sexuels que celle qu'ils affichaient avant un essai devant un match de rugby. Grande concentration. Anticipation contrôlée. Sueur sur le front. Prêts à célébrer cette tentative réussie avec un cri triomphant, une tape dans le dos et une sieste alcoolisée.

Ce n'était vraiment pas le moment d'avoir un fou rire.

Il écarta les cheveux de Lainie de son front moite et frotta son pouce contre l'une de ses tempes.

— Tigrou...

Sa voix était grave et rauque, et bannissait effectivement tout éclat de rire intempestif.

Elle regarda ses propres doigts tracer les contours de son oreille, caresser son cou, palper les muscles de son épaule, contractés dans cette position.

Elle plongea de nouveau son regard dans le sien. Ses yeux étaient presque noirs. Aucune trace de somnolence à présent.

— Que voulait Lynette ? insista-t-elle doucement.

La pièce était plongée dans le silence. Elle lui toucha le menton, passa son pouce sur sa lèvre inférieure.

Il l'attrapa brièvement entre ses dents.

— Répandre la souffrance de l'insomnie. (Il se frotta contre elle et ils haletèrent en chœur.) Elle a reçu un e-mail de… (Il expira brusquement quand sa main se glissa furtivement entre eux.) … d'un gros bonnet du ministère. Il veut que je prenne la parole sur le financement culturel lors d'une conférence parlementaire le mois prochain.

— Quoi ? s'écria Lainie en rouvrant les yeux brusquement.

Elle retira sa main baladeuse pour attraper son biceps.

— C'est génial. C'est exactement le genre d'opportunité que tu cherchais, n'est-ce pas ?

Richard prit ses doigts et les ramena fermement à leur site d'exploration précédent.

— C'est un très bon début.

Elle avait une multitude de questions sur la conférence – tout aussi brillantes et pertinentes les unes que les autres – mais il n'aurait pas le plaisir d'admirer sa perspicacité. Ses lèvres, autoritaires et exigeantes, étaient déjà sur les siennes.

Seigneur, son goût était délicieux.

— Tu n'es pas si mauvais au lit, souffla-t-elle quelques minutes plus tard, refermant malencontreusement son bras autour de son cou en une prise d'étranglement.

Il desserra son étreinte et attira ses mains sur son torse pour qu'elle puisse s'accrocher à son dos. Ses muscles tendus dansaient sous sa peau lisse et chaude.

— Eh bien, c'est grâce à de nombreuses répétitions. Tu sais à quel point elles sont essentielles à une bonne performance.

Le bout de sa langue taquina la sienne.

— Tu es magnifique, dit-il. Arrêter de parler.

Et elle laissa l'homme pratiquer son art.

9

London Celebrity @LondonCelebrity. 35 min
Le passé tragique de Richard Troy révélé !
La vérité sur la mort de son père et sur l'impact
qu'elle a sur sa vie aujourd'hui... goo.gl/NK5ivF

Lainie aimait faire un certain nombre de choses le dimanche après-midi, et toutes comprenaient un pyjama. Elles n'imposaient pas de choisir une tenue convenable pour dîner avec un homme qui aimait lécher les mains de ses nouvelles connaissances, mais elle n'avait pas le choix. Une tasse de thé à la main, à distance du miroir, elle observa son reflet avec attention. Elle portait une jupe crayon mi-longue, une veste imitation Chanel de Topshop et des talons d'une hauteur convenable. Les cheveux légèrement ondulés.

Elle ressemblait à Jackie Kennedy, en rousse avec des seins. Dommage qu'elle n'ait pas de tambourin. Lorsqu'elle s'habillait pour un rôle – celui d'aujourd'hui consistant à incarner la compagne d'un homme politique, ce qui lui semblait plus hilarant chaque fois qu'elle y pensait –, elle aimait sortir le grand jeu.

On sonna à la porte d'entrée et elle vérifia sa montre avec surprise. Richard n'était pas censé la récupérer avant une heure. Ils avaient été si occupés par les représentations et les apparitions en public qu'elle lui avait à peine adressé la parole ces derniers jours, à l'exception de brefs moments volés dans leurs loges. Elle aurait aimé avoir eu le temps de manger son biscuit au chocolat et de mettre son rouge à lèvres avant qu'il arrive, mais elle avait hâte de le retrouver dans l'intimité.

Elle souriait quand elle ouvrit la porte, mais son expression s'assombrit rapidement.

— Will.

Il baissa la main, dont l'index était prêt à enfoncer de nouveau la sonnette, fidèle à son impatience, et l'enfonça dans la poche de son pantalon bien coupé. Ses cheveux noirs formaient une vague disciplinée sur sa tête et il était rasé de près. L'effet mannequin n'était pas aussi attirant qu'une barbe négligée et des boucles emmêlées.

— Je veux te parler, dit-il sans préliminaires, se glissant déjà dans le salon. J'ai essayé de te voir seule toute la semaine, mais soit tu étais attendue pour une interview, soit tu léchais la glotte de Troy dans les coulisses.

Faux. Elle avait un avis bien tranché sur les démonstrations d'affection en public et Will le savait.

Elle ferma la porte en espérant que Richard ne choisirait pas ce jour pour arriver en avance pour la première fois de sa vie. Elle soupçonnait que les scènes de fiction où l'ex et le petit ami s'affrontent étaient beaucoup moins émoustillantes dans la vraie vie. En fait, elle était même prête à parier que ce serait un véritable cauchemar.

Will se tenait près de sa table basse et la dévisageait, les yeux plissés. Ses bras étaient croisés sur sa poitrine. Le menton levé, les pectoraux sortis, les lèvres serrées. Génial. Elle avait fait entrer un joyeux luron dans son appartement.

— Tu ne m'as pas félicité pour ma récompense la semaine dernière.

— Toutes mes félicitations.

— J'imagine que tu as employé tes talents considérables à consoler le perdant, ajouta-t-il avec méchanceté.

Elle serra les poings.

— Occupe-toi de tes affaires, se contenta-t-elle de rétorquer, en essayant en vain de garder un ton calme.

— Je t'ai cherchée dans la soirée, mais Jack Trenton m'a dit qu'il t'avait vue partir tôt en compagnie de Troy.

D'après ses souvenirs, il n'était pas si tôt. La cérémonie avait certes été interminable, mais elle aurait volontiers prolongé le reste de la nuit – et l'aurait répété plus souvent qu'ils n'avaient réussi à le faire depuis.

Elle haussa les épaules et Will la regarda attentivement.

— Trenton et Sadie Foster ont rompu.

Ce n'était pas une surprise, si Jack couchait avec le metteur en scène et n'aimait pas la perspective de la castration.

— Il avait un peu trop bu après la cérémonie. Tu sais comme il est bavard dans ce cas. Il a avoué que leur couple n'était qu'un coup de pub. En réalité, il ne peut pas la supporter. (Une alarme retentit dans l'esprit de Lainie, mais elle garda le silence.) Cela m'a fait réfléchir, poursuivit Will en l'observant toujours fixement, à l'affût du moindre changement d'expression. Bob Carson et Pat Bligh semblent *beaucoup* s'intéresser à ta vie privée en ce moment. Et tu t'es mise avec Troy étonnamment vite. Un jour, il ne te reconnaît même pas… (Lainie ne put s'empêcher de grimacer.) … et le lendemain, tu es dans son lit. Je croyais que tu essayais de te changer les idées, ajouta-t-il avec une odieuse complaisance, mais je n'en suis même plus sûr.

Lainie tira brusquement sur l'ourlet de sa veste.

— Es-tu en train d'insinuer, avec la délicatesse d'un bulldozer, que je simule ma liaison avec Richard Troy pour voir apparaître mon nom dans les tabloïds ?

— Non, répondit Will, la surprenant. Je ne pense pas que tu mentirais pour te faire un coup de pub. Tu n'as jamais voulu de la célébrité à bas prix et tu as toujours eu une très bonne réputation dans la presse. En particulier après ce que je t'ai fait subir, admit-il franchement. Mais le nom de Troy a souvent été traîné dans la boue cette année. Et du jour au lendemain, il incarne le gentil type aux yeux bleus avec sa douce petite amie investie dans une association caritative. Si *elle* lui accorde son intérêt, c'est qu'il n'est pas si mauvais. Une âme aussi généreuse que la sienne ne peut que s'associer à un être bienveillant. (Son analyse commençait à devenir extrêmement troublante.) J'y ai pensé toute la semaine et j'en suis arrivé à la conclusion qu'il existe une seule raison pour laquelle tu aurais pu accepter de participer à ce mensonge.

Lainie n'avait jamais nourri l'illusion que Will était bête, quels que soient ses autres défauts. Il n'était pas non plus incapable de se servir de son intelligence de manière discutable sur le plan moral s'il pensait que cela pouvait lui être bénéfique.

En d'autres termes, il n'hésiterait pas à courir voir la presse en hurlant si elle lui en laissait l'occasion.

Elle lui dit ce qui était, en substance, la vérité :

— Je ne veux pas être blessante, Will... (Et elle était sincère, malgré ce qu'il lui avait fait endurer.) ... mais il n'y a rien de simulé dans mes sentiments pour Richard... (*Plus maintenant, en tout cas.*) ... et nous couchons ensemble.

Non pas que cela le regarde.

Will serra les dents.

— Qu'est-ce que tu peux bien lui trouver ? C'est un salaud égoïste et grincheux qui n'agiterait pas le petit doigt pour te venir en aide. Sauf pour te pousser dans son lit.

Elle temporisa la colère qui grandissait en elle.

— Ce que je ressens pour Richard et les raisons pour lesquelles je ressens cela ne regardent que moi.

Et Richard. Le fait qu'ils n'avaient pas encore eu *la* conversation rendait cette discussion encore plus déplacée.

— Tu délires.

Une partie de sa fureur s'évapora.

— Will, tu as renoncé au droit de venir ici. La façon dont je décide de poursuivre ma vie ne te regarde pas. Tu veux bien partir maintenant ?

Il s'accrocha à ses paroles comme un piège à souris se refermerait sur la queue agitée d'un petit animal.

— Alors, c'est à cause de ce qui s'est passé entre nous ? Lainie, je t'ai dit que j'étais désolé...

— Non, tu ne l'as pas fait, mais ça n'a aucune importance. Tu ne représentes plus rien à mes yeux. Tu fais partie de mon passé. Tu es un souvenir qui me rappelle à quel point je suis mieux à présent.

C'était brutal, certes, mais elle était trop furieuse pour continuer à préserver l'ego de Will.

— Tu préfères donc t'abaisser à son niveau ? C'est un imbécile complet, incapable de se soucier d'une autre personne que lui.

— Et c'est toi qui dis ça ? Je te rappelle que tu as rompu avec moi dans les colonnes d'un magazine people et depuis le lit d'une autre femme. Il est tellement supérieur à toi à tant d'égards que cet argument n'est même pas recevable. Va-t'en !

— Vraiment ? Tu veux faire un sondage pour voir qui est d'accord avec toi ? Ce n'est pas pour rien que tout le monde le déteste. Combien de personnes sont-elles rentrées du théâtre en se sentant plus bas que terre à cause de Troy ? (Elle se mordit la lèvre, incapable de réfuter ce fait, et il poussa son avantage.) C'est un manipulateur. Un pauvre petit gosse de riches, ajouta Will sur un ton amer, empruntant inconsciemment les mots de Lynette. Il s'est servi de l'argent de sa famille pour arriver où il est aujourd'hui et il ne sortirait pas de son lit le matin si ce n'était pas dans son intérêt. Il se sert de toi et tu gobes tout.

— Charmant. Alors que toi, bien sûr, tu as toujours été un modèle de sincérité.

— Mes sentiments pour toi étaient sincères. J'avoue avoir commis une erreur…

— C'est le moins qu'on puisse dire. Et tu en as fait une autre en venant ici aujourd'hui pour me déballer ton ramassis de conneries.

Elle ouvrit de nouveau la porte d'entrée pour l'inviter à partir.

Les joues de Will s'enflammèrent.

— Je m'inquiète pour toi, que tu le croies ou pas. Ce n'est pas un type bon pour toi. Il n'est bon pour personne.

— Oh, la ferme !

— C'est un connard, Lainie. Un petit gamin parvenu et capricieux.

Bizarrement, cela la fit sourire.

— Je sais, acquiesça-t-elle presque affectueusement.

Son amusement sembla le rendre encore plus furieux.

— Et regarde sa famille. Sa mère a vendu son cul à travers toute l'Europe. Et son père était un vieux bigot sénile dont la mort, soit dit en passant, aurait été provoquée par Troy junior.

— Richard n'est pas responsable du suicide de son père !

C'était probablement la chose la plus stupide et la plus irréfléchie qu'elle n'ait jamais dite. Les mots étaient sortis tout seuls de sa bouche, propulsés par l'indignation et son instinct de défense. Elle voulait juste le protéger.

Et cela l'avait conduite à faire la pire des gaffes.

Will fronça les sourcils.

— Un suicide ? Il n'est pas mort d'une crise cardiaque ?

Son cœur battait sourdement dans sa gorge. Lainie puisa dans le talent de comédienne qu'elle n'avait pas encore pour conserver une expression imperturbable.

Will secoua la tête avec dédain.

— Peu importe. Simplement… réfléchis-y à deux fois. C'est tout ce que je dis. En tant qu'ami.

Se sentant vulnérable, et doutant que la menace se dissipe aussi facilement, Lainie hocha la tête impatiemment. Elle voulait juste se débarrasser de lui.

— Bien. Peu importe. Au revoir, Will.

— Réfléchis-y, insista Will en l'attrapant par le bras.

— Qu'elle réfléchisse à quoi ? demanda une voix dans la cage d'escalier.

Lainie faillit vaciller sur ses talons d'une hauteur pourtant modeste.

Qu'avait-il entendu exactement ?

Richard était appuyé contre le mur, une main dans la poche de son pantalon de costume sur mesure, sa veste en cuir ouverte sur un pull en cachemire. Sa question avait été calme et indifférente, mais son visage était tout sauf détendu. Ses yeux étaient braqués sur les doigts de Will qui mordaient la peau de Lainie.

Elle pouvait presque l'imaginer se transformer en panthère prête à bondir.

Will répondit en virant au rose et en gonflant la poitrine, et Lainie gémit de manière audible.

La testostérone, c'était tellement surfait.

Mon Dieu, faites qu'il vienne juste d'arriver.

— À rien. (Lainie se libéra de l'emprise de Will.) Will allait partir.

— Tu n'as pas l'air décidé, Farmer, observa Richard.

Il s'écarta du mur et avança vers eux.

— Tu as besoin d'un coup de main pour descendre l'escalier ?

Le visage de Will était inhabituellement laid.

— Essaie pour voir.

— Oh, pour l'amour de Dieu ! s'exclama Lainie en posant une main sur le torse de Richard.

C'était un geste instinctif, comme si, simultanément, elle le revendiquait, déclarait son allégeance et essayait bêtement de le retenir de commettre une action irréfléchie.

Il baissa les yeux sur ses doigts sur le pull en laine fine, puis sur son visage. Un sourire sincère étira sa bouche.

— Tu essaies encore de me sauver de moi-même, Tigrou ?

— Je dirais plutôt qu'elle se vautre avec toi dans la boue, murmura Will, et le corps de Richard se tendit.

Lainie agrippa son bras de sa main libre.

— N'y pense même pas. Je refuse d'être un prétexte à ce genre de comportement. Laisse tomber. Il ne sait pas de quoi il parle.

Après une pause, Richard traça la ligne du sourcil de Lainie de son pouce.

— Dans quoi je me suis embarqué ? souffla-t-il.

— Tu n'as jamais été aussi chanceux de ta vie, rétorqua Lainie.

— Je confirme, déclara Will.

Sur ces mots, il leur tourna le dos et partit, le bruit de ses pas étouffé par la moquette usée de l'escalier.

Richard l'observa s'éloigner, puis se tourna vers Lainie :

— Tu as l'air contrariée. Qu'est-ce qu'il t'a dit ?

Le problème, c'était surtout ce qu'*elle* lui avait dit. Comment avait-elle pu laisser échapper le plus grand secret de Richard devant Will ? Elle envisagea brièvement de lui parler de sa gaffe désastreuse, mais quel était l'intérêt ? L'information n'avait pas semblé intéresser Will plus que cela. Si Richard le confrontait à ce sujet, cela ne ferait que souligner le fait que Will disposait d'une carte à jouer contre lui.

Cette lâche justification ne convenait pas vraiment à sa conscience.

— Comme d'habitude, déclara-t-elle finalement en laissant sa main glisser sur son torse avant de s'écarter. Il nous fait une crise d'ego. Il a commis une erreur, mais j'en commets une encore plus grosse. Et ainsi de suite. Même si l'un de ses commentaires pourrait presque être interprété comme des excuses au sujet de sa débâcle avec Crystalle. Ça, c'est une nouveauté.

— Il lui a fallu du temps. Crétin ! Il te rend souvent visite chez toi ?

Le regard de Richard était vif et Lainie secoua la tête.

— Non. Même quand nous étions ensemble, il ne venait que rarement. J'ai cru comprendre qu'il nourrissait la même abjection que toi pour les maisons mitoyennes de Bayswater, qui sont tout à fait agréables. Il a dit qu'il avait essayé de me parler au théâtre, mais que j'étais trop occupée à flirter avec toi dans ta loge.

— Flirter ? répéta-t-il, son regard préoccupé se teintant d'une lueur mauvaise.

Il glissa son bras autour de sa taille pour l'attirer contre lui.

— Qu'est-ce que cela implique, exactement ?

Ses lèvres trouvèrent la courbe de son cou et Lainie s'abandonna malgré elle à ce baiser grisant.

— Je crois que tu viens de répondre à ta propre question, dit-elle avec un rire essoufflé.

Elle bloqua la main qui s'aventurait sur ses reins et plus au sud.

Toute démonstration pratique devra attendre si nous ne voulons pas être en retard à ton important rendez-vous.

— Bon sang, fulmina Richard en l'embrassant avec ferveur. Tu avais raison, la politique, ce n'est pas fait pour moi. Allons plutôt nous coucher.

— Tu es acteur, reprit Lainie en passant une main entre leurs bouches. Tu n'as qu'à jouer l'homme politique.

Il savait avoir des manières en société quand il le voulait, songea Lainie plus tard. Sous la lueur vacillante d'une chandelle dans un salon de Knightsbridge, elle observait Richard se montrer naturellement charmant avec le très désagréable vice-président de la SRAS. Il n'y avait pas si longtemps, ce côté lèche-bottes lui tapait franchement sur les nerfs, mais à présent, il semblait au moins poursuivre une bonne cause. De temps à autre, leurs regards se croisaient et Lainie devait retenir un sourire devant l'expression qu'elle lisait dans le sien.

Il détestait être ici.

Elle avait elle-même assisté à des dîners plus agréables. Eric Westfield, qui occupait le poste de vice-président depuis que son prédécesseur avait pris le poste de président et qui disposait de toute évidence de plus d'argent que la plupart des banques d'affaires, ne l'avait pas impressionnée lors de leur première brève rencontre. Dans l'intimité, elle le trouvait encore plus répugnant. Les autres convives avaient visiblement été invités pour discuter avec Richard, mais ils se comportaient comme des acteurs rémunérés dont la seule tâche de la soirée consistait à rire aux blagues de Westfield. Elle remarqua que Richard se contentait quant à lui d'un bref sourire, et uniquement si le jeu de mots était presque drôle.

La femme de Westfield se trouvait aussi autour de la table, mais elle était tellement silencieuse que Lainie oubliait sans cesse sa présence, ce qui semblait être le cas de son époux également. Karen Westfield avait à peu près l'âge de Lainie et était bien habillée. Les yeux baissés, elle semblait somnoler. Soit elle envoyait des SMS sous la table, soit elle prenait de fortes doses de médicaments. Peut-être était-elle jolie ; c'était difficile à dire quand la seule partie visible de son visage était son front et ses cheveux. Lainie avait essayé d'engager la conversation à plusieurs reprises, mais n'avait obtenu aucune réponse. C'était un peu bizarre. Westfield aurait tout aussi bien pu enfiler une alliance à une poupée grandeur nature, la présenter comme étant sa femme et la caler contre la table.

Bien sûr, si l'alternative à cette somnolence était de discuter avec Westfield, elle comprenait le mécanisme de défense de Karen. Le mécène lui caressa le genou sous la table pour la troisième fois au cours de la dernière heure et elle sursauta sur son siège. Son envie de lui assener un coup de pied dans le tibia était presque irrépressible. À son mouvement brusque, Richard la regarda et fronça les sourcils avec interrogation. Elle se força à sourire et secoua la tête. Il avait consenti à s'exposer en dehors de sa zone de confort pour booster une collecte de fonds en faveur de son association. Elle pouvait bien dîner avec un pervers peu subtil pour lui.

Toutefois, si la main de Westfield s'aventurait plus haut que son genou, elle se réservait le droit de prendre des mesures plus sévères.

Richard continuait à regarder Westfield, puis elle, avec suspicion.

— Où en es-tu du fonds Grosvenor, Eric ? demanda-t-il, détournant heureusement l'attention de Westfield de ses jambes.

Lainie se tourna avec gratitude pour répondre à une question de la doyenne de la table sur son emploi du temps habituel au Metronome.

— C'est tellement intéressant de rencontrer une personne du théâtre, déclara celle-ci avec une inflexion laissant suggérer que « le théâtre » était un euphémisme pour désigner une vie scabreuse.

Lainie savait comment gérer ce type d'attention indésirable.

Après que les assiettes à dessert eurent été débarrassées par une domestique qui avait passé la soirée à rôder autour de la table, Westfield regarda sa femme pour la première fois de la soirée.

— Karen !

Elle sursauta et sa tête se redressa comme tirée par les fils d'un marionnettiste, pensa Lainie avec désespoir.

Karen se leva et Lainie comprit que les femmes étaient invitées à prendre le café dans une autre pièce – parce que, visiblement, ils avaient atterri dans un épisode de *Downton Abbey.* Elle écarquilla les yeux à l'intention de Richard en passant devant lui et vit ses lèvres se contracter.

Elle espérait que Karen retrouverait sa personnalité et se mettrait brusquement à bavarder loin de l'influence déprimante de son mari, mais elle n'eut pas cette chance. La femme s'assit sur un fauteuil dans un salon très majestueux, croisa les jambes et sortit son téléphone. Elle écrivait donc des SMS sous la table. C'était un soulagement. Lainie avait commencé à imaginer un scénario digne des *Femmes de Stepford.* Elle préférait que Karen ait un amant – un jeune homme fort et sachant se conduire à table.

Lorsqu'elle ne put plus supporter les plaisanteries mondaines des deux autres femmes, elle s'excusa pour aller aux toilettes. Il y avait quatre salles de bains au deuxième étage.

Elle se sécha les mains après avoir remis un peu de rouge à lèvres et était en train de refermer la porte lorsqu'une main masculine se glissa autour de sa taille et la serra. Elle se figea, le cœur battant à tout rompre. Ces doigts aux ongles rongés n'appartenaient pas à Richard.

Oh, mon Dieu. C'était un parfait cliché affreusement indigne.

Il avait l'impression d'être au beau milieu du deuxième acte d'une pièce de Sheridan. Suppression des éléments féminins, suivie de whiskys, cigares et critiques subtiles dans la salle de billard. Richard s'éloigna du mur depuis lequel il observait le jeu sans conviction. Il vérifia sa montre. Une heure de plus et ils pourraient partir sans offenser personne.

Et il trouverait une façon agréable de compenser cette soirée pour Lainie.

Un début de migraine lui martelait les tempes. Brusquement, il bougea la tête, essayant de relâcher la tension dans son cou. Il posa une main sur son épaule et massa ses muscles.

Une fois assis à cette table, il avait eu du mal à se rappeler pourquoi il voulait mettre Westfield de son côté. Et si ses soupçons au sujet de ce qui s'était passé *sous* la table se vérifiaient, les relations cordiales ne tarderaient pas à se dissoudre. Il était prêt à sacrifier une part de sa dignité personnelle pour obtenir un siège à la SRAS, mais ses limites se situaient bien avant d'exposer Lainie à une agression sexuelle.

Ses yeux s'étrécirent soudainement. Deux minutes plus tôt, Westfield se tenait au bar, un verre à la main.

La bouteille de liqueur se trouvait à présent entre deux courtiers en valeurs immobilières et leur hôte avait disparu.

Sans prendre la peine de s'excuser, Richard tourna le dos au troisième courtier qui, depuis un quart d'heure, semblait déterminé à l'endormir avec sa conversation. Il entra dans le couloir et referma la porte derrière lui. Les femmes étaient montées. La tête penchée, il était raide, l'oreille tendue.

Au son d'un cri étouffé, il ne réfléchit pas. Se propulsant d'une main sur la rampe, il monta l'escalier deux marches à la fois.

Quand il les découvrit, la frustration qu'il avait contenue toute la soirée explosa en une rage folle.

Lainie posa la main sur le poignet de Westfield et le repoussa avant de lui faire face, rugissant intérieurement. Elle avait vu cette scène dans une centaine de contextes différents, du mélodrame à la comédie burlesque, et elle finissait généralement par des vêtements déchirés et au moins une lèvre enflée.

Comment se sortir de cette situation sans compromettre complètement les chances de Richard d'intégrer la SRAS ?

Elle essaya d'abord un simple évitement.

— Excusez-moi, dit-elle d'un ton neutre en faisant mine de le contourner. Votre femme risque de se demander où je suis, ajouta-t-elle pour insinuer un peu de culpabilité conjugale.

Westfield ne saisit évidemment pas la perche et la rattrapa avec un petit rire.

— Karen ne se pose aucune question. Tout ce qui l'intéresse, c'est la prochaine fois que je partirai en voyage d'affaires et le cadeau que je lui rapporterai.

Lainie doutait sérieusement que Karen attende son retour avec impatience, même s'il était chargé de cadeaux.

— Eh bien, je devrais quand même... humpf !

Il engloutit le reste de sa phrase en la poussant contre le mur et en l'embrassant. Embrasser était un terme trop romantique. C'était carrément une agression.

Elle essaya de détourner son visage en poussant un grondement de dégoût guttural. Ses mains repoussaient son buste aussi large qu'un tonneau, en vain. Dès qu'elle sortirait d'ici, elle investirait dans un kit de musculation. Les doigts vicieux de Westfield agrippèrent l'ourlet de sa jupe, qui était heureusement trop moulante pour monter plus haut que ses genoux. Soudain, il tira, et un bruit caractéristique lui indiqua qu'il avait déchiré le tissu.

Je ne crois pas, non.

Son indignation était maintenant teintée d'une véritable peur. Elle lui donna un coup de pied et il grogna, mais visiblement, la violence ne faisait que l'exciter davantage. Sa bouche chercha à nouveau la sienne et elle poussa un cri furieux en se jetant contre lui.

Finalement – *ce n'est pas trop tôt*, pensa-t-elle avec une colère injustifiée –, il y eut un juron derrière eux, suivi d'un mouvement rapide. Westfield bascula sur les talons comme un crabe effrayé, la main droite de Richard tenant le dos de sa veste.

Le vieil homme allait parler, son visage d'un rouge sombre malsain, mais Richard fit un pas en avant, plaçant son corps devant Lainie. Cette scène lui évoqua un étrange sentiment de déjà-vu. Elle entendait presque le tintement des épées et la réplique de Richard : « Sale vaurien ! » ou « En garde, corniaud ! »

— Que diable croyez-vous faire ?

La voix de Richard était grave et profonde. Il regarda Lainie ; elle réprima un pas en arrière, alors que sa colère n'était même pas dirigée contre elle.

— Est-ce que ça va ? lui demanda-t-il d'une voix tendue.

Elle acquiesça.

— Oui.

Sa main – tremblante – se porta inconsciemment à l'ourlet déchiré de sa jupe, et Richard suivit le mouvement. Les muscles de sa mâchoire tressautèrent.

Westfield, qui était apparemment dépourvu d'instinct de survie, continua à jouer avec les stéréotypes.

— Je ne fais que m'amuser un peu, mon garçon, dit-il dans une tentative de plaisanterie masculine. Elle ne l'a pas mal pris.

— Oh, oui, j'ai pu apprécier à quel point Lainie s'amusait à ses cris pendant que vous la plaquiez contre le mur.

— Elle m'a cherché toute la soirée, rétorqua l'homme le plus stupide de Londres.

Richard écarta tranquillement son poing et frappa Westfield sur l'arête du nez.

Lainie grimaça en entendant les os qui craquaient. Leur hôte douteux laissa échapper un grognement animal. Du sang coulait entre ses doigts alors qu'il foudroyait Richard du regard, mais un rire distant et étouffé sembla le ramener à la réalité et il décida de ne pas répliquer avec ses poings.

Il releva le menton à l'intention de Lainie, la main toujours refermée sur son nez.

— Ne soyez pas fou, mon vieux. Renoncer à une occasion pareille pour une femme comme elle ?

— Et quel genre de femme suis-je exactement ? intervint Lainie, l'irritation l'arrachant à son état de choc. Le genre à ne pas se laisser peloter en échange de cadeaux ?

Les lèvres de Westfield se tordirent. Avec le sang qui avait séché entre ses dents, il arborait un visage cauchemardesque. De sa main libre, il sortit une page de journal déchirée de sa poche et l'agita pour la déplier. Lainie baissa les yeux et un frisson la parcourut. C'était une page d'un magazine parmi les moins recommandables sur laquelle une photo d'elle en gros plan la montrait sur le tapis rouge du Grand Prix national du Théâtre en robe très décolletée. Il se promenait avec des photos de ses seins dans la poche. Quel obsédé !

— Elle n'a pas l'air très chic et vertueuse, si vous voulez mon avis, déclara Westfield avec méchanceté.

Ils concentrèrent leur attention sur la deuxième photo.

C'était l'un des clichés pris alors qu'elle était avec Will. Le paparazzi avait réussi à trouver un angle malheureux qui avait dû lui rapporter une mine d'or. On aurait dit que Will avait la main à un endroit où la plupart des femmes hésiteraient à se laisser toucher en public. Le visage de Lainie était tourné vers Will, probablement pour lui souffler de garder ses distances, mais on aurait pu croire qu'ils s'embrassaient.

Richard posa un regard dur sur l'image. Après une brève pause, il dit :

— Parlez-lui à nouveau comme ça et vous le regretterez sérieusement. (Puis son ton devint d'un calme menaçant.) Et si vous osez ne serait-ce que lui serrer la main à l'avenir, je le saurai.

— Vraiment ? (Westfield ignorait complètement Lainie à présent, ce qui sembla mettre un point final à ses insultes à son égard. Il haussa les sourcils, méprisant.) Eh bien, vous n'entendrez pas parler d'un poste à la présidence, ni maintenant ni jamais.

Richard cilla à peine.

— Je trouve la perspective de continuer à vivre dans la même ville que vous suffisamment révoltante. Je n'ai aucune envie de siéger à votre côté dans une salle de réunion. (Il soutint le regard de l'autre avec froideur.) Allez chercher son manteau.

C'était un défi flagrant. Un affrontement de mâles alpha.

Ah, les hommes...

À son grand étonnement, Westfield prit une profonde inspiration et alla chercher le manteau. Il le lui tendit avec dédain et Richard l'intercepta. Faisant pivoter Lainie doucement, il l'aida à l'enfiler. Ses mains s'attardèrent sur les épaules de Lainie, chaudes et rassurantes.

Ils partirent sans dire un mot aux autres invités. Lainie doutait que Karen remarque leur départ brutal. Elle n'avait probablement même pas remarqué leur arrivée.

Dehors, dans la rue, Richard exhala brusquement, sa respiration formant un nuage de fumée dans l'air froid de la nuit. Il passa une main dans ses cheveux, agitant ses boucles comme s'il cherchait à en déloger la poussière et la crasse.

Il la regarda, mais avant qu'il prenne la parole, elle dit :

— Je suis désolée.

Le choc et les regrets la rattrapaient et elle aurait pu très facilement pleurer devant lui.

— Pour quoi ? demanda-t-il sur un ton indéchiffrable.

— Si tu ne m'avais pas emmenée, tu aurais toujours une chance d'accéder à la présidence.

— C'est cet enfoiré qui t'a invitée. Et ensuite, il t'agresse sous son propre toit. Seigneur ! (Richard ferma les poings dans ses cheveux.) C'est moi qui suis désolé de t'avoir exposée à ça. (Une partie de son contrôle semblait sur le point de céder. Il prit ses mains et mêla ses doigts aux siens.) Tu crois franchement que je suis prêt à accepter un service d'un homme qui pense pouvoir peloter tranquillement ma...

Lainie se figea.

— Ta quoi ?

La mâchoire de Richard était contractée tandis qu'il l'observait.

— Ma...

Soudain, il prit son visage en coupe pour presser sa bouche contre la sienne. Son baiser était puissant et exigeant. C'était celui d'un homme indigné. *Will et Westfield en une seule soirée*, pensa Lainie, confuse, tout en l'embrassant. C'était sans doute trop lourd à supporter.

— Tu es mienne, dit-il. Uniquement mienne.

Se reculant pour prendre une profonde inspiration, Lainie posa les mains sur son torse.

— Ça sent l'homme des cavernes par ici.

Sa seule réponse fut de l'embrasser à nouveau. Puis il enroula ses bras autour de sa taille et la serra simplement contre lui, le visage enfoui dans ses cheveux.

— Tu es sûre que ça va ? insista-t-il, semblant avoir recouvré son sang-froid.

Elle se détendit un peu.

— Oui, mais je suis toujours désolée que cela soit arrivé, Richard.

Richard caressa sa joue du dos de la main avant de hausser les épaules avec dédain.

— C'est un contretemps, rien de plus. Westfield a beaucoup de poids dans la SRAS, mais il n'est pas aussi indispensable qu'il le pense. Il opère à un niveau purement financier et les malotrus pleins aux as sont nombreux dans cette ville.

— Tu crois que...

Le téléphone de Richard vibra dans sa poche, l'interrompant, et il jeta un coup d'œil impatient à l'écran.

— Lynette. (Il vérifia sa montre et fronça les sourcils.) Qui devrait être sur le chemin du retour de chez ses parents à Manchester. Excuse-moi, Tigrou.

Lainie serra plus étroitement son manteau sur sa poitrine alors qu'il répondait par un bref « Troy ». Frottant le bout de sa chaussure contre le trottoir, elle n'écouta qu'à moitié sa conversation, son esprit se repassant les horreurs de la scène qui venait de se dérouler. Soudain, Richard se figea à son côté.

Ce n'était pas seulement son corps qui était immobile. On aurait dit que son âme se retirait dans un endroit très éloigné.

— Qu'est-ce qu'ils savent ? demanda-t-il.

La question était neutre. Son regard ne quittait pas Lainie. Elle fronça les sourcils avec un air interrogateur.

Il sortit ses clés de sa poche et déverrouilla la Ferrari. Il ouvrit brusquement la portière arrière et récupéra son iPad sur la banquette. Il continuait à étudier Lainie avec une froideur déconcertante tandis qu'il ouvrait une page internet. Il lança une nouvelle recherche.

— Oui, dit-il dans le téléphone en se concentrant sur l'écran.

Un nerf tressauta près de son œil, le trahissant.

— Oui, je n'y manquerai pas.

Il coupa l'appel sans dire au revoir et retourna silencieusement l'iPad pour le montrer à Lainie.

C'était un scoop de dernière minute publié par *London Celebrity*. *Le secret de famille tragique de Richard Troy révélé !* Puis en caractères plus petits : *Le suicide du député sir Franklin Troy, décédé en 1994, maquillé en attaque cardiaque.*

Richard retourna de nouveau l'iPad pour continuer à lire l'article. Lainie était incapable de parler.

— Coïncidence ? dit-il enfin, presque avec désinvolture.

Il ferma l'étui de l'iPad avec un claquement net. Ce son aurait pu tout aussi bien illustrer son changement d'humeur.

— Je ne me souviens pas avoir parlé à quelqu'un d'autre de ce secret récemment.

— Je suis désolée. (Lainie reconnaissait à peine sa propre voix. Elle ne savait même pas qu'elle allait parler avant d'entendre les mots sortir de sa bouche.) Je suis tellement désolée, Richard. C'est juste... ça m'a échappé. Je n'ai aucune excuse.

— Ça t'a juste *échappé* ? répéta Richard avec un sarcasme terrible.

Il était très pâle.

— Tu as accidentellement contacté les journaux pour mentionner, en passant, que ce vieil enfoiré de Franklin Troy s'était tiré une balle dans la tête ?

— Est-il indiqué qu'il s'est tiré une balle dans la tête ? Lainie était à la fois ahurie et horrifiée. Combien de temps Will avait-il fouillé le passé de Richard avant d'envoyer son e-mail ? Et où avait-il trouvé ses sources ? Il n'appartenait pas au MI5.

— Non. Je vois que tu t'es montrée suffisamment circonspecte pour ne pas offrir ce genre de détails. (Il secoua la tête comme s'il venait de recevoir un coup.) Pourquoi ? lâcha-t-il soudain. Ça n'a aucun sens. Ça ne te ressemble même pas.

— Je n'ai rien dit à la presse. (Lainie ferma les yeux.) Je ne ferais jamais une chose pareille.

— Alors, quoi ? Il y a des micros chez moi ? *London Celebrity* a des journalistes capables de faire de la télépathie maintenant ?

— Je l'ai dit à Will.

Richard s'immobilisa et son regard de braise devint étrangement vide.

— Tu l'as dit à Will.

— Oui, coassa-t-elle.

Lainie tendit la main vers lui et ne fut pas étonnée qu'il s'écarte aussitôt.

— Il a dit quelque chose à ton sujet qui m'a rendue furieuse et... ça m'a échappé. Je suis désolée.

Après un moment, Richard reprit, toujours sur le même ton distant :

— Je vais te ramener chez toi.

— Richard...

Il lui ouvrit la portière côté passager. Avec un dernier regard impuissant sur son visage impénétrable, Lainie monta lentement dans la voiture.

Ce fut le pire trajet de sa vie. Alors qu'ils approchaient du décor et des lumières familières de Bayswater, il demanda sans la regarder :

— Tu lui as expliqué pourquoi il s'était suicidé ?

— Non, s'empressa-t-elle de répondre, recroquevillée sur son siège. Bien sûr que non !

— Ça finira par se savoir de toute façon, déclara-t-il comme il aurait pu faire une remarque désinvolte au petit déjeuner sur la ruse des journalistes britanniques. Ce n'est pas la meilleure base pour faire campagne contre l'influence de Westfield. Il était assez difficile comme ça d'avoir un père réfractaire à l'art ; le fait qu'il soit en plus un tricheur n'arrangera pas les choses.

Lainie se prit la tête entre les mains sans rien dire.

Lorsque la voiture ralentit dans sa rue, Richard se gara pour l'accompagner jusqu'à la porte. Il était silencieux, très poli pour la première fois. Et elle détestait ça.

Avant de partir, il la regarda. Un éclair d'émotion intense se mêla à l'indifférence.

— Je suppose que nous nous sommes un peu laissés emporter par cette comédie. (Elle ne répondit pas.) Il est facile de perdre de vue la réalité quand on est plongé dans un rôle, poursuivit-il.

Il fit une pause et les muscles de sa mâchoire se contractèrent de nouveau.

— Cependant, cette histoire est désormais terminée.

C'était une bonne réplique de fin, prononcée avec si peu d'emphase qu'elle ne sombrait pas dans le dialogue de série B.

Elle refusa de rester dehors à regarder sa voiture s'éloigner.

10

London Celebrity @LondonCelebrity. 3 h
Y aurait-il de l'eau dans le gaz entre Richard Troy
et Elaine Graham ?
L'actrice est anéantie tandis que de nouveaux détails
sont révélés sur le passé sordide de Troy...
goo.gl/2D5Gk8

C'était, sans aucun doute, le moment du scénario où Lainie était censée se réfugier dans son lit en sanglotant avec un pot de crème glacée. Elle avait choisi cette option lorsque Will avait piétiné sa fierté.

Mais elle ne renoncerait pas à Richard aussi facilement.

Après une nuit horrible, elle se leva ce lundi matin et enfila l'une de ses tenues préférées. Pour booster son estime de soi, un pull flatteur était loin d'être à la hauteur du corps nu de Richard contre lequel se blottir pour dormir, mais elle n'avait pas le choix.

Son lit sentait encore son parfum. Il avait laissé un roman d'espionnage sur sa table basse. Son stock de biscuits au chocolat était étrangement épuisé. Les traces de sa présence étaient partout dans son appartement.

Profondément ancrées dans son cœur.

Il lui semblait que cent ans s'étaient écoulés depuis qu'elle avait quitté le bureau de Bob, complètement effondrée à l'idée de devoir supporter Richard Troy en dehors de ses heures de travail. Et il avait bouleversé sa vie, dans tous les sens du terme et pour le meilleur.

Elle devait réparer ça.

Seigneur ! Elle espérait en être capable. Sinon...

Elle ferma les yeux. Elle ne devait pas penser à ça.

Elle appela Sarah avant que sa belle-sœur parte au travail.

— Tu es membre de la Société de littérature, déclara-t-elle sans préambule, et Sarah bâilla.

Lainie entendit le bruit de la porcelaine qui tintait et des céréales qu'on versait dans un bol.

— Bonjour à toi aussi. Était-ce une question ou une accusation ? Oui, je le confesse. Pourquoi ? Tu as un livre à recommander ? J'ai entendu de bonnes critiques sur le dernier lauréat du prix Booker.

— La Société de littérature est parfois conviée aux mêmes événements que la Société royale des arts de la scène, n'est-ce pas ?

— Encore une fois, oui. Malheureusement, je m'associe parfois à la SRAS et au balai géant qu'ils ont collé dans le derrière. Je répète : pourquoi ?

— J'ai besoin des coordonnées de l'actuel président de la SRAS. J'ai déjà essayé sur Internet. C'est comme chercher des informations sur un agent des services secrets.

Il y eut une pause et un bruit de mastication tandis que Sarah prenait une bouchée de céréales.

— J'imagine que je peux te trouver ça. Est-ce que j'ai envie de savoir ce que tu as en tête ?

— J'ai juste...

Lainie regarda sa tasse de thé intacte. Elle ne pouvait pas s'effondrer. Elle ne le ferait pas. C'était trop important. C'était sa vie qui était en jeu.

— Je dois arranger quelque chose.

— Je vois. (Sarah hésita.) Tu m'avais dit que Richard aspirait à devenir le futur président de la SRAS, non ?

— Oui, c'était le cas. (Lainie soupira et repoussa une mèche de cheveux.) C'est une longue histoire, et plutôt sordide. Je te raconterai tout quand je saurai comment cela va se terminer.

Espérons que cela se termine bien.

— Tu as intérêt. Bon, donne-moi une minute. Je passe quelques coups de fil et je te rappelle.

Après avoir reçu une adresse d'une Sarah amusée, qui trouvait la situation très drôle, comme un film d'espionnage, Lainie claqua ses économies en prenant un taxi pour Mayfair. Il lui restait encore quelques heures avant de devoir se rendre au théâtre pour une répétition avec les trois personnages principaux.

À ce stade, ce moment s'annonçait comme une grande partie de plaisir. Will avait laissé deux messages sur son répondeur. Il semblait ivre sur le premier et sur la défensive sur le second. Elle les avait supprimés tous les deux, le coupant au milieu d'excuses déplacées. Elle avait essayé d'appeler Richard, mais son téléphone était éteint. Le téléphone fixe de son domicile avait sonné huit fois avant qu'une femme essoufflée décroche, donnant l'impression d'avoir monté l'escalier en courant ou d'avoir été interrompue en plein orgasme. Heureusement, elle s'était présentée comme la femme de ménage de Richard, sauvant ainsi son patron de la castration.

Non, Mme Hunt était désolée, mais Richard ne serait pas disponible de toute la matinée. Il avait une réunion avec son agent et une équipe de relations publiques.

Ce n'était pas bon signe.

Lainie regarda tristement par la vitre de la voiture. Comme d'habitude, il pleuvait. Le temps était si humide et brumeux qu'elle fut incapable de se repérer pendant la majeure partie du voyage. Elle essaya d'identifier des magasins et des lieux familiers, gardant son esprit concentré sur l'instant présent pour éviter de s'aventurer vers des pensées dangereuses qui lui nouaient le ventre.

Jeremy Steinman, l'actuel président de la SRAS, était un avocat à la retraite qui vivait dans une maison de maître divisée en appartements. À son grand soulagement, il était chez lui. Elle avait peu de patience pour les aléas aujourd'hui. Un grand et bel homme qui approchait des soixante-dix ans l'observa avec un regard brillant de curiosité alors qu'ils se serraient la main.

— Non pas que je ne sois pas heureux de recevoir la visite d'une princesse en titre de la scène londonienne, dit-il en souriant, mais à quoi dois-je cet honneur inattendu ?

Lainie n'avait pas vraiment réfléchi à cela. Elle avait juste besoin de faire... quelque chose. Après sa rupture avec Will, elle s'était laissée aller à s'apitoyer sur elle-même de façon honteuse, mais perdre Richard était inacceptable. De plus, elle refusait de détruire les efforts qu'il avait fournis pour atteindre l'objectif de sa vie.

Elle pouvait au moins essayer de réparer cela.

Son intention était d'évaluer la situation à son arrivée et de voir par elle-même quel type d'homme était Steinman. S'il était un autre Westfield, la mission était vaine.

Elle était donc soulagée de constater qu'il n'avait rien à voir avec Westfield. Les yeux bruns de Steinman étaient clairs et gentils. Il y avait une dignité de gentleman dans la façon dont il la regardait. Elle considérait que le risque qu'il la pelote sous la table était égal à zéro.

Elle s'était préparée à laisser sa dignité sur le seuil de la porte, à lui passer de la pommade et à lui lécher les bottes s'il le fallait. Après quelques minutes de conversation avec Steinman, elle décida de se montrer honnête. Acceptant son invitation, elle s'assit sur une chaise confortable et lui raconta son dîner abrégé avec Westfield la veille : la façon dont il s'était comporté à son égard, sa séparation avec Richard et la fatalité qui semblait avoir réduit à néant les chances de ce dernier de succéder à Steinman.

— J'ai conscience de ne pas me comporter de manière très honorable non plus, admit-elle sans détour en croisant nerveusement les jambes. Je ne devrais pas être ici à vous raconter ces histoires, mais il serait injuste que la nomination de Richard soit compromise à cause de cet incident. J'ignore s'il est le premier sur la liste des candidats. (Elle s'arrêta, mais le visage de Steinman resta imperturbable.) Il devrait néanmoins avoir sa chance. Il est ambitieux et... atrocement impoli parfois, c'est vrai, mais il veut faire bouger les choses et il est intègre.

Elle ne jugea pas nécessaire d'ajouter « contrairement à certaines personnes », estimant que le sous-entendu était suffisamment clair.

Sa décision d'aborder Steinman lui sembla désastreusement impulsive alors qu'il la contemplait en silence. Enfin, il sourit tristement et dit :

— Troy est un homme chanceux. (Il reprit son sérieux.) Tout d'abord, je vous présente mes sincères excuses, mademoiselle Graham, au nom de la SRAS, pour le comportement scandaleux de M. Westfield hier soir. Sachez que cet incident ne sera pas étouffé. De plus, je ne suis pas libre de commenter la décision en suspens concernant mon successeur, mais je vous assure que Troy ne sera pas laissé pour compte à cause des rancunes de l'un de nos membres – peu importe le poste occupé par cette personne au sein du comité.

Elle eut le sentiment que Steinman n'était pas un grand adepte du monde dans lequel il évoluait. Peut-être était-ce la raison pour laquelle il se retirait de ses fonctions.

Lainie ne souhaitait pas particulièrement boire de café, mais elle accepta l'offre aimable de Steinman et resta avec lui près d'une heure pour discuter d'un certain nombre de pièces de théâtre et d'expositions en cours. Cela lui sembla moins mélodramatique que si elle était entrée chez lui, l'avait pointé d'un doigt accusateur et était ressortie aussitôt.

À mi-chemin de l'arrêt de bus, elle changea d'avis et se dirigea vers le quartier des théâtres. Elle se sentait trop nerveuse pour rester allongée dans son appartement. Elle préférait se mettre au travail plus tôt et trouver quelqu'un qu'elle obligerait à lire des dialogues avec elle.

Cela lui vaudrait peut-être quelques points auprès de Bennett par la même occasion.

Elle fut soulagée de ne trouver que quelques touristes devant la porte latérale du Metronome. Elle s'arrêta pour des autographes et des selfies, produisit un sourire de Mona Lisa et une réponse vague aux questions sur Richard, puis se dirigea directement vers sa loge. Une équipe d'ouvriers effectuait des réparations aux étages supérieurs et elle était soulagée de pouvoir s'éloigner du bruit. Son humeur était suffisamment précaire sans qu'elle doive supporter le bruit du marteau-piqueur et de la perceuse.

Assise devant sa coiffeuse, Lainie consulta sa montre. Il était trop tôt pour que Meghan soit arrivée. Elle se demandait si Margaret était là.

Elle était là depuis moins de trente secondes lorsque la porte s'ouvrit sans avertissement.

— Avant de me balancer ça à la tête, déclara Will en désignant le poudrier qu'elle tenait à la main, écoute-moi.

Les doigts de Lainie se serrèrent jusqu'à ce que ses articulations blanchissent.

— Sors.

— Non. (Le visage de Will était pâle. Il s'appuya contre la porte comme s'il anticipait son prochain geste.) Écoute.

— Toi, écoute. (Lainie se leva, tellement en colère contre lui qu'elle tremblait.) Je ne sais pas à quoi tu pensais. (Elle laissa échapper un rire las.) Sincèrement, je ne sais pas ce que tu cherchais en faisant ça.

— Je ne le sais pas non plus ! explosa Will.

Il passa une main dans ses cheveux habituellement impeccables, et le geste lui rappela tellement Richard que Lainie retint son souffle.

— Je ne sais pas, répéta-t-il plus doucement.

Il grimaça.

— J'étais énervé. Dans tous les sens du terme. Il y avait ces paparazzis, et c'est juste...

— Sorti ? suggéra Lainie avec une ironie mordante.

— Est-ce que ça aiderait si je répétais que je suis désolé ?

— Ce n'est pas à moi que tu dois des excuses.

— Je ne m'excuserai pas auprès de Troy. Tu peux toujours courir !

Lainie se sentit soudain très fatiguée.

— Je ne m'attendais pas à ce que tu le fasses.

Will tendit la main et lui toucha le bras.

— Lainie...

Elle le repoussa.

— Non. Ça n'aiderait pas que tu dises encore une fois que tu es désolé, parce que tu ne l'es pas. Pas vraiment. Je suppose que c'est exactement ce que tu cherchais. J'espère simplement que tu n'espérais pas que je me tourne vers toi pour trouver du réconfort après m'être fait larguer par Richard.

— Je te l'ai déjà dit, murmura-t-il en rougissant, je ne pensais à rien en faisant ça.

— Ça, au moins, c'est plausible.

Will plissa les yeux.

— Alors, il a rompu ? (Lainie ne répondit pas et il haussa les épaules.) Ce n'est pas plus mal.

— Merci pour ce commentaire impartial, répliqua-t-elle d'un ton sarcastique, mais je ne me souviens pas t'avoir demandé ton avis.

— Lainie, est-ce que tu veux juste...

Elle le coupa, exaspérée.

— Jusqu'à la fin de mon contrat, je t'aimerai et mourrai pour toi sur scène, mais lorsque le rideau tombera, tu n'existeras plus à mes yeux. Nous n'avons plus rien à nous dire.

Le mélodrame n'était pas l'apanage des hommes après tout.

Elle secoua violemment la tête quand il commença à protester.

— Sérieusement, comment as-tu pu ? Comment as-tu osé rendre publique une information que tu savais confidentielle... et blessante ? Pas seulement pour lui, mais pour moi aussi. Après tout ce que tu as déjà fait ! C'est terminé, Will.

Il prit quelques inspirations rapides. Puis il se retourna brusquement et partit en fermant la porte derrière lui.

Lainie se laissa retomber sur le tabouret de sa coiffeuse et ferma les yeux. Elle resta assise un long moment sans rien faire. Elle avait été intime avec Will. Non seulement au lit, mais en passant du temps avec lui. Par leurs caresses, leurs baisers, leurs discussions, elle avait partagé une part d'elle-même avec lui. Elle ne l'avait pas aimé, mais elle était attachée à lui. Elle avait été attirée par lui.

À présent, ce sentiment lui semblait si négligeable qu'elle n'arrivait plus à s'identifier à cette version d'elle-même. La Lainie d'il y avait quelques mois seulement était une étrangère appartenant au passé, une fille qui n'avait aucune idée de ce qu'elle risquait de compromettre avec cette liaison.

La femme qu'elle était devenue savait ce qu'elle voulait – et elle avait bien l'intention de reconquérir Richard. Elle opposerait sa personnalité à la sienne chaque jour s'il le fallait.

Mais il avait le droit d'être profondément en colère. Et elle le connaissait. Même sous son meilleur jour, on ne pouvait pas dire que Richard avait le pardon facile. Il ne lui faciliterait pas la tâche.

À midi, elle entendit les autres membres de la distribution et de l'équipe arriver, mais elle soupçonna que Richard mettrait un point d'honneur à être encore plus en retard que d'habitude.

Sa supposition se révéla exacte. La répétition de la scène principale avait commencé depuis déjà dix minutes lorsqu'il daigna se présenter. Il ignora la fureur de Bennett et s'inséra avec fluidité dans la scène. Lainie l'observa du coin de l'œil tandis qu'elle poursuivait son échange avec Chloe. Il avait l'air épuisé. C'était l'un des rares domaines dans lesquels les hommes étaient lésés en société : aucune chance de camoufler leurs défauts sous du maquillage à moins d'être en costume. Elle avait appliqué environ un demi-flacon de correcteur sur ses propres cernes.

Il était également d'une humeur massacrante – même Bennett semblait tempéré en comparaison. À la fin du premier acte et de la quatrième explosion sarcastique de Richard, des chuchotements se firent entendre parmi l'équipe. Sur scène, Will avait les lèvres serrées et Chloe, habituellement patiente, commençait à avoir l'air un peu fatiguée. Lainie resta stoïque et immobile, aidée par le fait que la mauvaise humeur de Richard ne se retourna jamais contre elle. En ce qui la concernait, il était revenu à son état précédent qui consistait à ignorer son existence.

Avec un regard irrité en direction de Richard, Bennett annonça une pause.

— J'ai l'air d'une fichue nourrice aux yeux de l'un d'entre vous ? Si tu as l'intention de continuer à balancer tes jouets hors du parc, Troy, ajouta-t-il méchamment, on peut toujours te trouver une autre aire de jeu.

Richard essuya la sueur sur son front avec le dos de son poignet et vida une bouteille d'eau. Il ne prit même pas la peine de montrer qu'il avait entendu la pique.

Marmonnant dans un souffle, Will le frôla et Richard, glacial, le foudroya des yeux. Cependant, il ne dit rien et Will poursuivit son chemin vers les coulisses avec un regard en arrière, légèrement inquiet.

Chloe jouait avec les pointes de son carré chic et observait Lainie et Richard avec incertitude.

— Tu viens prendre un café avec moi ? proposa-t-elle à Lainie.

Celle-ci lui sourit.

— Non merci. Peut-être plus tard.

Les yeux de Chloe revinrent à Richard. Il ajustait les sangles autour du manche de son épée avec des mouvements saccadés.

— D'accord, dit-elle avant de disparaître dans la même direction que Will.

Lainie se dirigea vers Richard et effleura délibérément son épaule de son bras. Les muscles de sa mâchoire se contractèrent sous son épaisse barbe.

— Dans le cadre de ma nouvelle politique de transparence, sache que j'ai partagé un café et un biscuit avec Jeremy Steinman ce matin.

Son armure de glace se fissura dès la première tentative. Elle s'autorisa un petit sourire satisfait quand il se retourna vers elle.

— Tu as fait quoi ? (Son expression était incrédule.) Où as-tu rencontré Steinman ?

— Dans le rayon pyjamas de Primark. On a découvert qu'on était tous les deux adeptes de la grenouillère cette année. (Lainie leva les yeux au ciel.) Dans son salon, chez lui.

— Tu es allée… (L'espace d'un instant, Richard sembla manquer de vocabulaire. L'homme avait encore tellement à apprendre d'elle.) Comment as-tu su où il habitait ?

— J'ai mes méthodes, Watson.

Lainie se baissa pour ramasser la deuxième bouteille d'eau de Richard. Il ne plaisantait pas avec l'hydratation. Elle fit sauter le sceau du bouchon et prit une gorgée.

— Il est très gentil. J'ai été rassurée d'apprendre que la SRAS ne transforme pas tous ses membres en vieux pervers libidineux. Je commençais à m'inquiéter pour ton avenir.

Richard lui arracha la bouteille d'eau.

— Prends ta propre bouteille. Pourquoi as-tu appelé Steinman ?

— Pour lui parler de l'idée que se fait son vice-président d'un dernier verre après le dîner. (Lainie chassa une poussière de son pull et ferma le poing en constatant que ses doigts tremblaient.) Et pour me porter caution de ta personnalité au cas où il aurait l'impression que tu es un petit con irresponsable, impatient et sarcastique. Ce qui n'est qu'en partie vrai.

— On est en forme à ce que je vois.

L'observation était froide.

— Pourquoi ne le serais-je pas ?

Le sourire de Lainie était la métaphore d'une parade dans un duel. Défiant. Et personne ne pouvait percevoir la peur qui se cachait en dessous, parce qu'elle était une foutue bonne actrice. Même Richard l'avait dit, d'une manière détournée et un peu nuancée, certes, mais il l'avait dit.

— Tu avais tout à fait raison hier.

Richard plissa les yeux. Il se contenta de hausser les sourcils, ne cédant pas une once de terrain.

— Tu n'as aucune idée de ce dans quoi tu t'es embarquée.

Bennett se laissa tomber sur son siège et elle reprit sa position sur la scène.

— Au fait, ajouta-t-elle en regardant par-dessus son épaule, tu te trompais aussi hier. (Il resta complètement immobile.) Nous n'avons jamais joué un rôle l'un avec l'autre, toi et moi.

Selon Bennett, la répétition du deuxième acte fut tout aussi désastreuse que la première. Richard cessa de se comporter comme un vieux grincheux, mais semblait distrait à présent. Pour la première fois depuis qu'ils avaient commencé à jouer cette pièce, il se fit reprendre sur l'une de ses répliques, ce qui eut au moins pour effet de le sortir de sa rêverie. Le souffleur n'eut droit qu'à très peu de reconnaissance pour son aide et s'attira même un regard noir de sa part.

Et la scène d'amour entre Lainie et Will – jusque-là gênante pour au moins un des participants – eut pour effet de mettre tout le monde mal à l'aise. Will faillit embrasser le menton de Lainie au lieu de sa bouche, ses yeux continuant à chercher la présence sombre et menaçante derrière son épaule. La main de Richard se resserra autour de sa chope avec une telle force que la poignée se fissura et qu'une assistante dut aller en chercher une autre. Chloe continuait à dévisager ses partenaires avec un air anxieux.

Finalement, Bennett mit un terme à la répétition avec un dégoût total.

— Ne pensez pas partir d'ici. Apportez-moi un café ! ordonna-t-il à Margaret qui leva les yeux au ciel en s'éloignant. Les doublures ont une répétition du deuxième acte. Ainsi, nous pourrons comparer les performances et nous demander pourquoi diable les plus gros cachets vous reviennent à vous quatre. À 15 heures, nous nous attaquerons aux quatre dernières scènes. Faites en sorte qu'elles aient moins l'air d'une parodie. Le public de ce soir a payé pour voir une production de Bennett, pas un spectacle de fin d'année à la maternelle du coin.

Lainie suivit Chloe dans les coulisses, soulagée de s'éloigner des feux de la rampe et du regard critique de Bennett pendant quelques instants. Elle était gênée que les tensions dans sa relation soient exposées et disséquées par ses partenaires de scène.

Will essaya de lui parler à nouveau, mais elle échappa à son emprise. Richard passa devant eux sans leur accorder un regard.

Elle retourna dans sa loge. Elle avait besoin de rassembler ses esprits, de vider sa réserve de chocolat et de se concentrer sur son jeu. Ils ne pourraient pas se comporter de la sorte sur scène ce soir. Ses exigences professionnelles n'étaient pas obligées de passer par la fenêtre en même temps que sa liaison avec Richard.

Dans un éclair d'espoir ridicule, son souffle se bloqua lorsque quelqu'un frappa à sa porte. Elle recouvra rapidement la raison, cependant. Richard ne viendrait la chercher qu'en cas d'extrême urgence, et il ne frapperait poliment avant d'entrer dans aucune circonstance.

— Entrez.

Si c'était Will, elle lui lancerait son poudrier au visage cette fois-ci.

La porte s'ouvrit et Lynette Stern entra. Elle examina Lainie, affalée devant sa coiffeuse, puis s'assit sur un fauteuil et se servit quelques chocolats.

— On dirait qu'on traverse notre première crise.

Lainie sauva les chocolats restants avant que Lynette puisse manger tous ceux fourrés à la crème de fraise. Elle fit une pile de ses favoris sur la table. Elle passait une mauvaise journée. La perspective de se consoler avec le sexe était extrêmement mince, alors elle aurait besoin de tout son quota de chocolat.

— Sans vouloir t'offenser, je ne me souviens pas d'avoir accepté un ménage à trois. « Nous », c'est Richard et moi. Nous avons cessé d'être la propriété des relations publiques il y a un certain temps. Et je ne pense pas qu'il perçoive la situation avec autant de légèreté.

— Et comment, exactement, « la situation » s'est-elle produite ? (Lynette mordit avec méfiance le coin d'un chocolat et scruta l'intérieur.) Richard est beaucoup trop malin pour parler à la presse de son père. Je n'étais pas au courant de ce détail problématique de son histoire. Il ne semble pas être un habitué des confidences autour d'une tasse de thé. La logique fait donc de toi le maillon faible.

Cela ne contribuait pas à lui remonter le moral, mais il était difficile de contester.

— C'était ma faute, oui.

Inutile de mentionner la participation de Will. Elle restait la première coupable et elle ne tenait pas à avoir affaire à lui pour le moment. Elle soupira.

— À quel point est-ce grave ?

— C'est regrettable. Si ce suicide avait été moins controversé, déclara Lynette avec une insensibilité effroyable, j'aurais facilement pu retourner cette histoire à l'avantage de Richard. Le père se suicide parce que la mère se comporte comme une traînée. Le pauvre fils reçoit toute la sympathie du public.

— Aimer le sexe ne fait pas de vous une traînée, objecta Lainie, je dis ça en passant.

Lynette ignora son intervention.

— Cependant, personne n'aime les politiciens véreux. Les gens n'aiment pas trop qu'on détourne les fonds publics.

Lainie écrasa accidentellement un caramel dans son poing fermé.

— Est-ce que ça a été publié ?

Satané Richard. Il avait toujours raison.

— Il y a eu de sommaires allusions à des affaires pas claires. Pas de détails. Quelqu'un a essayé de creuser le sujet, mais la plupart des archives ont été scellées par le gouvernement précédent. La presse en a assez pour broder, mais elle ne dispose d'aucune preuve concrète.

Elle se mordit la lèvre inférieure.

— Est-ce que cela peut avoir un gros impact pour Richard ?

— Les conséquences sur sa carrière devraient rester minimes. La plupart des gens s'attendent à ce qu'il y ait quelques squelettes dans le placard Troy. À l'heure actuelle, il est le personnage sombre et acariâtre du plus beau couple du West End. Le lecteur de blog lambda ne s'intéresse pas aux potins vieux de vingt ans. Il préfère spéculer sur ce qui se passe derrière les portes closes lorsque vous disparaissez dans son appartement.

Lainie ne se fia pas trop à ces paroles. Elle pouvait déjà entendre le « mais » géant qui se profilait. Elle avait presque peur de demander.

— Et pour la présidence de la SRAS ?

— Il est trop tôt pour le dire, mais j'ai fourré mon nez dans quelques nids et de petits oiseaux me disent qu'il est toujours le candidat préféré de Jeremy Steinman. Steinman a une influence considérable. Cela n'aiderait pas non plus le comité s'il punissait ouvertement le fils pour les péchés du père. Il est assez notoire, dans les cercles haut placés, que Richard ne partage pas les préjugés de son père. (Lynette hésita.) Je devrais toutefois t'avertir que lorsque j'ai quitté Richard, il y a cinq minutes, il recevait un appel d'un secrétaire ministériel à propos de la conférence du mois prochain. De prime abord, ça n'avait pas l'air d'être de bonnes nouvelles.

— Oh, merde.

— Je comprends ta réaction. (Lynette déballa un autre chocolat.) Je te pardonne donc cette grossièreté.

— C'est aimable de ta part, rétorqua Lainie en marchant d'un pas lourd vers la porte.

Quelle journée horrible !

Elle retrouva Richard dans un couloir à l'extérieur du foyer des artistes où résonnait encore le bruit de la perceuse. Il venait de terminer un appel et glissait son téléphone dans sa poche arrière.

— Qu'ont-ils dit ? (Elle scruta son visage avec anxiété, essayant de lire ce qu'il ressentait derrière son air moqueur et distant, cherchant une trace de la lueur qui lui avait provoqué des frissons ces derniers jours.) Ils n'ont pas annulé ton intervention à la conférence, si ?

— Si, ils l'ont fait. (Sa voix était distante.) C'est compréhensible. Le ministère veut que la presse reste concentrée sur son programme, pas sur l'ironie du sort qui veut que le fils de Franklin Troy agite une bannière pour obtenir davantage de financements culturels alors que son père a manipulé le système pour détourner de l'argent – sans parler du travail médiocre qu'il a accompli.

D'un air absent, elle tendit la main et saisit son pull, lui arrachant quelques poils au passage, espérait-elle, ce qui aurait justifié son mouvement de recul.

— Qu'est-ce que je peux faire pour t'aider ?

— Rien. (Il haussa les épaules.) Il faut tourner la page et passer à autre chose.

Son indifférence aurait été plus difficile à encaisser si elle n'avait pas vu son regard. Pour la première fois de sa vie adulte, les capacités d'acteur de Richard Troy le laissaient lâchement tomber. Lainie retint son souffle.

Avant qu'elle puisse répondre, un assistant passa la tête par la porte du foyer et retransmit en termes polis l'ordre de Bennett de retourner sur scène.

— Euh, le plus tôt possible, ajouta le gamin en leur lançant un regard gêné. Maintenant, en fait. Vraiment.

Richard s'apprêtait à s'éloigner mais elle le retint par le bras, ignorant son regard excédé.

— Ce n'est pas fini, dit-elle sur un ton d'avertissement.

Il la dévisagea encore longuement avant de se retourner brusquement et de partir.

Bennett déjoua toutes les tentatives de rapprochement de Lainie en devenant complètement névrotique. Il refusa qu'un seul des acteurs sorte de son champ de vision et commença à exiger que leurs pairs critiquent leur performance, comme ils le faisaient lors des exercices de groupe à l'école de théâtre. S'il n'était pas trop absorbé par sa propre personne pour se soucier de la vie sexuelle de ses serviteurs, Lainie l'aurait soupçonné de délibérément compliquer les choses. Pendant la dernière heure avant qu'ils doivent se maquiller et s'habiller, il força Richard et Chloe à s'asseoir dans le public et à observer le « manque total d'alchimie » entre Lainie et Will. Richard avait les jambes étirées devant lui, une cheville croisée sur l'autre. Lorsque Bennett leur demanda d'exprimer des critiques constructives sur la scène d'amour qu'ils venaient de voir, il lança un regard noir au metteur en scène, si cinglant qu'il aurait pu émousser un diamant.

Ce ne fut pas la meilleure représentation, mais ils réussirent néanmoins à la mener à terme sans incident. Lainie avait l'intention de s'attaquer de nouveau à Richard après le tomber de rideau, mais elle fut prise dans une embuscade par sa belle-sœur Victoria et deux de ses amies dont elle avait complètement oublié la venue. Elle ne s'en serait pas préoccupée plus que cela s'il s'était agi de Sarah, mais Vicky avait tendance à exprimer ses opinions, souvent inopportunes, sans qu'on le lui demande.

— Où est Richard ? demanda-t-elle en parcourant sa loge du regard et en jetant un coup d'œil sous la coiffeuse comme si elles les avaient interrompus au beau milieu de leurs ébats et qu'il pouvait se tenir nu en dessous.

Lainie puisa dans le peu de patience qui lui restait.

— Il est rentré.

Sa belle-sœur vérifia sa montre et échangea un regard complice avec les autres femmes.

— Il ne traîne pas, hein ?

— Il a une réunion très tôt demain matin, mentit-elle avec raideur, mais cette tentative ne fit qu'intensifier leurs sourires.

— Ah..., dit Vicky.

Une autre qui mord la poussière, disait son expression.

Lainie sourit sereinement devant l'épouvantable choix de son frère.

Intérieurement, elle se roula en boule et tendit la main vers la cuillère dans le pot de glace.

Richard fut tiré du sommeil à 9 heures par son téléphone, après être resté éveillé jusqu'à près de 5 heures du matin. La première chose que sa conscience perçut fut une lointaine odeur de parfum. Sa vision était floue. Ses yeux étaient rouges et irrités à cause du manque de sommeil.

Rouge. Il avait toujours associé son père à la couleur rouge. La teinte pourpre du whisky. La tache de sang rouge.

Le rouge de la honte.

Rouge. Les cheveux de Lainie, lisses et soyeux autour de ses doigts. Il crispa la mâchoire alors qu'il fixait le plafond.

Tout était éphémère. Le mal ne durait pas...

Visiblement, le bien non plus.

Sans regarder le téléphone, il tendit la main et le prit sur la table de chevet.

— Oui ?

Son ton n'encourageait pas la conversation. Il fonctionnerait à la caféine et à l'obstination aujourd'hui.

— Richard ? C'est Greg. N'étions-nous pas supposés nous voir ce matin ? Je suis devant votre porte, mais personne ne répond.

Merde. Richard rejeta la couverture et attrapa le pantalon qu'il avait laissé par terre.

— Je ne me suis pas réveillé. Désolé. J'arrive dans deux minutes.

Lorsqu'il ouvrit la porte d'entrée, son assistant tenait une mallette dans une main et un plateau de cafés ainsi qu'un sachet de boulangerie dans l'autre. Les journaux quotidiens étaient coincés sous son coude. Richard regarda les gobelets jetables et sa bouche forma un sourire.

— Attendez-vous à une prime pour Noël. Je vais prendre une douche et je vous retrouve dans le bureau.

Ils avaient traité la moitié du tas de contrats de subventions financières, et Greg Worth avait encore doublé le montant de sa prime à venir en s'abstenant de mentionner les gros titres des tabloïds du matin, quand la sonnette retentit. Richard sursauta et froissa involontairement le document qu'il avait à la main.

Greg lui jeta un coup d'œil.

— Vous voulez que j'aille voir ?

— Merci.

Il essaya de nouveau de se concentrer sur le contrat, mais les mots formaient un brouillard illisible. Il le jeta sur le bureau avec dégoût et se retourna.

Lainie devança Greg, lui offrant un sourire poli quand l'autre la salua d'un signe de tête avant de fermer la porte derrière elle.

— Bonjour.

Sa voix était calme.

Richard nota ses yeux gonflés qu'elle avait essayé de cacher avec du maquillage. Ses cheveux étaient tressés en une longue et épaisse natte qui tombait sur l'une de ses épaules et elle portait un bonnet en laine – probablement tricoté à la main par Rachel Graham. Il avait aperçu un panier de laine et des aiguilles à tricoter chez ses parents. Lainie venait du genre de famille où les gens se fabriquaient des choses les uns pour les autres, tout simplement parce qu'ils en avaient envie.

Ils venaient de deux mondes opposés.

— Bonjour. (Il s'assit sur le bord du bureau et inclina la tête en direction d'un fauteuil en cuir.) Tu veux t'asseoir ?

La nervosité de Lainie se dissipa rapidement pour se transformer en une étincelle plus familière.

— Non. (La ligne de sa jolie bouche était mutine.) Je veux que tu arrêtes de me traiter comme si j'étais une contrôleuse des impôts.

Il l'examina.

— Si tu étais ici pour un contrôle fiscal, je t'aurais offert un café.

Une rougeur monta dans son cou, et le désir de la suivre des lèvres lui tordit le ventre.

Elle inspira profondément, recouvrant lentement sa patience. Elle leva le menton vers la porte fermée.

— C'était ton assistant ?

— Oui.

— Il est très poli. J'en déduis que tu ne lui as pas dit ? (Elle le regarda avec éloquence.) Que tu penses que nous avons rompu.

Elle savait quels leviers activer pour le faire réagir et elle en avait conscience, mais il ignora cette provocation.

— Ce n'est pas son affaire. C'est mon assistant, pas mon psy.

Elle allait répondre, mais s'interrompit.

— Tu as un psy ?

— Je le consulte de temps en temps depuis l'âge de quatorze ans. (Il haussa les épaules.) J'étais prêt à accepter toutes les suggestions pour minimiser le risque de devenir comme mon père. (Il haussa les sourcils devant le regard curieux de Lainie.) Quoi ? Tu désapprouves ?

— Non, pas du tout. Je me disais simplement que je ne t'accorde pas assez de crédit.

Troublé, il bougea avec irritation et sortit un journal de la pile sur le bureau.

Lainie baissa les yeux dessus.

— Autre chose est sorti aujourd'hui ?

Ce serait le cas, inévitablement. Les médias étaient implacables. Ils ne laissaient pas facilement tomber un sujet rentable.

— Je n'ai pas regardé.

Elle tira fort sur le bout de sa tresse.

— J'ai reçu un appel d'un journaliste ce matin. Il voulait savoir si je te soutenais en cette période difficile... (Elle sembla à peine capable de le dire à haute voix :) ... ou si je fuyais le navire qui coulait. Ce sont ses mots. Il m'a laissé trois autres messages depuis.

Un accès de fureur pénétra la sensation glaciale qui comprimait sa poitrine.

— Quel était son nom ?

— Anthony... quelque chose.

— Sutcliffe ?

— Oui, c'est ça. Tu le connais ?

— Il travaille habituellement pour la revue *London Arts*, mais ils ne sont pas du genre à aimer le sensationnalisme à bas prix. Il a dû se lancer en tant qu'indépendant. Je m'en occuperai. Ne t'inquiète pas, il ne te harcèlera plus.

Elle s'approcha de lui, cherchant à toucher son bras. Il baissa les yeux sur ses doigts. Il voulait les tenir. Il les voulait dans ses cheveux, sur sa bouche, dans son dos, sur son torse.

Elle devait partir.

Il prenait de nouveau ses distances. Elle pouvait presque voir le masque de glace recouvrir à nouveau son visage après sa réaction protectrice lorsqu'elle lui avait parlé de ce journaliste.

— Richard...

Seigneur, elle ne savait pas quoi dire.

Elle s'était sentie si déterminée à son réveil ce matin. Si forte, vraiment. Elle pensait pouvoir venir ici et le forcer à lui pardonner.

Elle s'était préparée à se heurter à son armure habituelle, sa carapace givrée et ses commentaires arrogants. Elle ne s'attendait pas à ce qu'il ait l'air si... éreinté.

— Je suis désolée. (Elle serra son bras et il ne la repoussa pas cette fois-ci. Il ne fit rien.) Tu sais que je suis désolée. Je ne te ferais jamais de mal volontairement. Tu en as conscience. Je sais que tu as tendance à ne pas écouter les autres quand ils parlent, mais tu me connais suffisamment pour être sûr de cela, à présent.

— Lainie...

— Que puis-je faire ? (Elle se mordit la lèvre, très fort.) Sérieusement, que puis-je faire ? Je ne peux pas... je ne peux pas revenir en arrière. Je ne peux pas les empêcher d'écrire sur le sujet.

— Tu crois que c'est ce qui compte à mes yeux ?

Les mots semblaient lui avoir été arrachés de force. Il se pencha et ramassa le journal, l'ouvrit brusquement. Sur la troisième page, il y avait un long article au titre scabreux. *Richard Troy se souvient du moment où il a trouvé le corps de son père.*

— Faux, comme d'habitude. Heureusement, ce n'est pas moi qui l'ai trouvé. C'était un lundi. En rentrant de l'école, je devais me rendre au bureau de mon père le lundi après-midi pour évoquer mes réussites de la semaine précédente, et ce que je pouvais améliorer pour la suivante. (Il retroussa les lèvres.) J'étais en retard. J'ai été retenu chez un ami. C'est la femme de ménage qui l'a trouvé. Elle s'est mise à hurler comme dans un épisode de *L'Inspecteur Barnaby.*

Lainie était horrifiée.

— Avait-il l'intention que tu le trouves ?

— Non. Cela ne lui serait pas venu à l'esprit. Je doute qu'il ait seulement pensé à moi ce jour-là.

Richard s'assit à nouveau sur le bureau.

Comment pouvait-il être si calme à ce sujet ? Il devrait être outré.

Il méritait tellement mieux.

— J'ai honte de lui. (Il n'y avait aucune chaleur dans la déclaration.) Pas à cause du suicide, mais pour tout ce qu'il a fait avant, tout ce qu'il était. C'est honteux.

(Il croisa son regard.) Mais je fais de mon mieux pour qu'il n'ait pas d'influence durable sur ma vie. Ni sur moi ni sur quiconque. La presse peut dire ce qu'elle veut. Ils peuvent révéler la vérité au grand jour, ils peuvent inventer quelque chose de plus vendable... Si ça se trouve, ça boostera même ma carrière. Un passé sombre intéressant. Enfin, on connaît la raison qui explique son comportement de salaud.

— Mais...

— Mais c'est venu de toi. (Il secoua la tête avant qu'elle ait pu l'interrompre.) Je sais. Je sais que tu ne l'as pas fait exprès, Tigrou.

Au son de ce surnom stupide, la gorge de Lainie se serra. Elle ressentit une sensation de brûlure au niveau des yeux et passa son pouce sur ses cils.

— J'éprouve toujours le sentiment de m'être fait avoir. Par ma maîtresse, ma meilleure amie et ma famille. (Il fit la grimace.) Tu es tout cela pour moi.

Oh, Seigneur ! C'était le problème quand on tombait folle amoureuse d'un acteur spectaculaire. Il savait trouver les mots pour la laisser sans voix.

— Je te faisais confiance, tout en sachant que c'était une erreur.

Aïe.

La pièce était si silencieuse qu'elle crut pouvoir entendre les battements de son cœur.

— Quelles que soient les circonstances dans lesquelles tout cela a commencé... (Richard était sinistre.) ... je refuse d'être ton lot de consolation.

— Mon lot de consolation ? répéta-t-elle.

— Farmer.

— Qu'a-t-il à voir là-dedans ?

— Je ne sais pas, qu'en dis-tu ?

— Il n'a rien à voir là-dedans. (Le visage de Richard resta de marbre. Il ne la croyait pas. Peut-être ne voulait-il pas la croire.) Est-ce que je te balance tes ex à la figure en permanence ? Quoi ? N'ai-je pas le droit d'oublier cette erreur une bonne fois pour toutes ?

— Veux-tu vraiment l'oublier ?

Le cynisme à présent.

Lainie croisa les bras, ayant autant besoin de réconfort que d'exprimer sa colère.

— Je l'ai oublié. (Elle parla lentement.) Je l'avais presque complètement oublié. J'étais trop occupée à être heureuse.

Elle cherchait les mots justes. Ils étaient là, mais elle ne pouvait pas les prononcer – pas tout de suite.

— Seigneur ! Tu m'as prise à la gorge ! (Elle baissa les yeux.) J'avais des choses à te dire et maintenant, je ne peux pas le faire sans qu'elles se transforment en monnaie d'échange. Comme si je les utilisais pour te pousser à me pardonner. À condition que tu me croies, ce qui n'est pas gagné. (Elle leva la tête, rencontra l'intensité de son regard.) Je ne déprécierai pas mes sentiments comme ça. Ils valent plus que cela.

Ces mots firent naître un éclat au fond des yeux de Richard, mais ses paroles étaient toujours teintées de cynisme lorsqu'il reprit :

— Cela ressemble à un prétexte pour te dérober.

Très bien.

— Je ferais mieux d'y aller. (Elle leva la main et laissa une distance d'un centimètre entre son pouce et son index.) Parce que tu es à ça de me mettre hors de moi, et je ne veux pas devoir te présenter encore mes excuses plus tard. (Elle se tourna vers la porte. Il était immobile, sur ses gardes.) Mais le problème n'est pas résolu. Ce n'est pas moi qui nous abandonne. (C'était un engagement.) Je ne te tournerai jamais le dos.

Elle ne fut même pas tentée de pleurer dans le métro ; elle était au-delà de ça. Heureusement, la rame n'était pas trop bondée et elle réussit à trouver un siège libre. Son esprit et ses muscles étaient épuisés.

Elle était incapable de réfléchir. Elle avait l'impression de se tenir à un carrefour de sa vie. À partir de ce moment, elle pouvait choisir entre deux voies et elle n'osait pas envisager la plus sombre par peur d'influencer le destin. Les mots ne cessaient de tourner en boucle dans son esprit : *À quoi mon avenir ressemblera-t-il s'il n'arrive pas à surmonter cette épreuve ?*

Une femme âgée s'assit en face d'elle. Elle portait un sac en filet rempli de boîtes de nourriture pour chats, ses cheveux étaient plaqués sur son crâne et son pantalon noir était couvert de poils d'animaux.

Lainie choisit de ne pas interpréter cela comme un mauvais présage.

Richard renvoya Greg rapidement après que Lainie fut partie, la tresse se balançant dans son dos, crépitant presque d'indignation et de détermination. Il resta assis dans le bureau pendant un long moment, perdu dans ses pensées. Dans un mouvement d'égarement, il alla même jusqu'à fumer l'un des cigares posés sur le bureau.

Le goût rance ne l'aida pas à éclaircir ses idées et lui donna la nausée pour le reste de la matinée.

Mais au moment où il partit pour le Metronome, son manteau boutonné jusqu'au cou pour lutter contre le froid, il se sentait enfin en accord avec lui-même.

11

London Celebrity @LondonCelebrity. maintenant
Les secours appelés au Metronome.
Nous enquêtons en direct de la scène.

— Non. Non.

Bennett jeta une liasse de papiers avec un air écœuré. Il avait abandonné son siège et faisait les cent pas sur la scène, devant un Richard visiblement agacé et un Will déconcerté. Il agrippa violemment le peu de cheveux qui lui restait. Lainie comprenait où avaient dû passer les autres.

— Troy et Farmer, sortez. Allez vous rafraîchir dans vos loges, prenez un peu de temps pour réfléchir. Regardez s'ils embauchent chez Waitrose[1]. Lainie et Chloe, pause de dix minutes avant une autre répétition de la quatrième scène.

Lainie échangea un regard avec Chloe. Elle pensait qu'ils s'en étaient plutôt bien sortis cette fois-ci. Bennett n'était visiblement pas d'humeur à être d'accord avec elle.

Will posa une main sur le bord de la scène et sauta dans la fosse – vraisemblablement pour discuter avec quelqu'un, et non pas par pure rancœur vis-à-vis de son metteur en

1. Enseigne de supermarchés en Angleterre. *(N.d.T.)*

scène. Bennett était l'équivalent de Big Brother dans le West End. Chaque fois que Lainie se retournait, il était là, observant, hurlant et critiquant. Ils avaient tous été mis en lambeaux depuis qu'ils étaient entrés dans le théâtre.

Elle rassembla finalement son courage et regarda Richard. Elle s'était comportée comme la pire des lâches depuis quatre-vingt-dix minutes, n'étant pas d'humeur à endurer une autre rencontre avec l'homme de glace. À sa grande surprise, il l'observait – et la façon dont il le faisait attisa une étincelle d'optimisme prudent en elle. Il dégageait une intensité profonde et scrutatrice. Elle ne pouvait pas dire exactement ce qu'il ressentait, mais il s'autorisait à éprouver quelque chose. C'était un pas en avant depuis ce matin.

Il jeta son épée sur le côté et se dirigea vers elle. Abandonner l'arme mortelle. Un bon signe également.

Lainie vérifia que Bennett était occupé et alla à la rencontre de Richard. Elle pouvait sentir le léger parfum de son eau de toilette – profonde, épicée et masculine. Il semblait y avoir de nouveaux plis autour de ses yeux et de sa bouche. Elle mourait d'envie de le prendre dans ses bras.

Ne sachant pas s'il la laisserait faire ou s'il la jetterait dans la fosse avec Will, elle se retint.

— Lainie...

Elle l'interrompit, parlant rapidement pour évacuer les mots avant que Richard se referme à nouveau ou dise quelque chose pour la provoquer.

— Écoute, je veux juste que tu saches : quand Will a rompu avec moi... (Elle leva les yeux au ciel.) Ou plutôt, quand il a rompu indirectement avec moi, j'étais gênée. Je n'étais pas au courant pour Crystalle, alors que d'autres l'étaient. Beaucoup de gens. Je me suis sentie bête et tellement naïve... et... petite. Mais je n'étais pas plus contrariée de perdre Will, en tant que personne, que je ne l'étais lorsque j'ai rompu avec mon premier amoureux à l'école. (Elle grimaça.) Certainement même moins. J'étais une adolescente plutôt torturée.

— Lainie, tu n'as pas à...

— Si. Pendant un bref instant, Will m'a donné la sensation que je ne valais rien. Je ne le laisserai pas te faire la même chose. En particulier parce que *tu* m'as permis de me sentir *moi* de nouveau.

La férocité dans les yeux de Richard s'atténua. Il caressa légèrement sa joue de sa main et elle sentit les larmes lui monter aux yeux.

— Richard. (C'était Margaret ; elle semblait harassée.) Désolée de vous interrompre. J'ai besoin de te parler du nouveau changement de décor.

Ses doigts se resserrèrent, lui pinçant involontairement la mâchoire avant qu'il la libère. Il retint son souffle, s'arrachant à son regard pour se tourner vers Margaret.

— Oui. Je t'écoute.

Consciente du soupçon de curiosité dans le regard de Margaret et cherchant désespérément un peu d'air frais, Lainie se dirigea vers la porte de derrière par la pièce réservée aux techniciens. Elle donnait sur une petite allée sombre pleine de mégots de cigarettes et de paquets écrasés, mais calme. Le vent fouetta ses cheveux et s'insinua sous son pull. Elle croisa les bras et passa d'un pied sur l'autre pour essayer de se réchauffer. Elle bondit presque de l'autre côté de la ruelle lorsqu'on ouvrit la porte derrière elle.

Le parfum et la sensation familière du manteau de cachemire de Richard l'enveloppèrent.

— Si tu dois rester dehors alors qu'il fait cinq degrés, mets un foutu manteau. (Il la fit pivoter, leva son menton et l'embrassa sur la bouche.) Bennett a encore pété les plombs. (Son souffle était chaud contre ses lèvres froides alors qu'il parlait.) Ta présence est requise. (Il la regarda dans les yeux.) Nous parlerons plus tard.

Il la laissa rouge, à bout de souffle et certainement pas gênée par le froid.

Certes, ce baiser n'entrait pas dans son top dix. D'une part, elle percevait toujours une pointe de colère sous la surface, et les étreintes furieuses ne l'avaient jamais enflammée, contrairement aux héroïnes de romance à l'ancienne. D'autre part, il l'avait prise par surprise et elle s'était mordu la langue.

Toutefois, pour la première fois de la journée, elle souriait lorsqu'elle retrouva la chaleur relative du couloir.

Avec Richard et Will mis au coin, l'atmosphère sur la scène était beaucoup plus détendue. Mais après avoir répété la même scène quatre fois avec Chloe sous les critiques incessantes de Bennett, Lainie rêvait elle aussi de se réfugier dans sa loge.

— Tu la méprises ! (Bennett avait l'air à bout de nerfs. Il fit un geste exaspéré à l'égard de Chloe.) Il s'agit d'une foutue vengeance, mesdames, pas d'une réunion à l'heure du thé.

Le sexisme était monnaie courante au théâtre.

Lainie fronça les sourcils, Chloe posa une main impertinente sur sa hanche et un vieux tuyau de gaz, supposé hors d'usage, explosa dans le foyer.

L'explosion n'avait pas été si alarmante. Le bruit ressemblait plus à une pétarade de voiture. Il y eut un moment de surprise hébétée.

Un vacarme atroce retentit dix secondes plus tard et fit trembler la scène. L'acoustique exceptionnelle du Metronome transporta le bruit terrible jusqu'aux sièges les plus éloignés. C'était comme si un métro avait manqué son virage à Piccadilly et était venu percuter le théâtre.

Lainie tendit la main et attrapa le support le plus proche – l'épaule de Chloe.

Dans le silence absolu qui s'ensuivit, elle entendit un léger craquement et une dispute dans les coulisses.

Puis des cris s'élevèrent.

— Qu'est-ce que c'était que ça ?

La question confuse avait été posée tout près de son oreille. Autrement, elle n'aurait pas compris les mots par-dessus la clameur grandissante.

Les hurlements de Bennett s'avérèrent utiles pour une fois. Sa voix traversa le chaos comme une corne de brume en pleine tempête.

— Tout le monde dehors. Sortez par l'entrée principale. Rassemblement dans la rue. Carson, vous faites l'appel.

— Mais... que s'est-il passé ?

Chloe semblait déconcertée.

Le fond de la scène était envahi d'ouvriers en combinaison de travail qui pressaient des personnes équipées de tablettes et de téléphones vers la sortie.

— Chloe. Lainie.

Margaret était revenue, le visage pâle, les bras tendus pour les pousser vers les rangées de sièges.

— Bon sang ! s'exclama quelqu'un dans les coulisses. Le sol s'est effondré !

Une pause, suivie d'une question autoritaire :

— Combien de personnes étaient en bas ?

— Troy et Farmer. Peut-être d'autres. Je ne sais pas. Je suis désolé, je ne sais pas.

Le sol du foyer formait le plafond des loges principales.

Lainie agit en mode automatique. Ses jambes répondaient à leur propre volonté tandis qu'elle se dirigeait vers les coulisses, vers Richard. Dans son esprit étrangement calme, il paraissait parfaitement logique qu'elle puisse simplement se pencher au-dessus du trou dans le sol et le sortir de là.

— Lainie.

Chloe l'attrapa par le coude. Une main masculine se referma autour de son bras.

Pourquoi personne ne bougeait ?

On l'entraîna en arrière. Même lorsqu'elle fut dehors, dans la rue, le vent glacial lui mordant les joues, elle ne se rendit pas compte qu'elle se débattait avec rage.

C'était arrivé trop vite. Son esprit ne parvenait pas à suivre son instinct, qui la poussait à faire demi-tour, à retourner à l'intérieur.

Les touristes la regardaient ; les gens lui parlaient. Bill, le chef des accessoires, la serrait dans ses bras, ce qui semblait un peu inapproprié. Elle lui donna un coup de pied et il hurla :

— Si vous voyez un connard en chemise de soie à l'intérieur, lança-t-il à quelqu'un avec son fort accent provincial, dites-lui de ramener son cul tout de suite et de venir s'occuper de sa copine.

Évidemment, c'était ridicule. Elle n'était pas Lara Croft. Elle finirait probablement par tomber tête la première au sous-sol. Rationnellement, elle le savait. Rationnellement, elle était consciente que d'autres personnes, y compris Will, pouvaient également être restées à l'intérieur. Sous les décombres.

Mais émotionnellement, elle n'avait aucun scrupule à se concentrer uniquement sur Richard.

Elle ignorait qu'elle l'aimait autant.

Des gens en uniforme affluaient dans le Metronome. Ils n'avaient pas de billets.

Elle avait admiré ce piège mortel. Il lui avait semblé plein de... plein de fantômes romantiques.

Elle se mit à trembler. Elle ne pouvait plus respirer.

Richard était probablement enterré sous un tas de pierres et elle subissait sa première crise de panique, au beau milieu d'une rue très fréquentée de Londres.

Le flash d'un appareil photo l'éblouit et elle grimaça.

— Lainie ?

Le visage de Chloe apparut juste devant le sien, à une proximité cauchemardesque. Toute cette scène était un cauchemar. Et Chloe avait presque quarante ans et n'affichait aucune ride sur son visage.

Comment expliquer cela ?

Lainie n'avait même pas trente ans et son front était déjà barré d'épaisses lignes d'anxiété. Elle avait probablement des pattes d'oie aussi, après cette journée.

Elle commença à recouvrer la raison et l'horreur s'abattit sur elle au même moment.

— Oh, mon Dieu, murmura-t-elle. Oh, mon Dieu, Chloe !

Chloe lui prit les mains et les agrippa fermement. Sa voix était calme et froide alors qu'elle révélait pour la première fois son visage de maman d'adolescente habituée aux crises d'hystérie.

— Tout ira bien, Lainie. (Elle secoua ses mains avec force.) Garde ton calme. Ils vont s'en sortir.

L'attention de Lainie se reporta sur la façade du théâtre. Elle avait l'air si innocente. Si elle regardait au-delà du niveau de la rue, où les secours s'amassaient dans une frénésie totale, cette journée ressemblait à n'importe quelle autre.

Elle n'osait même pas cligner des yeux, de peur que son monde ne s'effondre lorsqu'elle fermerait les paupières.

Pour preuve du calvaire qu'avaient représenté ces deux derniers jours, la première chose que ressentit Richard lorsque sa loge s'effondra sur lui fut de l'irritation.

Sa connexion Wi-Fi ne cessait de couper, ce qui, quelques secondes plus tôt, lui était apparu comme la goutte d'eau de trop qui s'ajoutait à la montagne de problèmes qu'il avait dû gérer depuis quarante-huit heures. Il était presque à la porte, en quête d'un signal plus fort, lorsque le théâtre s'était transformé en enfer. Ce fut une implosion plutôt qu'une explosion. La pièce sembla se contracter, se repliant sur elle-même comme si elle sortait de *Matrix* avant de s'écrouler.

Il finit par se mettre à genoux, les yeux humides et brûlants, le sol tremblant sous lui. Étrangement, il se concentra sur le sifflement d'une vieille ampoule brisée qui se balançait et clignotait au plafond. Il était presque impossible de voir quoi que ce soit dans la pénombre et difficile de respirer tant l'air était épais.

Il se mit debout, mais dut se plier en deux. Le plafond du couloir s'était affaissé, réduisant l'espace au point que même les habitants d'un cottage du XVe siècle y deviendraient claustrophobes. Les lustres pendaient, à moitié arrachés, la plupart des lampes brisées.

Qu'est-ce que c'est que ce bordel... ?

Richard pouvait entendre sa propre respiration, bruyante et lourde dans le silence. Il ne percevait rien des étages supérieurs. C'était très inquiétant. Il ignorait l'étendue des dégâts, mais il ne devait pas penser à Lainie s'il ne voulait pas perdre la tête.

Il posa une main sur le mur du fond avant de la retirer en sentant les pierres bouger. Des décombres envahissaient le couloir, bloquant l'accès à l'escalier nord. Sa loge, à gauche, n'était plus qu'un tas de blocs de ciment et de ferrailles. Il n'y avait qu'un seul chemin possible.

Il trébucha et se rattrapa plusieurs fois dans la pénombre. Il progressait lentement, avançant pas à pas, avec méfiance, alors que le bâtiment semblait frémir autour de lui. La poussière lui obstruait les narines et une pierre tomba sur son épaule, provoquant une terrible douleur.

Il avait déjà joué dans un film indépendant qui se déroulait dans un hôtel bombardé pendant la Seconde Guerre mondiale. La mise en scène n'était pas vraiment différente, même si c'était beaucoup moins agréable sans les caméras et l'équipe de tournage.

Il rampa sur un tas de briques, perçut pour la première fois une lumière plus intense et découvrit que le couloir sud était intact. S'il n'avait pas déjà été à genoux, il serait tombé de gratitude.

Derrière lui, un sinistre grincement métallique résonna, comme si le Metronome rendait son dernier souffle et ne comptait pas le faire en silence.

Ce bruit couvrit presque le faible appel au secours. Richard faillit ne pas l'entendre.

Il se figea, l'oreille tendue, les yeux rivés sur les murs et les planchers incroyablement intacts dans cette partie du sous-sol. Son instinct de survie lui disait d'avancer. Il tourna la tête et observa le bâtiment tremblant. Il ne tarderait pas à s'écrouler complètement.

Oh, putain.

En dépit des dégâts qu'ils avaient provoqués en s'écroulant, les murs étaient fins. Richard avait entendu le son d'un jeu vidéo juste à côté de sa loge un peu avant la catastrophe – quinze minutes tout au plus. Il était sur pied de nouveau. Il fit un pas en arrière.

— Farmer !

Sa voix résonna dans les profondeurs du couloir en ruines.

Un léger bruit au loin, comme si quelqu'un se débattait, indéniable cette fois.

Le Metronome avait peut-être la stabilité d'une tour de Jenga, mais il n'abritait pas de rats géants capables de gratter ses murs aussi bruyamment.

En cet instant, il ne pouvait penser à autre chose qu'au visage de Lainie. À l'expression de son regard lorsqu'elle lui avait parlé de sa sœur.

À la perspective de lui annoncer qu'elle avait perdu un autre être cher.

Elle allait bien. Elle allait forcément bien. Toute autre option était inacceptable.

Il fit demi-tour.

Se déplaçant le plus rapidement possible, essayant de se maintenir à l'écart des murs fragiles qui tenaient encore debout, il parcourut à nouveau le long et difficile chemin jusqu'aux loges.

Lorsqu'il se trouva à l'endroit où la porte de Will aurait dû être – et avait disparu –, une vague d'effroi le submergea et lui donna la nausée.

— Farmer ! cria-t-il encore, sur un ton plus pressant cette fois-ci.

Sa voix résonna fortement et le ramena à la réalité.

— Will !

Un son étrange, entre un gémissement et un halètement, lui parvint. Il se fraya péniblement un passage parmi les décombres. Quelque chose s'enfonça dans son pied mais il ignora la douleur, la coupure étant superficielle.

Il trouva son collègue sous une poutre en bois. Les dieux avaient continué à protéger le jeune éphèbe ; Richard fut soulagé de le constater. La lumière était si faible à cet endroit que le visage blême de Ken lui semblait flou.

— Tout va bien ?

Richard se pencha et tenta de soulever la poutre, s'efforçant de déterminer si Will était réellement pris au piège ou s'il était simplement en état de choc. Il examina la poutre, espérant qu'elle ne soutenait rien d'essentiel, car il allait devoir la déplacer. Elle compressait la jambe de Will contre le mur.

— Farmer, pour la première et, espérons-le, la dernière fois, je vais avoir besoin que tu me parles.

— Quoi ? demanda Will d'une voix enrouée, visiblement confus. Que s'est-il passé ?

— Pour reprendre les paroles d'un tube intemporel de Radiohead : « Va dire au roi que le ciel est en train de tomber. » (Richard s'accroupit et se prépara à l'effort.) Si je m'aventurais à émettre une hypothèse, je dirais que les ouvriers ont vraiment merdé dans le foyer. Allez, à trois, tu remontes ta jambe droite vers ta poitrine. Un, deux, trois !

Il souleva l'extrémité de la poutre, se disloquant presque l'épaule dans le mouvement, et Will dégagea sa jambe. Richard le hissa pour l'aider à se relever. Ils étaient pliés en deux, comme un vieux couple de golfeurs, tous deux beaucoup trop grands pour se tenir droit dans ce qui ressemblait à présent à une grotte.

Inévitablement, vu que l'univers semblait décidé à punir Richard pour ses péchés passés, Will se mit à paniquer.

— Oh, mon Dieu, dit-il une première fois avant de reprendre avec frénésie : Mon Dieu, mon Dieu, mon Dieu...

— Sans vouloir me montrer insensible, déclara Richard sur un ton moqueur, tu me préviendras quand tu auras terminé de prier et que nous pourrons bouger d'ici. Je préférerais ne plus être là quand ce qui reste de cet endroit s'écroulera.

— Oh, mon Dieu.

Will tournait en boucle, comme un disque rayé – et sa chanson était sacrément agaçante. Il piétinait, un signe de nervosité probablement, mais ce n'était vraiment pas une bonne idée dans un espace dont la structure était aussi instable. Il ne comprenait vraiment pas ce que Lainie avait pu trouver à ce type.

— Oh, mon Dieu, on est pris au piège ! Personne ne sait qu'on est en bas !

Richard le poussa pour le faire bouger.

— Premièrement, *tout le monde* sait qu'on est en bas. Tu n'as jamais su quitter une pièce discrètement depuis la fois où tu es tombé ivre mort à la première de *Fields of Justice* en 2010. Attention à ta tête.

Will se retourna et empoigna le bras de Richard, enfonçant ses doigts dans sa peau.

— Tu trouves ça drôle, connard ?

— Je ne prends pas mon pied à me frotter contre toi dans le noir, non. Tu veux bien reculer ? L'espace n'est pas si étroit.

— On est enterrés vivants. Comment crois-tu nous sortir d'ici ? Le bâtiment pourrait s'écrouler entièrement. (Il était presque en hyperventilation.) Seigneur ! Je vais mourir avec *toi*. C'est une putain de blague !

— Ou alors on peut passer par le couloir sud et remonter par l'ancien escalier de secours.

Silence.

— Oh... (Après une pause, Will dit faiblement :) Je suis blessé à la jambe.

— Elle est cassée ?

— Non.

— Alors si tu t'imagines que je vais te porter, tu rêves.

Finalement, il dut presque le faire. Will traînait la jambe et ils progressaient trop lentement. La poussière et les débris tombaient beaucoup plus rapidement maintenant. Richard passa le bras de Will sur ses épaules et supporta une partie de son poids.

— Avance ! grommela-t-il, ignorant les geignements de protestation qui s'ensuivirent.

Ses nerfs étaient tendus comme un câble prêt à se rompre à la moindre provocation.

— Mais...

— La ferme !

Ses muscles commençaient à se tétaniser lorsqu'ils atteignirent la relative sécurité du couloir sud, l'adrénaline qui courait dans ses veines les faisant trembler et tressauter comme si l'on versait de l'eau sur de l'acier brûlant. L'ancienne sortie de secours avait été condamnée par des planches. Richard s'appuya contre le mur pour reprendre son souffle. Il était solide et rassurant contre son dos.

— Tu savais que le chemin était dégagé.

Will leva soudain les yeux, accroupi au sol. Il semblait avoir retrouvé une part de sa raison, ce qui était une chance car il n'en avait pas beaucoup. Son expression était étrange.

— Tu as dû... Tu étais déjà hors de danger. (Richard ferma les yeux, soudain épuisé.) Tu es vraiment revenu pour moi ?

— Farmer, sérieusement, ferme-la.

Rassemblant ses dernières forces, il commença à tirer sur les planches. Il misait sur le fait que le bois et les clous étaient en aussi mauvais état que le reste du théâtre. Un morceau de planche céda et il le jeta sur le côté.

Avec un temps de retard, Will se leva pour l'aider. Comme ils travaillaient côte à côte, coopérant probablement pour la dernière fois, il parla sans regarder Richard.

— Elle ne m'aime pas, tu sais. (Richard serra les dents et arracha une autre planche avec rage.) Je l'ai blessée et j'en suis désolé, mais elle ne m'aimait pas. (Les lèvres de Will étaient serrées.) Je vois bien la façon dont elle te regarde. (Il jeta un bout de bois.) Juste... essaie de la regarder aussi.

Richard tourna la tête. Le visage de Will était empreint d'un mélange de contrariété et de résignation.

— Tout est là, dans ses yeux. Il suffit que tu la regardes.

Il fallut quinze minutes pour que quelqu'un se souvienne de l'existence du vieil escalier de secours. Leur réaction après ce désastre général était un échec. Si la pièce était maintenue, Bennett organiserait probablement des exercices d'évacuation, ce qui ne serait pas une mauvaise idée.

Tout le monde paniquait et, pour certains, l'apparition tragique des deux victimes émergeant de la ruelle eut l'effet d'une douche froide. Will sautillait sur un pied, soutenu par les deux pompiers qui les avaient trouvés alors qu'ils essayaient de défoncer la porte. Richard boitait aussi, mais marchait sans assistance. Il avait un peu de sang sur le front. Les deux hommes étaient sales et débraillés. En dehors de cela, ils semblaient indemnes.

Les genoux de Lainie faillirent céder sous son poids.

À travers la foule agitée et sa vision troublée par les larmes, elle croisa le regard de Richard et perçut l'intensité de son soulagement. Silencieusement, ils s'observèrent, indifférents au chaos qui régnait autour d'eux.

Puis il eut l'audace de lui faire un clin d'œil, choisissant très mal son moment pour se montrer séducteur, et évita une gifle uniquement grâce à la distance qui les séparait.

Ils furent emmenés dans une ambulance alors qu'elle était toujours bloquée par la barrière de police. Chloe la conduisit à l'hôpital dans sa Morris rouge de collection. Lainie se sentit nauséeuse et impatiente tout le long du trajet. Elles restèrent coincées dans les bouchons pendant près de quarante-cinq minutes. Les mains de Lainie tremblaient alors qu'elles faisaient le tour du pâté de maisons pour trouver une place de parking. Elle aurait voulu pouvoir cligner des yeux et se retrouver au côté de Richard, comme dans *Jinny de mes rêves.*

Elles croisèrent Margaret dans le hall de l'hôpital.

— Tout le monde va bien, les informa-t-elle, sa voix trahissant son soulagement. Ils sont en sécurité et les médecins les ont pris en charge. Nous étions inquiets pour Sally, l'une des stagiaires, mais ils l'ont retrouvée sur Tottenham Court Road. Il y avait trente pour cent de réduction sur le maquillage de marque américaine chez Space NK, ajouta-t-elle sardoniquement. Et Bob est au taquet. Il a déjà contacté nos avocats au sujet des assurances. (Elle pressa le bras de Lainie.) Richard et Will vont bien. Ils n'ont que quelques bosses et contusions mineures.

Lainie hocha la tête. Elle aurait besoin de le voir de ses propres yeux.

Cependant, lorsqu'elle se présenta au poste des infirmières et demanda à voir son petit ami, elle se retrouva dans la chambre de Will. Les magazines dans les salles d'attente de l'hôpital devaient dater.

Elle resta quand même quelques minutes. Avec le recul, il n'était pas très sympa de ne pas se soucier que son ancien petit ami se soit fait aplatir dans la catastrophe tant que son nouveau petit ami s'en sortait indemne.

— Oui, je vais bien.

La voix de Will était rauque et sa jambe était surélevée et bandée, mais dans l'ensemble, il avait l'air assez satisfait de lui-même.

Il était sorti des urgences depuis à peine dix minutes et une admiratrice avait déjà envoyé un ballon « bon rétablissement » dans sa chambre.

Il prit un air grave pour déclarer :

— Tu remercieras Troy pour moi. (Lentement, il ajouta :) Il est revenu me chercher. Il aurait pu sortir et il a fait demi-tour.

Seigneur, Richard...

— Il va bien ?

Lainie avait désespérément besoin d'être rassurée.

— Oh, il va bien. C'est un connard héroïque, mais il va bien. (Il grimaça.) Tu ferais mieux de le prévenir que je viendrai le remercier en personne, comme il se doit.

— Tu devrais attendre un moment. (Son sourire vacilla.) Il a probablement encaissé assez de chocs pour la journée.

— Tu n'es pas encore allée le voir ?

— Non, je... Non.

Will la dévisagea.

— Tu devrais y aller. Il doit se demander où tu es.

— Je sais. (Lainie le regarda.) Will, je... (Elle soupira.) As-tu besoin de quoi que ce soit ?

— Ouais. Mais quand j'ai ce qu'il me faut, je ne sais pas vraiment comment le garder, pas vrai ? (Elle se tut. Il haussa les épaules et brandit son téléphone.) Ça ira. Tu me connais. Jamais à court de compagnie.

— Oh, je sais bien.

Elle lui versa un verre d'eau avant de quitter la pièce et partit à la recherche de la chambre de Richard.

Elle le trouva dans une chambre individuelle. Naturellement, Richard Troy ne pouvait pas être alité dans une pièce mixte avec la populace. Lynette Stern, Alexander Bennett et Bob Carson se tenaient autour de son lit, en pleine discussion sur l'ampleur des dégâts et s'interrogeant sur la nécessité de délocaliser la pièce. Richard, nu jusqu'à la taille et couvert de traces de poussière et de saleté, avait l'air épuisé.

Leurs regards se croisèrent. Avec un son étouffé – et ignorant complètement les autres –, Lainie se jeta sur le lit et dans ses bras. Richard la serra fort contre lui, presque avec brutalité. Elle enfouit son visage dans son cou et inspira la forte odeur de moisi qui couvrait complètement son parfum habituel.

La main de Richard se posa sur sa tête.

— Fermez la porte derrière vous, dit-il aux autres.

À travers ses larmes, Lainie émit un son entre le rire et le sanglot et lui mit un petit coup de coude.

— S'il vous plaît, ajouta-t-il, docile.

Lynette dissimula un sourire et fit sortir Bennett et Bob qui continuaient à se disputer. Lainie intensifia la force de son étreinte et Richard mêla les doigts à ses cheveux emmêlés.

— Il était temps. (Sa voix grave et veloutée était enrouée.) Je comptais te laisser trois minutes de plus avant de venir te chercher moi-même.

— Tu ne peux même pas te lever, protesta-t-elle contre sa joue rugueuse, les yeux fermés.

— Tous mes membres sont intacts et fonctionnent. Ce n'est pas grâce au genou blessé de Farmer et à son corps qui pèse une tonne.

Une toux déchirante contracta la poitrine de Richard et elle toucha ses côtes.

— Une pneumonie n'arrangera pas ton cas. Ne me dis pas que les infirmières avaient tellement envie de te voir torse nu qu'elles ne t'ont pas donné de blouse.

Ce fut au tour de Richard de rire.

— Pas question que je porte une chemise de nuit dos nu que cinq cents autres patients ont portée avant moi.

Classique. Lainie ne put s'empêcher de sourire. Elle devait encore se retenir pour ne pas le serrer dans ses bras de nouveau. Elle avait besoin d'être sûre qu'il était bien là, en bonne santé.

Elle passa les doigts dans ses cheveux.

— Es-tu nu là-dessous ?

Elle jeta un coup d'œil furtif sous le drap. Il portait un caleçon. Il avait de belles cuisses. Elle caressa l'une de ses jambes avec affection et il pressa ses lèvres entrouvertes contre son cou.

— Will va bien. (La voix de Lainie était toujours enrouée à cause des larmes qu'elle avait versées.) Grâce à toi. (Elle déglutit.) Mais si le théâtre devait exploser de nouveau, ne laisse pas le toit te tomber sur la tête. Je le jure devant Dieu, Richard, si tu me refais ça, je taperai une crise telle que, à côté de moi, Sadie Foster sera une rigolote.

Les yeux de Richard étaient fixés sur son visage. Il écarta lentement une mèche de cheveux et la cala derrière son oreille, lui chatouillant la nuque.

— J'ai cru que tu allais mourir.

Il pressa sa paume contre sa poitrine, où son cœur battait à un rythme puissant et régulier. Son pouce cueillit une larme au bord de ses cils avant qu'elle coule sur sa joue.

— Ne pleure pas, Tigrou, dit-il doucement, ne faisant qu'aggraver son état. Tu risques de m'achever.

— Ne plaisante pas à ce sujet, espèce de salaud insensible, râla-t-elle en le poussant.

— J'étais inquiet pour toi aussi. (Il secoua la tête.) Terrifié, même. J'en perdais la tête.

— Idem. J'étais prête à retourner à l'intérieur et à creuser à mains nues pour te retrouver. Tu as déjà vu le film *Les diamants sont éternels* ?

— Probablement.

— Dans la scène finale, Tiffany Case tente d'utiliser une arme pour sauver la situation et tombe d'un pétrolier.

Chaque fois que je la regarde, j'ai envie de la gifler. (Lainie soupira, dégoûtée.) Eh bien, en situation de crise, c'est tout moi. Tomber d'un pétrolier alors que je m'apprête à sauver les fesses de James Bond. J'ai complètement perdu mon sang-froid, alors que Chloe a été la voix de la raison. Ça me déprime complètement quand j'y pense. J'ai besoin d'être consolée.

Elle fut récompensée de cet aveu embarrassant par l'expression lumineuse de Richard. Une lueur brillait dans ses yeux.

— Tu voulais venir me sauver, Tigrou ?

— Oui. Et ne prends pas cet air satisfait. (Lainie appuya le menton sur son épaule, son sourire s'estompant.) Will dit que tu lui as sauvé la vie.

— J'en doute. Il aurait fini par arrêter de geindre et s'en serait sorti seul. Il ne peut pas être nul à ce point.

Le bras de Lainie se resserra autour de lui.

— Tu as eu peur ?

— Tu plaisantes ? J'ai eu la peur de ma vie. (Il passa les doigts dans ses cheveux.) J'ai vraiment cru que les murs allaient s'écrouler sur nous avant que nous arrivions à sortir. J'ai même eu peur pour Farmer, c'est te dire ! Même si ce sentiment était surtout lié à toi.

— Comment ça ?

Il effleura ses lèvres, les caressant distraitement.

— Je me suis soudain souvenu de ton regard quand tu parlais de Hannah. (Sa voix était grave.) Je ne voulais pas que tu perdes un autre être cher.

Lainie prit une inspiration fébrile.

— Tu as risqué ta vie pour aider Will... pour moi ?

— Eh bien, pour Farmer, parce que je reste un être humain, même si je peux être un peu borderline, commenta Richard sur un ton moqueur, mais pour toi aussi, oui.

Il n'arrivait visiblement pas à y croire lui-même.

— Parce que… (Elle hésita.) Parce que tu crois que je… tiens à Will ?

Et c'était vrai, de façon totalement platonique et principalement par nostalgie – mais Richard semblait suggérer davantage que cela.

— J'ai entendu ce que tu as dit. (Il mordilla son lobe d'oreille, la réprimandant doucement.) J'écoute quand tu parles. Mais… Farmer compte pour toi. (Son ton paraissait léger, mais ses doigts se resserrèrent sur ses cheveux malgré lui.) Je l'ai compris il y a longtemps. Je suppose que c'est la raison pour laquelle j'ai si mal réagi dimanche soir.

Dimanche soir… Seigneur, il y avait seulement deux jours que tout s'était effondré de manière si spectaculaire ?

— Tu avais le droit de mal réagir. C'est vraiment nul ce que j'ai fait. Will a peut-être trop parlé, mais c'est moi qui lui ai donné les cartes pour le faire.

— Je ne nie pas que j'aurais été furieux si tu l'avais dit à une autre personne que Will, mais je ne pense pas que je t'aurais laissée devant ta porte comme ça. (Richard grimaça.) J'étais jaloux. De ce foutu Will Farmer ! C'est aussi bas que ça.

Lainie secoua la tête.

— Tu n'as pas à être jaloux de quiconque. Ce que je ressens pour toi et ce que j'ai ressenti pour Will, ce n'est même pas comparable.

Un soupçon de doute perçait toujours dans sa voix lorsqu'il dit :

— Tu ne coucherais pas avec un homme s'il ne comptait pas un minimum pour toi. Ce constat est gratifiant si je tiens compte de nos activités récentes… (Il haussa les sourcils.) Mais il l'est moins quand je pense à ta relation avec Will.

— Je ne coucherais plus avec un homme que je n'aime pas. (Elle caressa les boucles noires parsemées de poussière.) Je sais ce que je manquerais à présent.

Richard se figea.

— Un homme que tu aimes ?

Elle effleura ses lèvres des siennes.

— Tu es l'homme le plus énervant que j'ai jamais rencontré, Troy, mais je t'aime à un point que tu ne peux pas imaginer.

Il resta immobile tandis qu'elle couvrait son front et son nez de baisers, lui laissant le temps de digérer ses paroles. Puis il saisit son visage en coupe, si étroitement qu'il lui fit mal, et prit ses lèvres en un baiser féroce et possessif. Ils restèrent ainsi, blottis l'un contre l'autre, pendant de longues minutes, nez contre nez, leurs bouches à quelques centimètres l'une de l'autre, leurs souffles se mêlant.

— Es-tu en train de me dire, murmura-t-il d'une voix rauque, que j'ai traîné sa pauvre carcasse à travers le sous-sol de cet immeuble pour rien ?

Le sourire de Lainie illumina son regard.

— Si cela peut t'aider à te sentir mieux, ta bonne action a probablement annulé toute une année de mauvais comportements. Tu as retrouvé ta place sur la liste du père Noël. (Elle leva les yeux, désireuse de comprendre.) Richard, ce que tu as dit sur le fait que tu étais un lot de consolation pour moi... c'est faux. Complètement faux. (Elle plissa le nez.) Will n'est pas un méchant type, mais ma relation avec lui, c'était l'équivalent d'une répétition assez médiocre avant une soirée d'ouverture sensationnelle.

Richard sourit enfin. Il glissa une main derrière la tête de Lainie.

— Vraiment ? (Solennellement, elle dessina une croix sur son cœur.) D'accord, alors, dit-il doucement.

Elle enroula les bras autour de son cou et le serra fort contre elle.

Finalement, il s'écarta et releva son menton du bout des doigts.

— Tu sais que tu es la seule personne que j'ai jamais aimée ? (Lainie enroula une boucle autour de son doigt pour cacher qu'elle tremblait.) Je pense que je l'ai su quand tu as essayé d'imprimer ton visage sur la scène du Metronome, ajouta-t-il. J'aurais dû le savoir quand je t'ai vue entre les griffes de Westfield. J'aurais dû l'étrangler avec sa foutue cravate. (Il déposa un baiser sur sa pommette.) Hier soir, je cherchais une excuse pour ne pas en tenir compte.

— Et maintenant ?

— Maintenant, je l'accepte à mon corps défendant. Je n'ai jamais été aussi chanceux de ma vie.

ÉPILOGUE

Des lèvres fraîches derrière son oreille, des doigts chauds courant sur son ventre, s'arrêtant au creux de ses seins. Lainie joua avec une mèche de ses cheveux tout en réfléchissant à ce qu'elle voulait manger pour le dîner, attendant un baiser qui ne vint pas. Le torse masculin aux muscles tendus qui se tenait au-dessus de son corps se raidit.

— Coupez ! lança Gillian Keene, le metteur en scène, avant de se pencher sur sa chaise. Pour l'amour de Dieu !

Lainie se cambra et tourna la tête pour essayer d'identifier le problème. Son expression de désir soigneusement étudiée se fendit d'un large sourire. Richard, appuyé contre le mur, intimidait son partenaire par la seule intensité de son regard. Puis il posa ses yeux bleus et froids sur elle et une lueur brûlante s'insinua en eux.

Mark Forster parla sans lever les yeux de l'écran sur lequel il étudiait les images.

— C'est fini, Troy, tu es banni du plateau quand on tourne des scènes intimes. Lainie est censée tomber éperdument amoureuse pendant cette scène, pas se demander si le héros intimidé risque de perdre le contrôle de sa vessie ! Pause de dix minutes !

Lainie se redressa dans le lit à baldaquin et lança un regard désolé à Harry Brent, l'idole du petit écran qui ne présentait aucun intérêt à ses yeux.

— Sa réputation est vraiment exagérée, mentit-elle.

Harry jeta un autre regard inquiet à Richard, qui parlait avec Mark mais qui avait toujours un œil sur le lit.

— Je ne te crois pas. Et je préférerais être plus habillé quand je le découvrirai.

Lainie sourit alors qu'il s'éloignait. Elle repoussa les couvertures et se leva, enfilant un gilet sur la tenue d'époque qu'elle portait. Elle se dirigea vers Richard, prit ses mains tendues et le laissa l'attirer à lui.

— Salut, roi d'Écosse, déclara-t-elle, dans toute ta gloire sociopathe et malheureuse. Ou est-ce le marteau présidentiel plutôt que le sceptre royal aujourd'hui ?

Richard lui tenait les mains derrière le dos pour la garder près de lui.

— Répétition ce matin, réunion du comité cet après-midi. Aussi éprouvant l'un que l'autre pour mon humeur, même si je pense que la palme du plus grand nombre d'idioties et du plus grand manque de respect pour l'autorité revient à la salle de réunion plutôt qu'au château.

— On dirait que tu aurais bien besoin d'un week-end prolongé.

Richard se pencha et déposa un baiser au coin de sa bouche avant qu'elle puisse protester.

— *Pas sur mon lieu de travail*, l'imita-t-il. Je sais. Disons que c'est une occasion spéciale.

— Hum... (Elle ne put s'empêcher de sourire. Elle ne pouvait plus arrêter de sourire ces derniers jours.) Pas de retard de dernière minute ? Harlan Powell n'a pas protesté au dernier moment en arguant qu'il ne pouvait pas se passer de Sa Majesté, même pour quelques jours ?

— Il ne peut pas se passer de moi, bien sûr, mais ils devront sauver les meubles en mon absence. (Richard lui vola un autre baiser avant de mordiller le lobe de son oreille.) J'ai des choses plus importantes à régler. Et je le ferai avec le plus grand plaisir. (Il effleura son nez du sien.) Et puis, il a été impressionné que nous ayons choisi l'Écosse. Ça peut apparaître comme une façon d'approfondir mon rôle.

Les doigts de Lainie cessèrent leur exploration sournoise au bas du dos de Richard.

— J'espère que non. Je ne nous vois pas vraiment comme les Macbeth.

— Oh, tu sais, ils s'entendaient assez bien jusqu'au régicide.

— Beatrice et Benedick, peut-être. Avec plus de disputes, et moins de répliques en rimes.

Il lâcha ses poignets pour prendre son visage en coupe.

— Dieu que je t'aime.

Lainie posa les mains sur les siennes, emmêlant leurs doigts.

— Vraiment ?

— Plus aujourd'hui qu'hier. (Il lui fit relever le menton avec ses pouces.) Plus maintenant qu'il y a une heure. Quand je mourrai, à quatre-vingt-dix ans, d'une crise cardiaque induite par le sexe, je pense que je t'aimerai à un point que je ne peux même pas concevoir.

Oh...

Il était vraiment très doué. Elle resserra son étreinte.

— Je pense que c'est la chose la plus romantique que j'ai jamais entendue. (Elle s'interrompit.) C'est extrait de quelle pièce ?

— *Richard III*, répondit son Richard sans ciller. Quand il parle à son propre reflet dans le miroir. Ça a été coupé au montage.

Lainie éclata de rire. C'était un rire de pur bonheur, et Richard sourit.

— Tu sais quoi, Richard ? Tu n'es pas si mauvais.

— Comme je te l'ai déjà dit, Tigrou, je t'aime bien aussi.

Elle plongea son regard dans le sien, l'air grave.

— Alors, tu es prêt ?

Le sourire de Richard se fit confiant et malicieux.

— En garde, Macduff !

London Celebrity @LondonCelebrity. maintenant
Surprise surprise !
Le porte-parole de Richard Troy et Elaine Graham
a confirmé que le couple « très heureux »
s'était marié à Gretna Green ce matin.

REMERCIEMENTS

Mes sincères remerciements à ma rédactrice en chef, Deborah Nemeth, et à toute l'équipe de Carina Press pour leur accueil chaleureux, leur patience inébranlable et leur travail acharné !

Sans le soutien de ma famille et de mes amis – proches, lointains et en ligne –, ce livre serait probablement resté une poignée d'idées floues au sujet d'un acteur capricieux.

Merci. Je vous aime tous.

Composition
NORD COMPO

Achevé d'imprimer en Espagne
par BLACKPRINT
le 14 mars 2021

Dépôt légal : mars 2021
EAN 9782290231616
OTP L21EDDN001123N001

ÉDITIONS J'AI LU
87, quai Panhard-et-Levassor, 75013 Paris

Diffusion France et étranger : Flammarion